HAYMON verlag

Joseph Zoderer

Die Farben der Grausamkeit

Roman

HAYMON verlag
Innsbruck-Wien
www.haymonverlag.at

ISBN 978-3-85218-684-9

Umschlag- und Buchgestaltung, Satz:
hœretzeder grafische gestaltung, Scheffau/Tirol
Coverbild: www.photocase.com/ Kinkimono

Gedruckt auf umweltfreundlichem,
chlor- und säurefrei gebleichtem Papier.

Meinen Kindern und ihrer Mutter

I. Das Haus

1. Anderswo

Ohne sich an die Stirn zu schlagen, wollte er es irgendjemandem erzählen, einem Menschen oder einer Ratte oder einem Hund, was er jetzt noch nicht genau wußte, aber ein blattloser Feigenbaum sollte darin vorkommen, vielleicht auch ein zugefrorenes Schwimmbecken, bestimmt jedenfalls sonnenbeschienener Schnee, der unter jedem Schritt knirschte, darüber ein hellleuchtender, blauer Himmel. Das war die Zeit des Stummseins gewesen, worin er wie eingemummt aufwärtsgestapft war in ein glückvolles Verlorengehen. Bei klirrender Sonnenkälte hatte er sich litaneienhaft gefragt, warum ihm die Luft so fremd geworden war. Ob jemand, der ihn begleitet hätte, an seinem Stummsein erfroren wäre. Er vermochte nicht mehr zu lieben. Das machte ihn stumm.

Das Haus, das Richard verlassen hatte, war umwuchert von Blumen, umstanden auch von selbst gepflanzten Bäumen. Als er und seine Frau zum ersten Mal den Zufahrtsweg hinaufgegangen waren, mußten sie jeden Schritt durch meterhohe Brennesseln setzen. Es hatte ihm Freude gemacht, mit einer im Stall gefundenen Sichel das Unkraut wegzusäbeln, das Haus zu befreien von seiner grünen Belagerung. Denn es waren nicht nur die Brennesseln, es waren Disteln, Besengräser und Schößlinge von Espen, Erlen und Eschen, deren Samenspender kaum zehn Meter entfernt aufragten als Wächter des Waldes. Die Fensterscheiben waren eingeschlagen, in der Stube und in den anderen Zimmern häuften sich hügelig Müll, Scherben und Kot. Das seit Jahren leerstehende Haus war für mancherlei Personal zum zeugenlosen Ort geworden, nicht nur für Mäuse und Ratten; verschrumpelte Präservative und gebrauchte Monatsbinden veranschaulichten einen Ort der ungewissen Liebe.

Er zimmerte mit Brettern, die unter einem Vordach aufgestapelt waren, ein Ehebett, ein hartes Liebesbett. Das Dach, bedeckt mit jahrzehntealten Lärchenschindeln, hielt einem prasselnden Regenguß nicht mehr stand. Mitten in den Bergen fühlte er sich, mit Blick auf zackige Gipfel, wie ein Städter der amerikanischen Ostküste, unterwegs durch Indianerland gen Westen. Aber er stammte aus diesem Land, auch wenn er früh weggekommen war, und es berauschte ihn, plötzlich ein Besitzer zu sein von Waldbäumen wie Fichten, Lärchen und Föhren und von Grasflächen, mehrere Hektar großen Wiesen.

Das Haus war ihr Haus, seltsamerweise bereits von dem Augenblick an, da sie den Zugang zur Tür von den Brennesseln und anderem Gesträuch freigesichelt hatten. Erst später, Monate später, wenn sie im umliegenden Wald immer auf neue Müllgräber stießen, auf Ablagerungen von unbrauchbar gewordenen Küchengeräten, löcherigen Pfannen, zerbrochenen Glas- oder Tonschüsseln und Blechdosen, aber auch zerschlissenen Schuhen, Stiefeln, Nachttöpfen und Flaschen, auf zerbrochene Heugabeln, Herdringe, Schuhkisten, Frauenbinden, da erst wuchs ihr Bewußtsein in die Vergangenheit hinein, begannen sie allmählich die Gewißheit anzunehmen, daß sie hier nicht die ersten waren, daß viele Menschen vor ihnen dieses Gras, diese Blumen und den Wald gesehen und für ihren Besitz, für ihre Welt, ihr Stück Freiheit gehalten hatten, bis zu ihrem Ende, und unter diesem Himmel und zwischen den Mauern dieses Hauses geliebt und gelitten, geflucht und vielleicht auch gejubelt, gesungen und geweint hatten, geboren worden und gestorben waren.

Richard hobelte die Bretter nicht glatt für sein Liebesbett, hatte auch keinen Hobel, nur Säge und Meßband. Er hatte keinen handwerklichen Ehrgeiz, seine Hand war eine Schreiberhand, die auch boxen konnte.

Er wollte gar nicht grausam sein, er wollte, daß es allen, denen er wohlgesinnt war, gut ginge. Er wollte keinerlei Probleme, seine Ruhe wollte er. Seine Ruhe war grausam.

Mitten im Sommer, in der ersten Augustwoche, schneite es, und eben war ein Elektriker vorbeigekommen, der eine provisorische Verkabelung vornahm. Und so brannte über der Holztreppe eine Vierzig-Watt-Birne. In der Stube hatten sie sich über das warme Kerzenlicht gefreut; vor den Fenstern lag einen Tag lang der Schnee.

Der Flur, von dem die Türen zur Stube, zur Küche und zur Speisekammer sich öffneten und von wo vor allem die Holzstiege hinaufführte zum oberen Stockwerk, dieser Flur war wie eine geschlossene Faust (in der eine Fleischfliege summte), dunkel und eng, mit einer niedrigen Balkendecke. Die Küche war um ein geringes größer, aber gewölbt wie eine romanische Kapelle, verrußt von jahrhundertealtem Rauch offenen Feuers. Vierhundert Jahre alt war diese Hofstelle. Gleich hinter der Küchentür gähnte im Gewölbe, schwarz gelackt, das Kaminloch; von einer Wand zur anderen spreizten sich Holzstangen, an denen früher Schweinelenden, Schweineschenkel und Würste zum Geräuchertwerden, zum Selchen, hingen. Jede normale Hausfrau hätte vor Schmerz aufgejault, entschieden protestiert: so ein mittelalterliches Grottenloch! Her mit einer weiten, weißgekachelten Küche mit großer Fensterwand! Sie beide aber, Richard und die noch nicht dreißigjährige Mutter seiner zwei Buben, sie waren entzückt. Eine moderne Steinzeit, eingebettet in gesellschaftliche Sicherheit. Sie waren sich dessen nicht bewußt, aber der Wald stand kaum zehn Meter von dem kleinen Küchenfenster entfernt. Sie rochen das Holz und den Nadelboden. Auch das Gras war ihnen tausendmal lieber als der Asphalt der Stadtstraßen. Dabei blieb es in aller Zukunft. Als sie das Haus im zweiten Jahr umzubauen begannen, zahlten sie dem Maurer ein Draufgeld, damit er das Küchengewölbe sorgfältig abstützte, um es so zu erhalten, wie es war – schwarz, rußig und prall von den Gerüchen der Vergangenheit.

Das Haus war seit Jahren leer gestanden, es mußte erst wieder bewohnbar gemacht werden. Den ersten Sommer durchlebten sie als Naturabenteuer. Im umliegenden Wald stießen sie auf die prächtigsten Pilze und auf ganze Schwarzbeerfelder, die Sträucher an den Wegrändern waren voll Himbeeren und Brombeeren. Die Buben entdeckten in moosigen Waldsenken Gelbbauchunken, und Richard baute mit ihnen an einer Quelle eine kleine Mühle oder doch so etwas wie ein Wasserrad. Sehr früh am Morgen fuhr Richard in die Stadt, er war Rundfunkjournalist und er freute sich, wenn er für die ersten Nachrichtensendungen eingeteilt wurde. Nach den Mittagsinformationen hatte er frei und steuerte mit dem Auto wieder seinem Berghaus zu. In einem Supermarkt in der Stadt oder unterwegs in einem Autobahn-Market kauft er, was sie an Nahrung brauchten, Spaghetti, Farfalle, Penne, Makkaroni, und Salami-Stangen, Käselaibe,

Brot und Wein. Seine Buben umtanzten ihn, wenn er aus dem Wagen stieg, irgend etwas Süßes, ein Gelato, Zitroneneis mit Himbeeren oder auch ein winziges Spielzeug, ein rotes Auto oder einen Miniatur-Mercedes, brachte er fast immer mit.

Immer wollte er in ein anderes Land und von diesem anderen Land wieder in ein anderes Land und von einer anderen Stadt in wieder eine andere Stadt. Aber plötzlich, von einem Tag auf den anderen oder von einer Nacht auf die andere, wollte er nirgendwo mehr hin, außer hinaus in den Schnee, auf die schneebedeckten, in der Sonne glitzernden Kristallebenen, hinein in die schneegepolsterten Wälder, je weiter hinein, desto besser, desto lauter die Schneestille, desto stiller jeder innere Zwist, desto schweißtreibender der letzte Lebenswille. Er breitete die Arme aus, er dankte den schneebedeckten, den schneevergeßlichen, den schneeverschwiegenen Ästen der Fichten und Föhren.

Bevor sie mit den Bauarbeiten am Haus begannen, mußten sie den erdigen Weg zum Haus verbreitern. Die Menschen, die vor ihnen hier gelebt hatten, waren notgedrungen ausschließlich Fußgänger gewesen, und bestenfalls konnte ein Pferdekarren bis zum Haus gelangen. Aber für den Umbau mußten Lastwagen das Material bringen, Zementsäcke, Ziegel, Kalk.

Von den Wiesenrändern und den Waldhügeln ringsum holte Richard die Steine, klobige Granitbrokken, ein Nachbar half ihm mit einem Traktor. Bevor sie das morsche Schindeldach abtrugen, bauten sie eine zwei Meter hohe Mauer, fünfzig Meter lang.

Noch lagen Schneeflecken auf den Wiesen, als sie mit dem Abdecken der Schindeln anfingen. Zwei Nachbarn turnten auf dem Dach herum, ein dritter, von Beruf Zimmermann, gab ihnen Anweisungen. Selma und Richard waren von Anfang an die verläßlichsten Hilfsarbeiter. Sie sammelten die heruntergeworfenen Lärchenschindeln ein, trugen sie zum Ende der Wiese und schichteten sie entlang des Zauns zu einer Art Wehrmauer aus Holz. Aber sie wollten nichts abwehren, sie hatten auch nichts zu verteidigen. Sie tranken mit den Männern Rotwein und aßen mit ihnen Speck und Salami. Die Buben schleppten um die Wette Schindelbretter zum Zaun. Als das Dach abgetragen war und auch der letzte Schneefleck geschmolzen, verfärbten sich die Wiesen über Nacht grünlich, und bald überwog das Gelb des Löwenzahns.

Sie rissen keine Mauern nieder. Das Haus war immer die Hofstelle armer Bergbauern gewesen. Die Grundmauern hatten die ersten von ihnen vor vierhundert Jahren ohne Zement in den felsigen Hang hinein errichtet. Mit großem Wasserdruck spülten Richard und Selma das Gemäuer frei; Stein auf Stein, jeder unbehauen und jeder ungleich vom anderen, war mit Erde, Kuhmist und Kalk verbunden worden. Nie zuvor hatte Richard an einer Behausung gearbeitet, er, der sich immer auf dem Sprung zum Anderswo gesehen hatte, den Koffer in Sichtweite, er begann nun den Kirschbaum und die Gräser als Langzeitvertraute zu sehen.

Wo immer du hinkommst, hatte er einmal gedacht, hat man deine Ankunft schon vergessen, bevor du noch einen Fuß aus dem Zug oder Flugzeug oder Taxi gesetzt hast. Du wirst keine Feier stören, du wirst keine Demonstration stören, du wirst nicht einmal einen Streit, geschweige denn eine Schlägerei stören. Vielleicht wird dich jemand versehentlich umarmen. Vielleicht wird dich jemand küssen, versehentlich, und dann die Leiter an dir anlegen, weil er dich mit einem Baum verwechselt und dir die Arme abschneidet, dürr wie sie sind, aber unbrauchbar für ein gutes Feuer.

Im Stadel, kaum zwanzig Meter vom alten Wohnhaus entfernt, lag noch Heu, das der Vorbesitzer geerntet hatte. In diesem Heu richteten sie Nacht für Nacht ihren Schlaf ein. Den Buben war das ein aufregender Bettplatz, ganz anders als Matratze, Leintuch und Daunendecke in der Stadtwohnung. An der Bretterwand lehnten die Arbeitsgeräte: Schaufeln, Pickel, Stemmeisen, Beile.

Vor Einbruch der Dunkelheit krochen sie nicht ins Heu; die Arbeit am Bau hörte erst bei beginnender Nacht auf, dann wurde noch am offenen Feuer geredet, gegessen und getrunken. Die Buben tollten über den Wiesenhang, riefen nach den Kuckucken und Eulen. Der Maurer, mit dem sie arbeiteten, war ein gescheiter, tüchtiger Handwerker, ein äußerst schüchterner Mensch und ein Weinliebhaber, der sich mit jedem geleerten Glas steigerte zu einem launenhaften Mörtel- und Ziegelkünstler. So wortkarg und kontaktscheu er am frühen Morgen, pünktlich und fast untertänig grüßend, zur Arbeit eintraf, so herrisch wurde er im Verlauf des Tages, geradezu von Schluck zu Schluck, ohne Glas, direkt aus der Flasche.

Lustig konnte ihr Maurer dann sein, aber wenn er nicht auf die Sekunde mit dem richtigen Stein oder Ziegel bedient wurde, brach in ihm ein Vulkan von Jähzorn aus, und eine Lava von Flüchen ergoß sich in schrill gewispelten, ungerechten Vorwürfen. Dann versank er ebenso schnell wieder in Wortlosigkeit, und man mußte seine Befehle erraten. Und es geschah mehr als einmal, daß der mürrische Befehlshaber am Morgen nicht zur Arbeit erschien und nicht etwa nur für eine oder zwei Stunden ausblieb, sondern sich überhaupt nicht blicken ließ, auch am nächsten Tag nicht. Dann saßen sie bedrückt herum, waren nicht gewohnt, sich dem Faulenzen und dem Spiel mit den Kindern zu überlassen, nein, sie wollten weiter-machen, wenigstens die eine oder andere Badezimmerwand aufziehen.

Tatsächlich versuchten sie das einmal, aber nach einem Meter Wandhöhe ließen sie es sein, denn die Schieflage der vermörtelten Ziegel war unübersehbar. Und der Hohn und die Verachtung des zurückgekehrten Häuptlings am nächsten Tag entsprechend bitter zu schlucken.

Im Dorf hörte Richard von den Saufeskapaden des Maurers, auch von Hieben, die er wegen seines betrunkenen Geschimpfes einstecken mußte und daß er sogar eines Nachts von einem Autofahrer, im Gras des Straßenrandes bewußtlos liegend, gefunden worden war, im letzten Augenblick, bevor seine in die Fahrbahn hinausgestreckten Füße unter die Autoräder gerieten.

Aber dann tauchte er wieder eines Morgens auf, vom Wald herunterkommend, ohne Erklärungen, mit weinrosigen Wangen, spitzbübisch grinsend, und machte sich an den Geräten zu schaffen, als erstes an der Mörtelmischmaschine, schaltete den Strom zu und brüllte bald darauf von einem Fensterloch des ersten Stocks herunter: Malta! Malta, die italienische Bezeichnung für Mörtel, das war ihr Wort, damit ging es weiter am Bau. Und schon hatten sie die Mischmaschine gefüllt mit Zement, Kalk, Sand und Wasser und schleppten die erste Karre hinauf über die Wiese und über ein geripptes Brückenbrett vor die Füße des Meisters.

Seine Ohren dröhnten, meinte er, aber es war doch nur die Stille des Alleinseins, die so etwas wie ein Summen der Erinnerung erzeugte. Er sah durch das Glas des Bürofensters einen blauen Himmel über der Stadt. Das Alleinsein versetzte ihn in seine Kindheit zurück, damals war er noch ungeübt gewesen in der Angst, damals hatte er sich noch nicht gefürchtet vor ihr.

In den Monaten des Umbaus war das Haus etwas Halbfremdes, dem sie mit Schaufel und Spitzhacke zu Leibe rücken konnten. Zugleich auch ein romantischer Zukunftstempel der Liebe, ein Bollwerk der Geborgenheit für sie, eine Fluchtburg für ihn, aus der heraus die Vorstöße ins Unbekannte, ins gefährlich Fremde erleichtert, ja, gefördert werden sollten, weil der Rückzug nicht nur Rekonvaleszenz von den erlittenen Verletzungen, sondern vor allem Rückzug zu Besinnung und Überblick versprach.

Während all den Frühlings- und Sommermonaten schliefen sie mit den Kindern in dem winddurchlässigen Heustadel. Bei Vollmond konnte man durch die Spalten der Bretterwand die dunklen Umrisse des Hauses, den Ort ihrer Zukunft ausmachen.

Es war ein heißer Sommer mit wilden Gewittern, wolkenbruchartigen Regengüssen. Die Buben kicherten vor Angstfreude im Heu, freilich nur beiden ersten Donnerschlägen. Dann, als Krachen und Blitz immer dichter aufeinanderfolgten und überhaupt nicht mehr aufhören wollten, sondern an Lautgewalt und jäher Lichthelle sich noch und noch steigerten, bibberten sie und krochen näher und näher heran bis unter die Achselhöhlen.

So feierten die Kinder ihre Angst und Richard mit Selma die greifbare Liebe. Darin besteht vielleicht die Traurigkeit oder der Sinn der Traurigkeit, daß man Birkenstämme streicheln kann oder Gräser mit den Lippen berühren und weiß, daß dies alles sich auflöst, die Birkenrinde, die Streichelwand, das Gras und der

Kuß über den Gräsern. Als es blitzte und donnerte und Selma sich an ihn schmiegte, während links und rechts ihre Söhne vor Angstfreude zitterten, verstand er das Glück der Traurigkeit, er fühlte sich stark und gleichzeitig ohnmächtig, er wußte, was er nicht laut sagen durfte. Er behielt seine Zukunftsträume wie eine Lüge für sich, in seiner Brust, die bereit war, auf Wunder zu schwören. Und am nächsten Morgen, als der Himmel gerade aufblaute und nur das nasse Gras an das Gewitter der Nacht erinnerte, löste er sich aus der Wärme von Heu und Selmas Armen, stieg in das Auto, das unter dem Baugerüst stand, und fuhr in die Stadt, in die Angstfreiheit hinein, fort von Blitz und Donner, aber in dem Wissen, daß er mehr und mehr dazugehören wollte zu Gras und Bäumen und Holzgeruch.

Die Stadt wurde ihm fremder. Für ihn gab es kein Flanieren mehr durch die Gassen, kein Konzert oder Theater mehr. Er kam vom Bergwald und dem Kirschbaum, der über einem sorgfältig von Selma und ihm aufgeschichteten Bretterkubus gerade weiß blühte, eine riesige, bienendurchsummte Blütenwolke über frischgesägten Brettern, aufgestapelt in zwei bis drei Metern Höhe. Dort krabbelten, turnten und kletterten die Kinder ehrgeizig herum. Und er hatte nichts anderes im Sinn, als nach seinem Nachrichtendienst das geparkte Auto wiederzufinden und loszufahren. Hinauf zum Wald, zu den Wiesen, zum Baugerüst und zu den Buben. Und zu Selma. Seine Erinnerungswunden schlossen sich allmählich. Irgendwo war

Ursula noch. Aber sie wartete wohl nicht mehr. Das Haus war zu einer Therapie geworden. In diesem Hin und Her zwischen Berg und Stadt, zwischen Nachrichtenarbeit und dem Schimpfen am Bau bekamen seine Füße wieder Boden unter die Sohlen. Er arbeitete sich sozusagen die Liebe vom Leib, schwitzte das Unglücklichsein aus den Poren.

Wann wußte er, daß er sich irrte? Immer. Das Irren war sein Bewußtsein. Selbstsicherheit, über die er hinter seinen vier Wänden nur lachen konnte. Aber nicht einmal dort war ihm zum Lachen zumute. Er lachte trotzdem.

Ursula hatte er nicht gesucht. Sie war mitten in der größten Harmonie aufgetaucht, die er jemals mit Selma hatte, und stand vor ihm, sozusagen mitten im Weg, der ihn wie eh und je zu Selma führen sollte. Sie war ein junges Mädchen, gerade erst neunzehn, aber sie schien längst alles zu besitzen, was eine schöne, reizvolle, selbstbewußte junge Frau ausmacht. Nein, sie war nicht kindhaft, aber auch nicht altklug oder gar abgebrüht. Ihr Reiz war eine erfrischende Natürlichkeit, sie bewegte sich ohne Komplexe, ohne Schüchternheit, ein gescheites, herzliches Mädchen, das sich auf den Spaß des Lebens freute. Als Richard ihr begegnete, war er noch nicht ganz sechs Jahre mit Selma verheiratet. Er hatte sich geschworen, ihr nie ein Weh anzutun, keinen Betrug, keinen Verrat, keine Lüge. Und dann stand diese junge Redaktionspraktikantin Ursula da, leicht gebeugt über einem Fernschreiberapparat und versperrte ihm den Zugang zu den Weltnachrichten. Er zupfte sie kurz an einer Haarsträhne. Warum, das wußte er nicht, aber sie schüttelte das dunkle Haar und lachte ihn an. Es war der Beginn ihres Zusammenfindens, das gleichzeitig und unvermeidlich ein vielfältiges Verstecken wurde, ein Lügen und Kichern, ein organisiertes Lustleben, eigentlich ebenso harmlos wie innig. Ein Doppelleben wurde Richards Alltag.

Er war nicht stolz auf sein Irren, andererseits nahm er sein Irren auch nicht mit Demut hin. Warum auch. Er ärgerte sich darüber, aber er ließ sich von diesem Dauerärger nicht erweichen. Er war unterwegs mit seinen Gedanken, auf jede Art Zwischenfall, Wegkreuzung, Fehlorientierung ausgerichtet. Im Verirren war er nie rechthaberisch gewesen.

An seiner Liebe zu Selma schien sich damals nichts zu ändern, im Gegenteil, Richard fühlte sich gestärkt, bereichert von so viel Leben, doppelt glücklich; in ihm festigte sich die Überzeugung, der Mensch könne ohne weiteres zwei Personen gleichzeitig lieben, auch wenn vielleicht differenziert.

Gewiß, es war Leichtsinn, Ursula war ihm wie eine kleine Blütenstaubwolke zugeflogen, ein Spiel, auf das er sich einließ, ein Kokettieren mit dem neuen Anderen, an ein Verlieben hatte er nicht gedacht, hatte sich immun dagegen gefühlt. Er freute sich, abends von der Radioarbeit in die Stadtwohnung zurückzukehren, vergaß alles andere, wenn er mit Selma am Tisch saß oder auf den Couchpolstern im Wohnzimmer. Sein Sohn Rik machte schon zielsichere Schritte, Richard hopste mit ihm auf dem Teppich wie ein Frosch herum und bald darauf fuhr er mit Selma und dem Buben im Auto ans Meer, an einen thyrrenischen Strand mit weißen, runden Steinen.

Richard lag mit Selma auf diesen sonnenheißen Steinen, Rik sammelte behutsam den einen oder anderen Kiesel in einen roten Plastikkübel und schüttete diesen vor ihnen aus. Am Abend aßen sie gebratenen Fisch und tranken Wein auf der Terrasse ihrer Pension, während der Kleine längst schlief, und sie redeten oder hörten stumm auf die schabenden Geräusche der Uferwellen, oft bis nach Mitternacht.

Wieder zurück in der Stadt, wartete Ursula wie immer nach den Mittagsnachrichten in einer Gasse auf ihn. Sie unternahmen verrückte Ausflüge. So log er eine viertägige Dienstreise Selma ins Gesicht und fuhr mit Ursula im Auto nach Ancona, mit der Nachtfähre nach Griechenland und von Patras nach Korinth. Unter Olivenbäumen kauten sie Schafskäse und tranken Retsina aus der Flasche.

Und doch liebte er Selma, freute sich, wieder bei ihr zu sein, fürchtete immer nur den ersten Moment seiner Rückkehr, den ersten Blick aus ihren Augen.

Damals hatten sie noch nicht das Haus am Berg gefunden, deshalb mietete er wie in jedem Sommer seit Riks Geburt eine Wohnung in einem alten Bauernhof, zu dem man von der Stadt aus nur mit dem Auto, und zwar über zwei kleinere Bergpässe gelangen konnte. Selma war mit dem zweiten Sohn schwanger, er brachte sie und Rik nach dem Meerurlaub zu diesem Bauernhaus in ein über tausend Meter gelegenes Hochtal. Vor den Fenstern breitete sich nichts als Wiesengrün und dahinter Walddunkelgrün aus, zwischen den Wiesen und dem am anderen Talhang stehenden Wald schlängelte sich ein Bach mit Dotterblumengelb und Kressegrün an den Rändern. Die Küche war eng und dunkel, aber das Schlafzimmer quadratisch und groß, und mit zwei weiten Fenstern ausgestattet. Er fühlte sich im besten aller geometrisch möglichen Zimmer und hörte in einem fort Haydns „Vier Jahreszeiten". Selten hatte er sich so heiter gefühlt. Er sah, am Fenster stehend, Selma mit ihrem schwellenden Leib unter einem Apfelbaum sitzen und Rik, wie er sie mit geplusterten Lippen auf einem grünen Plastiktraktor umkurvte.

Wenn Richard bei Selma war, dachte er nicht an Ursula; vielleicht meinte er das so, vielleicht war sie dennoch anwesend in seinem Kopf. Er fühlte sich stark, inmitten eines Spiels, aber nicht Selma war seine Mitspielerin, mit Selma lebte er in die Zukunft, mit Ursula hingegen nur in der Gegenwart.

Er spazierte mit Selma und dem Kind zum Wiesenbach, durchquerte mit ihnen den Wald bis hinauf in das alte Dorf, wo gleich neben der Kirche das einzige Wirtshaus und ein Krämerladen waren. Selma freute sich über die seidigen Brust- und Kopftücher, die es dort anscheinend noch aus Vorkriegsbeständen gab, er selbst kaufte sich schwarze und kaffeebraune Samtbänder, die er sich als Krawattenschleifen unter den Hemdkragen band. Und nirgendwo roch der Käse so gut wie in diesem dunklen, kleinen Laden.

Er konnte wie eine Schlange jäh emporschnellen, aber es war nur ein plötzliches Wachsein, es war kein Wille zu Angriff oder Verteidigung, ganz und gar keine Lust zu einem Biß. Das Wachsein, dieses unmittelbare Lebensbewußtsein – das war nicht selbstverständlich, das war kein Geschenk, auch wenn es ein Tritt war, der einen aus dem Schlaf jagte. Ja, ich will. Auch wenn ich nicht weiß, was. Noch nicht.

Wenn er jeden zweiten Tag von seinem frühen Nachrichtendienst mittags zu Selma fuhr, überquerte Richard die zwei Bergrücken, im Auto die neuesten Journale, Wochenzeitungen, auch Pfirsiche und Trauben.

Kaum, daß ihm da Ursulas Bild im Kopf herumschwirrte, und wenn doch, dann verlöschte es wie ein Lichtblitz, trieb ihn nicht zurück über die zwei Bergrücken in die Stadt zu ihr, zu ihrem hellen Lachen, ihrer samtenen, warmen Haut. Wenn er, mit Rik an der Hand, im Kuhstall des Bauern stand, sah er nur die Kuh, hinter der sie sich aufgestellt hatten, und den zuckenden, fliegenscheuchenden Kuhschwanz, den Rik zu fassen versuchte. Und vor dem Einschlafen machte er mit Selma Zukunftspläne, die sich vor allem um ein eigenes Haus drehten. Es sollte, mußte weg von der Stadt, weg von Lärm und Beton sein, im Grünen, auf jeden Fall, und in Waldnähe stehen. Er küßte Selma, bevor sie sich im Schlaf verloren.

Aber wenn Richard am nächsten Morgen den Wagen startete, flog er mit einem anderen Ich an Wegrandmargeriten und Schafgarbenweißköpfen vorbei, durch die Waldkurven über die zwei Bergrücken. Etwas sang in ihm, die Föhren und Fichten am Straßenrand sangen mit, jedenfalls neigten sie sich zutraulich beim Vorbeirauschen.

Er hatte begonnen, seine Seele zu teilen, ohne es wahrzunehmen, lebte säuberlich getrennt in zwei Welten. Und es war kein Spiel mehr mit Ursula. Sie hatte den Schlüssel zu seiner und Selmas Stadtwohnung, und an den Tagen, die er in der Stadt verbrachte, weil er zu den Nachmittags- und Abendnachrichten eingeteilt war, wartete sie auf ihn; eine junge Frau, die für ihn einkaufte und kochte, und wenn er die Wohnungstür ins Schloß drückte, umarmte sie ihn in blauer Schürze, und darunter ertasteten seine Finger nichts als ihre nackte Haut.

Es entging ihm nicht, daß er sich verliebt hatte, daß er Lug und Betrug aufhäufte. Er konnte sich vor diesem Erkennen nicht mehr drücken, es wurde Teil seines Tagesbewußtseins und auch der Nacht, wenn er aufwachte und das Grauen ihm die Brust verengte.

Trotzdem flatterte Richard auf Abenteuerflügeln durch diese Tage, die zu Jahren wurden. Als getarnter Liebhaber und glücklicher Familienvater stand er an einem schneereichen Wintertag am Spitalsbett und beugte sich über Selmas erschöpftes, blasses Gesicht, das ihn anlächelte, an ihrer Brust der nur Stunden zuvor geborene zweite Sohn. Selmas Gebärwehen hatte Richard nicht mitgelitten, er hatte das Geborenwerden seines zweiten Kindes versäumt, nicht nur weil es zwei Wochen früher als berechnet vonstatten ging. Er nahm den Winzling in die Arme und berührte das dunkeläugige Runzelgesichtchen mit den Fingerspitzen. Am liebsten hätte er sich zu Selma in das schmale Klinikbett gelegt.

Und doch. Während Selma noch bettwund war und die Jahreswende in der Klinik verschlief, fuhr er mit Ursula in die nächste Stadt, und sie saßen in einem exquisiten Gourmetrestaurant zwischen fein dekorierten Tischen. Auf der Rückfahrt hielten sie kurz vor Mitternacht in einem Straßendorf und tanzten in einer geschmückten Turnhalle ins neue Jahr.

Auch er wartete auf den Tag, an dem er alle Türen öffnen könnte, ohne eintreten zu wollen. Aber was er suchte, war gar nicht so sehr eine andere Art von Freiheit (die Art, die er lebte, war eher eine räuberische), sondern im Gegenteil ein glückhaftes Gefangenwerden. Er wollte, von der Wärme einer Zelle verlockt, betäubt und eingeschlossen werden. Doch die Wände dieser Zelle sollten ein Gesicht sein, in dem er die Welt bis in den letzten Winkel erleben könnte. In diesen Zellenaugen wollte er die Zerbrechlichkeit erspüren wie Libellenflügel und auf den Lippen den roten Klatschmohn seiner ersten Reise ans Meer.

Im Wohnzimmer, dessen eine lange Seitenwand vom Boden bis zur Decke voll mit Büchern war, hatte Richard vor der Glasfassade zum Balkon hin eine drei Meter hohe Tanne aufgestellt und mit Ursula geschmückt.

In dieser Trautheit wollte er Selma empfangen und mit ihr die Freude teilen an Tommy, dem zweiten Sohn. Am Morgen ließ er die Schneeluft sehr lange durch drei Balkontüren und alle aufgerissenen Fenstern in die Räume fließen und kontrollierte jeden Winkel sorgfältig, um nichts Vergessenes von Ursula zu übersehen.

Vom ersten Moment an, kaum war Selma auf dem Klinikparkplatz mit Tommy im Arm in sein Auto gestiegen, war Richard wie erlöst. Und als er auch Rik aus der Wohnung seiner Schwiegermutter abgeholt und ihm den winzigen Bruder gezeigt hatte, vergaß er alles, was nicht mit seiner Familie zu tun hatte.

Manchmal streifte Richard ein fragender Blick aus Selmas heiteren Augen, aber nie lag, schien ihm, ein Zweifel in ihrer Stimme. Er hatte gelernt, seine Welt zu teilen, und dazu gehörte, daß er immer schneller umschalten konnte. Er lebte stets im jeweiligen Jetzt. Mit Selma genoß er ein Familiennestleben. Er kaufte für Rik einen Plastiktraktor, mit dem der Vierjährige in der großen Stadtterrassenwohnung durch Gang und Zimmer tuckerte. In der Nacht stand Richard mit Selma auf, wenn er einen Hungerschrei des Babys hörte. Er sah ihr mit schlafschweren Augen zu, wie sie den runzelkleinen Tom an die Brust hob und wartete, bis sie sicher war, daß sie ins Bett zurückkehren durfte. Dann roch sie milchwarm, und er schloß die Arme um ihren Bauch und liebte sie.

Am nächsten Morgen mußte Richard für einige Tage beruflich verreisen. Er drückte Rik an seine Jakkenbrust, küßte den Säugling auf Stirn und Wangen, küßte auch Selma auf Mund und Augen, wiegte sie lange in seinen Armen. Ein paar Häuser weiter wartete Ursula in einem elfenbeinweißen Skianzug und mit einem Koffer auf ihn. Später wunderte er sich, wie sicher er von einer Lebenswelt in die andere zu wechseln imstande gewesen war, wie ein gewiefter Verbrecher, dachte er, ja, er war ein Grausamkeitsspezialist geworden und hatte sich dabei als einen lebensfrohen Bejaher gesehen.

In der Tourismusidylle eines Arlberger Hochgebirgsdorfes lief Richard mit Ursula auf Langlaufskiern und in Moonboots drei Tage lang selig herum, zwischen meterhohen Schneegupfen und Schneewällen, sogar tagsüber fast noch weihnachtlich, entlang beleuchteter Hotelfassaden, essend und schmusend, bis Ursula zwischen pariserisch strahlenden Laternenpfählen plötzlich ihre Stiefel auszog und weiterlief in ihrem unwahrscheinlich russisch glänzenden Pelzmantel, noch vor Erreichen des Hügelhotels schließlich auch die Strumpfhose abrollte und barfuß durch den Schnee aufwärts hastete zum Hotel, weg von ihm. Er erreichte sie, holte sie ein noch vor dem Lichterglanz des Hoteleingangs, es war kein Wettrennen gewesen, sie empfing ihn mit ausgestreckten Armen. Sie schwiegen mit einer fast beklemmenden Gemeinsamkeit. Sie hatte die Stiefel

weggeworfen, die Strumpfhose im beleuchteten Schnee ausgezogen, sie wollte ihr Leben zu einer gemeinsamen Ewigkeit deklarieren.

Nie hatten sie über ein Ende gesprochen, nie über eine Ewigkeit oder gar über den Tod. Sie war jung, viel zu jung, um über die Ewigkeit zu reden. Mit ihr war jede Stunde, jeder Tag, sogar jede Minute nichts als ein einziges Jetzt.

Ihr Miteinander war trotzdem oder vielleicht gerade deshalb ein so intensives, weil ein anderes Leben fast undenkbar geworden war, auch wenn er in dem Arlberger Hotel stundenlang zum Morgen hin wach lag mit schweißgebadetem Gesicht, Selma und seine Kinder vor Augen. Er hörte Ursulas ruhigen Atem und im Dämmerlicht, das durch die Vorhänge schimmerte, sah er ihr dunkles Haar auf dem weißen Kissen. Er kannte die Wärme dieses Körpers, kannte jeden Hautzentimeter, und doch fühlte er sich in einer Fremde, die ihn erstarren ließ, in einem Exil, in das er sich selbst verdammt hatte. Da war keine Musik, da wurde nicht getanzt, da brannten keine Kerzen auf dem weißgedeckten Restauranttisch, da war nichts als Ferne von Selma und seinen Kindern. Ihn graute vor seinem Körper, der in einem Hotelbett lag und auf das Ende dieser Nacht wartete wie auf eine Freiheit, auf eine erlösende Nähe, die wirklich seine wäre.

Die Verlorenheit im Wald, nicht das Verlorengehen als Verirren, sondern das selbstvergessene Vorsichhinsein zwischen den Bäumen, deren Wipfel die Sonne, den Nebel, den Regen oder den Schnee besser kannten als er. Mit seiner Frau hatte er im Sommer viele Tage im Wald verbracht, wandernd oder Pilze suchend, mit Holzarbeit beschäftigt, er hatte Äste zu Armlänge gehackt, und sie hatte sie gebündelt. Nicht weit von ihnen wachte oder schlief der Hund oder spielte mit einem Kind. Das fehlte ihm. Damals war er den Dingen auf andere Weise nahe gewesen. Er schaute nicht durch ein Fenster auf sie, er war bei ihnen, mit ihnen.

Nach Neujahr hatte Richard für sein anderes Leben eine ungeheizte Ferienwohnung in Miete genommen. Inmitten von abgeschlossenen, geradezu verbarrikadierten Villen stand dieses unauffällig solide Haus scheinbar unbeobachtet auf einem Hügel in Stadtnähe.

In diesem ungeheizten Chalet durchlebte er mit Ursula viele Augenblicke der Lust. Sie hatten nie genug Zeit, um die Fensterläden aufzustoßen oder eine Jalousie hochzuziehen. Auch wenn draußen ein winterblauer Sonnenhimmel strahlte, aßen sie bei Kerzenlicht (der Strom war abgeschaltet) in der Küche Rohschinken und Parmesanbrocken, ließen eine Prosecco-Flasche knallen und liebten sich im kalten Bett des Zimmers. Oft blieb aber nicht einmal Zeit für Schinken und Prosecco. Das Geflacker der Kerze reichte jedoch aus, um Ursulas Gesicht zu sehen, das Zucken der Freude und ihre feuchtdunklen Augen.

Es vergingen noch einige Winter und einige Sommer, bis ihn das Haus erlöste (zu erlösen schien), das Haus am Waldrand, weit oben in den Bergen. Inzwischen aber wuchsen seine Söhne wie im Wettlauf mit seiner geheimen anderen Lebenswelt.

Und dann las Richard an einem Frühlingsmorgen jenes Zeitungsinserat von einem „Haus in sonniger Hanglage am Waldrand“. Er kaufte das Haus, das eine gute Autostunde entfernt war von der Stadt und also eine Lebenswende bedeuten mußte: Hinaus in die Natur mit Selma und den Buben. Weg von Ursula. Aufgehen im Familienglück, zwischen Wald und Wiese, Pilze suchen im Sommer und Schneestille im Winter. Weihnachtsbaum und Katz und Hund.

Ein Haus in Waldnähe war immer Selmas und auch Richards Ziel gewesen. Jetzt hatten sie diese Ruine und wollten sie bewohnbar machen. Ursula erzählte er davon bei gebratener Forelle oder abends, wenn er angeblich einen Pressetermin hatte, bei Langusten und Prosecco. Er zeigte ihr sogar das Ruinen-Haus, schritt mit ihr Wald und Wiesen ab, die er dazu erworben hatte. Es war Heuzeit, in einer nun ihm gehörenden kleinen Talsenke lag das duftende Heu ausgebreitet, und in diesem sonnenwarmen Heu liebten sie sich. Es war, als wollte Ursula von seinem neuen Existenzort Besitz ergreifen oder ihn wenigstens markieren, ihn mit ihrem Sekret versiegeln wie eine Hündin.

Aber sie war keine Hündin, sie trat Winter wie Sommer auf als eine hochgewachsene junge Frau, die alle Blicke auf sich zog. Das war ihm mehr als bewußt während ihrer letzten Fahrt mit dem Nachtschiff von Brindisi nach Heraklion. Sogar der Kapitän kam beim schwankenden Abendessen vorbei und erkundigte sich, ob sie mit ihrer Unterbringung zufrieden seien. Ihr Ziel war diesmal Kreta, zwei Wochen Abwesenheit von seiner Familie, zwei Wochen Sonne und Verrat. Ursula sah umwerfend aus, obwohl aufs einfachste gekleidet, weiße Bluse und hellblaue, enganliegende Jeans, dazu ihre dunkelbraunen, inzwischen bis über die Schultern flatternden Haare. Wenn sie ihn anblickte mit ihren mokkaschwarzen Augen, lachte ihr Gesicht in wissender Freude, und ihr kirschkernkleines Muttermal rechts vom Mundwinkel lachte mit. Sie fühlten sich so eins, als ob keine Jahre zwischen ihnen lägen, als wären sie Experten der Zukunft. Und doch dachte Richard nie daran, sein Leben bis zum Ende mit ihr zu leben.

Obwohl er noch immer die Dinge sah, hatte er keine Lust mehr, sie zu benennen. So als sähe er sie nicht. Das erschreckte ihn. Diese Veränderung. Sein Kopf planlos. Vielleicht rutschten ihm die Augen aus ihrer Verankerung. Seine Traurigkeit war erstarrt in Trance. Also zwang er sich, das eine oder andere Wort laut auszusprechen: Waldklee, Buntfink, Knöchelkleid. Andere wurden verrückt, warum nicht er? Wollte er sich nicht auch drücken vor den Wiederholungen der Wirklichkeit?

Mit diesem Wissen (und dieses Wissen hatte die Umrisse eines Hauses am Waldrand) begann die neue Zeit. Richard mußte die Augen aufreißen. Obwohl er sie immer schon offen gehalten hatte. Er mußte sich entschließen. Obwohl er sich schon längst entschieden hatte. Nein, er konnte Selma nicht allein lassen mit den Buben. Trotzdem benahm er sich noch lange so, als könnte er das.

Seine Zeit verknappte sich, er mußte den Umbau des Hauses organisieren, nicht nur die bürokratischen Hürden durchlaufen, auch die Kontakte in seiner Zukunftsgemeinde aufnehmen, das Holz in seinem Wald schlagen und zur Säge bringen lassen, die verrostete Wasserleitung erneuern, und noch viel mehr. Er war ständig unterwegs und konnte sich nur mit Selma über einen getanen Schritt hin zum Haus freuen.

Nach einem langen Wochenende, an dem Richard mit den Buben und Selma über die Wiese rund um das noch fensterscheibenfreie Haus auf und ab marschiert war, sah er etwas bisher Unbekanntes in Ursulas Blick. Sie saßen sich über einem Ecktisch in einem Restaurant gegenüber und er suchte in ihren Augen dieses Leuchten, das ihn immer belebt hatte. Ursula saß, ging ihm allmählich auf, wie eine freundliche Sekretärin auf der anderen Seite des Tisches. Was war da anders? Es kam die Vorspeise – Ziegenkäseröllchen für sie, Carpaccio-Tartar für ihn –, sie wünschten sich guten Appetit, aber was redeten sie? Er konnte ihr doch nicht von den bürokratischen Erledigungen rund um den Hausbau berichten.

Plötzlich fragte er sie zwischen dem einen und anderen Bissen: Ist etwas mit dir? Hast du dich mit jemandem angefreundet? Daß ihm eine solche Frage überhaupt einfallen konnte. Es war wie ein Glassprung in einem Fenster. So etwas zu bereden, wäre bisher undenkbar gewesen. Aber sie sah ihn an, anders als je zuvor. Verzog sie etwa den Mund? Was war mit ihren Augen? Wollte sie weinen? Nein, sie weinte nicht, sie sah ihn nur dunkel an, mit schimmernden Augen, sagte jedoch nichts, stocherte auf ihren Ziegenkäsebällchen herum, und er wußte: Jetzt wird alles anders. Sie schob einen Bissen in den Mund und lehnte sich leicht zurück, dann hörte er sie: Ja, ich habe mich verliebt. Das war sein Freispruch. Aber es war auch ein Fallbeil.

Sie sahen sich nicht mehr oft. Einmal noch raste er mit seinem Wagen in selbstzerstörerischer Lust mit ihr hinauf zu einer öden Paßhöhe und stand mit ihr im kalten, böigen Wind, ohne ein Wort und ohne eine Berührung. Und um so langsamer ließ er dann das Auto die Bergkurven hinunterrollen, weiterhin wortlos, weiterhin ohne Berührung. So ließen sie voneinander ohne gegenseitige Verletzung. Oder: Die Wunden entstanden von selbst.

Du fühlst dich plötzlich anders. Du fühlst die Nähe eines geliebten Menschen. Was ist dieses alles verändernde Gefühl? Die Welt beginnt zu tanzen. Alles Wichtige schrumpft in andere Dimensionen. Dieses Gefühl des totalen Weltbesitzes – und mit drei Messerstichen wird das Geliebteste getötet. Du kannst es nicht besitzen. Und mit einem einzigen Sturz ins Messer hat der Weltbesitzer sich selbst getötet. Zwanzig Zentimeter Klinge mitten ins Herz.

Er hatte noch nie so geliebt. Richard schleppte gewaltige Wackersteine, nur mit einer Hebestange zu bewegende Granitbrocken, aus allen Winkeln des Waldes zum Traktor, den sein Nachbar in einer Wegschneise abgestellt hatte. Jede Minute, die er frei war von seinem Radiodienst, genoß er als einen Selbstvernichtungsdienst für eine Zukunft, die ein Leben mit seinen Kindern sein sollte.

Wenn ihm Ursulas Bild vor die Augen trat, brannte ein Riß in ihm, dann hob er gleich den nächsten, noch größeren Stein auf und stemmte ihn über die Brust, und noch einen und noch einen schwereren, das half. Der Schweiß rann ihm über das Gesicht, und er nahm sich nicht die Zeit, ihn abzuwischen, er spürte das Vertrocknen der Nässe auf seiner Haut und wich keinen Schritt der immer heißer werdenden Sommersonne aus.

Wenn Richard zu Selma hinsah, die wie er nach Steinen sich bückte, hätte er sich schämen müssen. Aber er schämte sich nicht, er fühlte keinerlei Reue. Er war ein verstockter Verbrecher. Im Augenblick überließ er sich der Ablenkung, nein, es war keine Bewußtseinsferne, es war eine intensive Schmerznähe, die er mit Selma teilte. Sie, die Mutter seiner Söhne, war eine schöne Frau, ideal proportioniert in ihrer körperlichen Erscheinung. Keine Nacht hatte er sich von ihrer fraulichen Wärme distanziert. Und dennoch, die Wunde trennte sie. Für ihn lief diese Erkenntnis wie ein Überlebensgebet durch alle seine Körperteile: Wir bauen ein Haus, wir bauen.

Mitten im Atmen fielen ihm Wörter ein, über die er sich wunderte. Aber er sprach sie nicht aus, nur im Wald hörte er sich, wie wenn er mit der Luft zwischen den Bäumen redete. Er konnte nichts mehr über Liebe sagen. Dieses Leben wie unter sprechenden Möbelstücken. Wie geht's dir, Kleiderschrank?

Vielleicht war es dieses glückhafte Schuften gegen das Trennungsloch, was ihn leben ließ, als wäre er ein Gewinner. Im Grunde hatte er nicht nur ununterbrochen alles aufs Spiel gesetzt, Selmas Vertrauen und Liebe und das Glück seiner Buben, ihre blinde Freude am Geborgensein. Er hatte gelebt wie Dschingis Khan, nur ohne Armee. Der Gedanke daran gefiel ihm noch immer.

Aber er hatte ein Defizit an Nähe, an Vergessenkönnen, an schrillen Farben der Nacht, an all den Stimmen, die rufen, sich ins Meer des Lebens zu werfen. Dieses Defizit wurde ihm in Sekundeneinschüssen bewußt, meistens wenn er sich ins Auto setzen mußte, um im Dorf oder in der nächsten Kleinstadt etwas zu besorgen, Nägel oder einen speziellen Klebstoff. Dann konnte er den blauen Himmel plötzlich wie einen griechischen Himmel erblicken und der Ebereschenbaum am Wegrand war eine Tamariske am Meer, die Salzwasser austropfte, und Ursula lag neben ihm und spuckte einen Olivenkern auf seine Brust.

Das waren Blitze in Hirn und Brust, nicht in seinen Augen. Und vor allem frei von Schmerz. Mehr und mehr versank Richard in das Bedenken, das die Bauarbeiten erforderten. Längst schon waren die Holzverkleidung der Wohnstube und der Hinterstube von den Wänden gerissen und die wurmstichigen Bretter hinausgetragen und auf einem Wiesenfleck aufgeschichtet. Die kahlen Wände hatten Richard und Selma von Mäusenestern freigespült, von Fichten- und Föhrennadeln, Erdsand und Kuhmist, die hunderte Jahre alte Verbindung von Stein zu Stein. Jetzt im Sommer waren sie vom Maurer vermörtelt und der Mörtel glattgestrichen und fest vertrocknet. Es galt, den Boden des oberen Stockwerks in Zement zu gießen. Zuvor wurde der alte Bretterbelag weggerissen und von ihm und Selma hinaus auf die Wiese getragen. Dann zersägten die Zimmerer an einem einzigen Tag die alten, wurmzerfressenen Balken und legten die neuen auf als Träger der Stubendecke.

Über die sägefrischen Balken verteilte der weinselige Meister, auf den Bohlen balancierend, die Maurerbretter, schob sie zusammen zu einem provisorischen Unterboden und verhakte darauf von Wand zu Wand das Netz von Eisenstangen, das (den flüssigen Mörtel aufnehmend) bald zu einer Betondecke erstarren sollte. Auf der Wiese blühten weiß die Margeriten und blau die Glockenblumen. Sie zwei, Selma und Richard, beförderten die Maltamischung über den Wiesenhang hinauf und über einen wackeligen Brettersteg zum ungeduldig wartenden Maurer. Ihr Transportmittel war eine Schubkarre, Selma hakte das gebogene Ende einer Eisenstange in eine große Öse an der Vorderseite des Karrens und zog damit los, während Richard mit aller Kraft die Last aufwärts drückte über den Wiesenhang ins Haus hinein. Selma zog (schnaufend meist, hin und wieder auch kichernd), und er stemmte die rollende Last hinter Selmas Schenkeln hinauf. Stundenlang sah er Tag für Tag Selmas Hintern, diesen hellblau abgewetzten Jeansstoff, der sich über ihren Rundungen straffte.

Sie sahen die weißen Sommerwolken und hörten das begeisterte Rufen ihrer Buben. Bis die Betondecke über der Stube nicht fertiggegossen war, schoben sie einen Mörtelkarren nach dem anderen so schnell wie möglich aufwärts und bemerkten einen gelben Hahnenfuß höchstens aus steilstem Blickwinkel.

Ich werde trotzdem geradeaus gehen. Das war auch so ein leerer Satz, der ihm stumm über die Lippen lief wie Zungenwasser. Tatsächlich konnte er im Wald nicht geradeaus gehen, im Wald waren die Pfade verschlungen und von Baumwurzeln verknotet. Er mußte sich konzentrieren, er mußte auf seine Füße achten. Es schmerzte, wenn er mit der Stirn an einen Baum stieß.

Ursula sah er nicht mehr. Mit dem Rücken an die Balkenwand der Terrasse gelehnt, hatte er einmal die

Welt in den Blick genommen, in den besten Stunden seines Lebens, hatte er wie zum ersten Mal das Gras gesehen. Und mitten im Gras den weißrindigen Baum mit zartgrünen Blättern, eine Birke, und in der Stille dieses Sehens wußte er, daß er noch lebte.

Als der Maurer wieder einmal weggeblieben war, baute Richard mit Selma seitlich des Hauses eine kleine Steinmauer in den Hang, oberhalb des Küchenausgangs zum Gemüsegarten, eine Vorsorge gegen einen eventuellen Erdrutsch. Wenn er die im nächsten Bachbett gesammelten bleichgewaschenen runden Granitsteine in die Hände nahm, fielen ihm andere Steine ein, kleinere und größere, vom salzigen Wasser des Mittelmeers bei Flut überspült und weiß getrocknet von Ebbe und Sommerglut.

Auf solchen rundgespülten weißen Steinen hatte er mit Ursula die Zeit anzuhalten versucht, sie auf einem orangegelben Badetuch neben ihm. Das Wasser brannte kalt auf seiner Haut, es war Anfang Mai, kaum andere Urlauber an diesem südlichen Kretastrand. Und doch der einladendste Ort zum Träumen. Kein Hotel, ein kleines Haus mit ein paar Stühlen und Tischen unter Tamarisken. Aber der Blick hatte den blauen Horizont vor sich, blausilbern schwappendes Meer und eine weißflimmernde Wolkenlosigkeit. Diesen Ort der verlassenen Schönheit hatten sie wie zufällig am Ende eines Nachmittags gefunden, durchschwitzt und ohne ein bestimmtes Ziel nach langer Irrfahrt über kretische Gebirgsstraßen und durch fast häuserlose Talsenken, wo dann doch immer wieder unerwartet ein Mensch auftauchte, inmitten oder hinter einer Schar von blökenden Schafen. Aber auch auf jenen Steinen unter einem blauen Meereshimmel hatte Richard sich nicht verlieren können. Mit Ursulas Hand auf der eingeölten Brust war er ein Trauernder mit geschlossenen Augen, ein Schuldiger, ein Unerlöster, der verdammt war zu lieben. Und so beugte er sich über Ursulas Mund wie ein vorsätzlicher Täter und genoß sein Tun mit dem Wissen der Anklage, die er, deutlich aufgeschrieben, hinter seiner Stirn ablas. Trotzdem.

Ja, trotzdem: Wir werden es immer noch weiter so treiben, als liebten wir das Irren, die Täuschung und die schon vorher gewußte Enttäuschung. Aber gibt es etwas Besseres zum Überleben? Er bekannte sich zum Irren. Zum tödlich Notwendigen.

Irgendwann litt Richard nicht mehr, ohne es bemerkt zu haben. Es war ihm eine Freude zu sehen, wie die Zimmerleute die butterweißen, kantig geschnittenen Balken mit der Seilwinde hochgezogen, wie diese jungen Männer damit in der luftigen Höhe geschickt umgingen, fast tänzerisch, und wie schnell das Dachgerippe wuchs.

Waren einmal der wuchtige, mächtige Firstbalken abgesichert und die Seitenplanken gelegt, da reihten sich erstaunlich rasch die schmalen Rippenhölzer dazu. Schon am darauffolgenden Tag wurden die Isolierschichten aufgetragen, und das Haus hatte einen regensicheren Schutz. Von diesem Tag an war der Oberstock in ein Dämmerlicht getaucht, noch waren die Elektriker ja nicht gekommen.

Nun hatten sie eine neue Höhle, obwohl sie nicht fertig war, und am Abend, kaum waren die Arbeiter weggefahren, bestanden die Kinder darauf, im offenen Kamin Feuer zu machen. Der Schamott zwischen den graugebrannten Spezialziegeln war wahrscheinlich noch auf rücksichtsvollen Umgang eingestellt, doch sie waren unerfahrene Stadtbewohner, Richard schleppte halbmeterlange und mindestens zwanzig Zentimeter breite Balkenreste heran, und die Buben kreischten und jauchzten, als die Flammen wild aufloderten. Zum Glück hielten die sich an die vorgegebene Richtung, schossen geradezu ins offene Kaminloch hinauf; ein frevelhafter Blödsinn, den sie da feierten, wurde ihnen Tags darauf erklärt, von den Zimmerern und vor allem vom Maurer, der sie vor Verachtung wohl am liebsten zu Staub geknurrt hätte. Himmel! Der Mörtel zwischen den Kaminziegelwänden gerade getrocknet und dann diese erste gewaltige Hitze, statt langsam und geduldig, ein kleines Feuerchen nach dem anderen.

In die Flammen zu schauen, war freilich ein heilendes Erlebnis. Richard konnte Selma wieder an sich ziehen, seine Hand in ihrem Haar wühlen lassen. Es tat ihm gut, ihre Lippen wieder als eine Heimschwelle zu spüren. Aber er teilte dieses Einssein nur zeitweilig.

Wenn er die rostigen, verkrümmten Nägel mit dem Zangenbeil aus den alten Brettern herauszog, fragte er sich doch das eine oder andere Mal: Bin ich hier endgültig angekommen oder mache ich nur Halt auf einer längeren Reise? Richard atmete auf, er mußte nicht mehr weiter, neben ihm plapperten Rik und Tom, er träumte nicht, es waren wirklich seine Söhne. Die lange Reise hatte aufgehört, auch ohne Zielbahnhof, denn da waren keine Geleise mehr.

2. Der Gewinner

Viel zu früh, wie alle sagten, verlegten sie ihr Nachtquartier unter das neue Dach. Sie schleppten die Matratzen aus dem Heustadel über die Wiese und stemmten sie über die neu gezimmerte Holzstiege hinauf ins Unterdach. Der Betonboden war trocken, davon konnten sie sich überzeugen; Richard und Selma strichen mit der Hand über die ruppige Fläche, streichelten sie, denn sie war das Produkt der Betonmischung, die sie zu zweit Karre für Karre hinauf über das Hanggras und über eine steile Holzbrücke dem zappelig wartenden Maurer vor die Füße geschüttet hatten.

Zum ersten Mal fürchteten auch die Buben sich nicht, als es, wie oft in diesem Sommer, nachts blitzte und krachte. Obwohl sich nichts zu ihrer Sicherheit verändert hatte. Aber es war alles neu. Als ob sie irgendwo in der Taiga lägen. Das Nachtgewitter zerfetzte die Plastikhaut, die über die Leere der zwei Mansardenfenster gezogen war, und der Regen prasselte jäh auf den einen oder anderen nieder, sodaß sie alle aufsprangen vom Matratzenlager; doch für die Buben konnte nichts abenteuerlicher sein. Und es war ja nicht schwer, die Fensterlöcher mit Dekken zu schließen.

Kein besonderes Atmen brauchte er, um den nächsten Stundenschlag zu hören, es genügte, die Hände vom Gesicht zu nehmen und sich der Luft nicht zu verweigern. Sich hinzugeben, ohne die Dauer besitzen zu wollen. Das führte zu einer schmerzlichen Heiterkeit, zu offen gezeigten Augen. Und in den Händen pulste die Zärtlichkeit, meistens unverlangt.

Sie legten eine steinerne Treppe an, aus eineinhalb Meter langen Grenzpfählen, vor einer Ewigkeit von Bauernhand mit Meißeln mühsam aus Granit gehauen. Diese weißgrauen Steinsäulen standen da und dort noch herum an Wiesenrändern, anderswo hatte sie der jeweilige Besitzer aufgeschichtet in Hofnähe; Besitz und Weide wurden schon seit geraumer Zeit von Elektrozäunen abgesichert. Die Steinsäulen waren einmal die Wächter des Landes, des Erdbesitzers gewesen, zwischen ihnen weg waren die Bretterzäune oft aus langlebigem Lärchenholz gelaufen, miteinander nicht mit Nägeln verbunden, sondern mit

Weiden- oder Birkenzweigen verflochten. Sie hatten den Abstand bestimmt.

Die Johannisbeeren röteten sich zur Reife, wenn die Bäume der Wildkirsche erst anfingen, von bläßlichem Weiß ins Rosarot zu färben. Die Wildkirschen hatten kaum mehr als ein, zwei Millimeter Fruchtfleisch über dem Kern, aber sie schmeckten sommersüß, irgendwie nachtklebrig, wenn man sie handvoll in den Mund schob.

Ein heißer, scheinbar nie vergehender Sommer; die Buben stürmten mehrmals am Tag aus dem Wald herunter und reckten großkappige Pilze in die Luft, gerade so als hätten sie das Herz der Erde gefunden.

Auf allen Nachbarwiesen wurde das Gras geschnitten, getrocknet, umgedreht, und wenn ein Gewitterregen dazwischenplatzte wieder um- und umgeschüttelt.

Das Tuckern der Mähmaschinen verwandelte sich wie das Poltern der Maltatrommel für Selma und Richard zur Musik eines anderen Lebens. Sie schwitzten und kippten den Mörtel immer noch einige Brükkenmeter höher hinauf, und um sie herum blühte ihre eigene Wiese, es roch nach geschnittenem Gras, es roch nach Heu, es roch nach ausgeknattertem Dieselabgas; die Föhren und Fichten, zehn Meter oberhalb ihres Hauses, nickten ihnen bei Wind freundschaftlich mit den Wipfeln zu. Richard war verliebt in das Leben, und Selma (das sah und spürte er) war es auch. Wenn der Maurer seine Spachtel, den Spalthammer und die Kelle gesäubert und gewaschen und fast verächtlich in eine Ecke geworfen hatte, und zwar in seine, wenn Selma und Richard mit den Kindern allein waren, dann legten die Grillen übermächtig los, so als hätten sie auf diese endlich alleinige Aufmerksamkeit gewartet, ein in dieser Stille beinahe dröhnendes Konzert von übereifrigen und doch auf Harmonie eingespielten Grasmusikkünstlern. Richard warf sich mit dem Rücken in den Wiesenhang und staunte die mit Weiß- und Rotholz durchsetzte Verwandlung des Hauses wie etwas Unglaubliches an.

Dieses Grillengezirpe, eigentlich ein Grillengezeter, war anderswo ein Zikadensägen gewesen, ein Zersägen der Mittagshitze in Johannisbrotbäumen, unter denen ein Feld voll zertrümmerter Kratersteinen lag, dazwischen kaum größere, gelb und dürr. In einer solchen Stein- und Hitzewüste hatte er in Griechenland Ursula entkleidet, ihr naßgeschwitztes weißes T- Shirt über ihren Kopf gezogen und die kurze Jeanshose von den Fußknöcheln gezerrt.

Nie mehr wollte er sich auf die Zunge beißen. Nur eines konnte er nicht lassen: Beim Essen biß er sich, sofern ihm das Reden zu schnell gelang, gerne in die linke Innenwange, was im Augenblick schmerzte, aber ihn jedes Mal an das Leben erinnerte.

Eine eigene, für ihn später kaum enträtselbare Ruhe hatte Richard einmal auch in Kroatien durchflutet. Die Mittagssonne brannte auf sie herab, aber für Ursula war ihre Lage nicht ausgesetzt genug, sie stieg zwei, drei Tritte höher und fand eine Felsplatte, auf die sie sich zum Sonnenfraß hinfläzen konnte. Er warnte sie vergeblich, daß über ihnen, in der zwanzig oder dreißig Meter aufragenden Felsaufschichtung, Voyeure oder Fotografen lauern könnten. Umso besser, sagte sie und zog den schmalen Slip über die Knöchel. Sie spreizte die Schenkel, als wollte sie von den Sonnenstrahlen gereizt werden. Er hatte sich nicht neben sie gelegt, dazu bot die Felsplatte nicht genug Platz, aber er kletterte ein paar Meter weiter auf einen turmartigen Klippensockel und hatte von dort Ursulas Nacktheit im Blick. Gleichzeitig erspähte er einen Mann ohne Badehose, der aus etwa zwanzig Metern Höhe schräg auf sie herunter sah und unbekümmert masturbierte.

Richard rief mehrmals, nicht sehr laut, aber in scharf warnendem Ton ihren Namen, sie blickte schließlich zu ihm hin und zeigte sogar mit dem linken Arm auf den Exhibitionisten hinauf, mit der anderen Hand aber streichelte sie sich, als wäre sie unsichtbar. Damals war Ursula zwanzig. Ihr Lächeln schien sich um niemandem zu kümmern.

Sie zog nicht nur die Aufmerksamkeit jeder Person auf sich, sie beherrschte sie auch, jede Umgebung, alle Personen wurden zu ihrer Umgebung. Dabei war sie diejenige, die anscheinend allen behilflich sein wollte. Sie sah alles sehr schnell, sah, wo einzugreifen, beizuspringen war. Und ebenso wußte sie, was zu tun war. Schlaksig und doch wohlgeformt, wie ihr Körper sich präsentierte, schien sie endlos belastbar zu sein und kaum an sich selbst zu denken. Aber sie holte sich ihre Lust wie eine Krake oder eine kaum sichtbare Meduse. Sie stülpte sich über den Gegenstand ihres Interesses und saugte ihn auf. Es glich einem Wunder, daß er aus der Betäubung erwacht war.

Bestand die Liebe aus einem Schrei? Oder letztlich nur im Schreien? Die Zärtlichkeit des Anfangs als das raffinierteste, lammfellgleiche Signal für wachsende Gewöhnung an gewalttätige Liebe? An gewalttätige Ichverteidigung? Wie ertrug sie sein Aufbrüllen? Geh mir aus dem Weg! Verschwinde ins Nichts, verdufte ins Unsichtbare! Was war denn die Liebe? Immer nur ein Hindernis vor dem nächsten Verliebtsein?

Jetzt, nach der Arbeit auf der Wiese liegend, wußte Richard, daß es gut war, wie es ihn herumgewirbelt hatte. Er schrie nicht nach Ursulas Nähe, auch wenn er gerne so ein widerspenstiges, nachmittagsheißes Blatt des Johannisbrotbaumes zwischen die Lippen genommen hätte. Es wäre eine Lüge gewesen, hätte er gesagt, er sehne sich nach etwas anderem, er wäre nicht froh oder zufrieden. Obwohl er das Wort Glück kaum verwendbar fand, er hatte nichts gegen Glück, aber er hätte sich ihm nie anvertraut. Vom Wiesenhang sah Richard hinunter auf den Kirschbaum, den er täglich, eigentlich ununterbrochen, vor sich hatte und wohl deswegen kaum bemerkte.

Er sah das Gewirr der Blätter wie eine Vergrößerung des Kopfes eines seiner Kinder, das Blätterhaar voller Vögel. Er hätte die Hand ausstrecken mögen und den gewaltigen grünen Wuschelkopf des Kirschbaumes streicheln, Blatt für Blatt mit wenigstens einem Finger liebkosen wollen.

Selma trat aus dem noch türlosen Haus auf die Terrasse und drohte ihm mit einem Holzscheit, und er drohte lachend mit bloßer Hand zurück, er wußte, es war Essenszeit, er hätte den Salat schon längst aus dem Garten holen sollen, Selma war stolz darauf, daß aus den Pflänzchen, die sie gesetzt hatte, tatsächlich grüne, knackige Salatköpfe geworden waren.

Sprich nicht weiter, sagte er zu sich, und erst da merkte er, daß sein Mund geschlossen war. Wenn schon keinen Wind, dann wünschte er sich wenigstens bald die Dämmerung.

Sie wollten das alte Gesicht des Hauses bewahren. Richard achtete auf jeden Wink aus dem Dorf, ob im Gasthaus oder im Gemischtwarenladen, er fragte und spitzte die Ohren. Er fuhr in der näheren und nächstfernen Gegend herum und kaufte sonnengeschwärzte lärchene Wandbretter von abgerissenen Scheunen. Mit diesen schweigsamen Zeugen verschiedenst gelebter und durchlittener Vergangenheiten ließ er die Innenwände des Oberstocks vom Tischler präzise vernageln und zudecken.

Er wartete auf den Wind, er suchte nach einer Straßenlaterne, doch da war nur der Nebel im Tal. Jetzt, sagte er (und es war für ihn ein wichtiges Wort, aber er wußte im Moment nicht, warum), jetzt wäre er gerne geliebt worden. Zum Glück war es nur ein Selbstgespräch.

Es war in der ersten Mittsommernacht am Berg, daß er nach einem kurzen Schlaf von Selma geweckt wurde: Horch, flüsterte sie. Und er hörte diesen zerquetschten röhrenden Ton, er kam aus der Richtung des alten, viehlosen Stalles. Richard legte sich auf den Rücken und lauschte. Nach einer Weile hörte er aus diesen Tönen trompetenhafte Stümperei, jetzt war er überzeugt, daß ein besoffener Nachbar oder ein Musikant auf dem Heimweg vom Gasthaus ihn provozieren wollte und nun im Stall furzende Trompetenstöße losließ. Er sprang von der Matratze auf und lief ins Freie, barfuß übers Gras zum Stall. Aber bevor er den erreichte, bemerkte er etwas Dunkles, das sich hopsend bewegte, aufwärts dem Wald zu. Es war eine Vollmondnacht. Er rannte hinter dem beweglichen Schatten her, der immer etwa zehn Meter voraus war, mit einer Holzlatte in der Hand, nein, es war kein Mensch, obwohl es etwas Gebücktes an sich hatte.

Die totgesagten Wirklichkeiten entsprachen den totgesagten Träumen, den totgesagten Sehnsüchten, den totgeglaubten Hoffnungen und der totgeglaubten Neugier. Jetzt konnte er in einen Apfel beißen und ihn mit Butz und Stingel verschlingen.

Und dann, als Richard schon meinte, ihm fehlten nur mehr drei oder vier Meter begann der Schatten zu flattern und flog in die nächsten Fichtenwipfel hinauf. Eine der selten gesichteten Rieseneulen, wie man ihn ein paar Wochen danach aufklärte. Ein flatternder Schatten. Auch Ursula war zu einem Schatten geworden, der aufflatterte und wegflog, irgendwohin, gewiß nicht hinauf in die Fichtenwipfel des Waldrandes. Oder doch? Im Traum hatte sie ihren Mund über den seinen gelegt. Er spürte ihre Lippen kaum, aber er sah ihre Augen, groß und schwarz. Aber wie?, fragte er sich im Traum, wie kann man bei einem Lippenkuß die Augen sehen, als füllten sie eine Plakatwand?

Richard wußte, daß der Winter am Berg vieles (oder alles?) in seinem Leben verändern würde. Und er wehrte sich nicht, er war damit einverstanden.

Nicht immer hatte er sein Glück ertragen, zeitweilig war er sich deshalb wie ein Verdächtiger vorgekommen, ein Zweifelhafter, mit dem die anderen nichts anfangen konnten, auch nicht wollten. Und er? Ihm war seltsam zumute, er wußte nicht, welche Rolle, was für ein Lebensspiel er spielen solle. Das Glück, worin bestand es denn? Doch vor allem in den vielen Möglichkeiten. Das Glück machte ihn traurig. Er wollte nur glücklich sein und nichts von den Möglichkeiten wissen. Komm zu dir, redete er sich zu, komm zu dir. Aber er wollte nicht dorthin kommen, wo alles so war, wie er es schon kannte.

Remigius war der in weitem Umfeld geschätzte, geradezu berühmte Ofenbauer. Ein hagerer, mittelgroßer Mensch, der eine sprechende Ruhe ausstrahlte. Ein Demütiger, der Respekt einflößte.

Remigius baute in ihre Stube einen fast zwei Meter langen und gut eineinhalb Meter hoch aufragenden traditionellen Tiroler Bauernofen. Es schmerzte, den alten, vielleicht hunderte Jahre lang beheizten Ofen zertrümmern zu müssen, aber der war voll von Rissen und Sprüngen, also lebensgefährlich.

In Richards Kopf war es zuletzt, als er seine Arbeit beendet hatte, ein weißgemauerter Sarg, der von der Küche aus (dort war die schmiedeeiserne Ofentüre, durch die das Brennholz mit einer langstieligen Gabel hineingeschoben wurde) durch die Wand zwischen Küche und Stube hineinwuchs in den Wohnraum. Vielleicht sah nur Richard, der zugereiste Fremde, den liebsten Mittelpunkt eines Bergbauernhauses als weißgekachelten, versteinerten Sarg. Das Feuer loderte darin, aber nur am Anfang, dann schlief es im Verbrennen dahin.

Ihm aber, der zusah, wenn Remigius auf die Knie sank und dann den Kopf und gleich auch die Schultern in dieses kaum einen halben Meter breite Ofenloch steckte und in kurzen Ruckelbewegungen den ganzen Körper nachzog, ihm, Richard, wurde dabei ganz eng in der Brust. Denn es gab für ihn keinen beklemmenderen Traum als den, der leider immer wiederkehrte: Daß er seinem Begräbnis zusah in einer südlichen Stadt, wo die Toten in Wandschächte geschoben werden, er aber war nicht tot, er lebte, bewegungslos und ohne Stimme, und sie schoben ihn mit dem Kopf voran in diesen engen Schacht, er konnte sich nicht rühren, nicht den Kopf heben, nicht einen Finger. Alles in ihm wollte schreien, brüllen, sich aufbäumen, einfach aufstehen. Das alles war unmöglich, nur das Ersticken nicht, denn der Betondeckel, der seinen Namen trug und mit dem sie seinen Totenraum abgeschirmt hatten vom Leben, schloß nicht gut, ließ das bißchen Luft herein, das seinen schnellen Tod verhinderte.

Die Stille des kommenden Schnees wurde nur durchbrochen vom übermütigen Gebell herumtollender Hunde.

Remigius arbeitete Stunden in diesem Ofenschacht, er strich jede Fuge mit Schamotte aus, massierte, weiß Gott, mit dieser feuerfesten Tonerde jeden inneren Millimeter des Ofenbauches. Vor dem Ofenloch stehend, in dem er noch die Schuhsohlen von Remigius beobachtete, sah Richard sich hineingeschoben von Ursula in die Enge der Bewegungslosigkeit und in eine Finsternis, in der er seine eigene Stimme nicht mehr hörte.

So war er wie erlöst, als Remigius eines Tages sagte, der Ofen ist trocken, es müßte ein guter Ofen geworden sein. Das sagte Remigius, als er schon im oberen Stockwerk an einem ganz anderen Ofen arbeitete. So was hab ich mein Lebtag nicht gemacht, seufzte er und das Seufzen war getragen von einem scheuen Lachen.

Es war ein Kachelofen aus der späten Renaissance. In sechs Holzkisten hatte der Antiquitätenhändler ihnen die Trümmer und Kleinstücke eines grünen Kachelofens mitgeliefert mit den Brettern, aus denen Albin, ihr Tischler, eine Stube gezimmert hatte.

Er liebte das ungestüme Prasseln des Regens, dieses unentwegte Trippeln auf dem Dach und das stundenlange dicksträhnige Herunterströmen vor den Fenstern. Er hockte auf einer Holzbank und versank in Schauen und Hören. So öffnete sich die innere Tür der Zeit.

Nein, Ursula hatte ihn nicht in eine Grabschublade gestoßen, im Gegenteil, er träumte, daß sie sich mit ihrem Mädchenleib auf die Knie fallenließ und mit dem Kopf voran sich in diesen lichtlosen engen Schamottekanal hineinschob. Richard saß davor und lachte, weil Ursula auf der einen Sohle ihrer Sandalen die Spuren von Hundekot zeigte. Erst dann wurde ihm bewußt, daß er Ursula herausziehen mußte. Also stand er auf, und mit dem Blick auf ihre kotigen Sohlen faßte er den neben dem Schachtloch lehnenden Betondeckel und verschloß damit endgültig die tödliche Enge, in die Ursula hineingekrochen war.

Er schämte sich dieses Traumes. Während er den Schubkarren mit den Ziegeln die Wiese hinaufdrückte zum Ofenzauberer Remigius, schämte er sich, aber wie konnte er dieser Scham entkommen, wenn er doch bei Tag kein Schuldiger war? Oder doch? Komm, rief er

Selma zu und zog sie hinter das Scheunentor, strich ihr über das verschwitzte Haar und legte sein Gesicht für eine kurze Weile an ihres. Mehr als einmal war Richard in der Nacht, darauf achtend, niemanden zu wecken, auf die Wiese hinausgetreten und hatte die Luft geküßt, als wäre sie seine, hatte die dunklen Baumstämme des Waldrandes gegrüßt, als wäre er ihr Bruder. Er pinkelte ins Gras, als wäre es für immer sein Gras.

Die Zimmerer hatten schon die Böden im Oberstock gelegt, mit neu gehobeltem alten Lärchenholz. Auf diesem Boden hatte Selma die Keramikstücke aus den sechs Obstkisten ausgebreitet, ein kaum zu überschauendes Puzzle für Richard, der sich darauf gar nicht einlassen wollte. Aber Selma kauerte jetzt, da kein Maurer ihre Handlangerhilfe mehr brauchte, stundenlang über diesem blaßgrünen Keramikboden, zum Teil unversehrte ganze Kacheln, zum anderen nur Stücke davon. Er schaute ihr immer wieder zu, fünf oder zehn Minuten, nie länger, aber er sah weniger auf die gebrochenen Linien, die sie zusammenzubringen versuchte, sondern auf ihr schmales Profil, auf ihre in der Hocke gequetschten Schenkel, auch auf ihr Haar, das in wilden Locken über ihre Wangen fiel.

Die einzige Tat, die er bereute, hätte er wieder begehen müssen. Was ihn zum Verbrecher machte, hatte mit der Liebe zu tun, das eigentlich einzige Böse, das ihn nicht entließ aus der Qual wacher Nachtstunden, war ein Liebesverbrechen. Er bereute nicht das, was andere Betrug oder Verrat nannten. Er bereute den Schmerz, den er verursacht hatte. Und daß er unfähig war zu einer Erklärung: Warum er den Schmerz nicht verhindern konnte.

3. Ursula

Ein seltsames Mädchenfrauwesen: Ursula. Als er sie auf dem Weg in eine Mittagspause ansprach und sie fragte, ob sie für ihn oder mit ihm Spaghetti kochen wolle, da sagte sie: Ja, gern. Und so führte er sie in die Terrassenwohnung in der Stadt, die sonnenbestrahlt, aber verlassen war von Selma und den Buben, die er über die zwei Bergpässe gebracht hatte.

Ursula kochte tatsächlich diese Spaghetti, und sie beide aßen sie mit einer dicken Parmesanschicht in der Stube, vielleicht mit grünem Blattsalat. Und sie redeten miteinander, als wären sie geboren worden für diese Stunde. Und das mit einer babylonischen Zungenfertigkeit und mit Farben in den Augen, die sie entliehen hatten aus den hängenden Gärten der Semiramis.

Richard las in ihren Augen vor allem Neugier. Zeig mir das Leben. Zeig mir die Freude. Es hieß da nicht: Zeig mir die Lust. Sie war eine zärtliche Sucherin, ein Mädchen, das wie eine wissende Frau zu ihm sagte, gehen wir ins Wohnzimmer.

Er ließ Joan Baez leise singen, während Ursula sich auf die Couch streckte. Diese Liege war nicht breit genug für Erwachsene, die sich nebeneinander auf dem Rücken ruhend unterhielten. Das wollte er auch nicht, Ursula hatte schon die flattrigen Sommerjeans abgestreift. Aber bevor sie nackt unter ihm lag, küßte er ihr Gesicht, jeden Quadratmillimeter, er blickte in ihre Augen, die kastaniendunkel glänzten, und er wollte ihr kleines Muttermal mit seinen Lippen umschließen, aber da zuckte sie weg, zog sein Gesicht herunter und preßte es zwischen ihre Brüste. Wo war er, auf dem Nordpol oder erst in Grönland?

Er hätte manchmal am liebsten den Mund in die Erde gestoßen und zugebissen, um das Leben an den Wurzeln, auch wenn es nur Graswurzeln wären, zwischen die Zähne zu kriegen und den Saft des Grases zu trinken mit allem, was bei dieser Freude seine Augen hätte überfließen lassen.

Richard liebte das Geräusch des Regens in diesem Sommer, hatte die eigenartigen Raspeltöne ebenso wie das lispelnde Rieseln immer schon geliebt. An so einem Regentag war die alte Scheune das Zauberland für die Buben, noch lag ja genug Heu, in dem sie raufend herumtollen konnten. Über eine Holzleiter erklommen sie die hoch oben quer über den Tennboden gelegten zwei, drei Balken und sprangen von dort mit Übermut und Gejauchze ins duftig wollige Heu hinunter. Wenn er es ungestört konnte, hockte er sich selbst, wenigstens für eine Weile, in eine Soldercke des Stadels (der Solder war der Balkon des Stadels, auf dem einmal die Kolben der Mais- Ernte zum Trocknen aufgehängt worden waren) und schaute in den Vorhang des Nieselregens oder in die jäh herunterstürzenden Regenstriche, er dachte an Wasserseile, so dick konnten sie sein. Am schönsten war aber, die Augen geschlossen zu halten und mit dem Rücken zur Stadelwand dem Rauschen des Regens zuzuhören, den vielfältig sich mischenden Stimmen des Wassers. Er war nicht unglücklich, und wenn er mit dem Regen sprach, dann konnte er auch sagen, daß ihn nichts so sehr an Ursula angezogen hatte wie das Geheimnis ihrer angeborenen Freiheit.

Im Traum gehört die Frau neben ihm immer schon zu einem anderen. Aber der andere ist nie anwesend. Es geschieht auch nicht viel. Sie lächeln nur, während andere um sie herum ihre Handgriffe erledigen. Immer sind sie umgeben von anderen Leuten. Es wird über Politik gesprochen, über Literatur oder über Hunde. Sie beide aber treibt ein ganz anderes Wissen, völlig unangekündigt wissen sie etwas, was die anderen nicht nachvollziehen können. Dieses Wissen macht sie beide lächeln.

Hatte Ursula ein Geheimnis gehabt? Sie war so oft wortlos an ihm vorbeigegangen, zwischen Bad und Küche und zwischen Balkon und Wohnzimmer und hatte dann lediglich ihre dunklen Haare über sein Gesicht geschüttelt. Manchmal war sie so nahe an ihn geraten, daß er sie wegstoßen wollte, um nicht weinen zu müssen.

Wenn Richard an Tod dachte, dachte er an Essen und dann aß er vom Rand her irgendeinen Teil von Ursula. So dachte er, so träumte er.

Mitten in zwei, drei Tagen Regen kam Selma mit ihrem Keramik-Puzzle in aller Stille gut voran. Er sah ihr oft zu, wie sie ein Stück in die Hand nahm, abwog, indem sie es hin- und herdrehte, bis sie es zu einer Scherbenreihe legte, zu der es vielleicht passen konnte.

Mit jedem Tag, an dem das Haus, das alte, sich verwandelte, weil etwas mit ihm geschah, etwas Neues hinzukam, wie jetzt die neuen Fensterstöcke, eingesetzt in metertiefe Fensternischen, veränderte sich auch Richards Erinnern an Ursula. Manchmal war ihm wie beim Mauern einer Wand, er könnte sie mit einmauern oder hinter einer der Isolierschichten verstecken.

Manchmal wünschte er sich die totale Finsternis, manchmal wollte er nichts verstehen, wollte naiv sein wie ein Kind. Aber es fiel ihm schon schwer, so einen Satz im Kopf zu formulieren. Er lehnte sich an die Hauswand, schloß die Augen und sah zu, wie er sich dafür ohrfeigte.

Es war ein besonderer Tag, als er an einem Mittwoch von der Radioarbeit nach Hause kam und den Ofen sah, zwar noch kahl, aber in einer blanken, rauhen Schönheit, sodaß er an eines der sonnenhellen orthodoxen Kirchlein dachte in Griechenland, weißstrahlend auf einer Bergkuppe oder auf einem Felsvorsprung in Meeresnähe. Tatsächlich hatte Remigius nach einer sparsamen Plan-Zeichnung von Selma eine Art Mini-Kirche mit Schamotteziegeln gebaut und das Gebaute innen und außen mit einer Lehmmischung bestrichen. Er hatte mit Selmas geordneten Kachelteilchen den Ziegelofen bedeckt, mit den mühsam zusammengefundenen Stücken, und am Ende einer wochenlangen Geduldsarbeit stand dieser jahrhundertgrüne Keramikofen als eine stille Autorität in der vordersten rechten Ecke der Halle und strahlte seine Wärme aus der Vergangenheit in diese gefundene Gegenwart. Ja, so empfand Richard dieses Jetzt: Daß er es von Tag zu Tag und eigentlich jede Stunde neu gestalten und auf diese Weise erfinden mußte.

Und er erfand die Gegenwart mehr und mehr für Selma.

Was wog schon die Stille eines alten Hauses auf? Das nachmittägliche Licht im Treppenhaus, im Sommer anders als im Winter? Die allwissende Schläfrigkeit des Dachbodens? Hier war die Traurigkeit milde, fast zärtlich.

Zum ersten Mal, seit sie Landbesitzer waren, entdeckten sie, daß ihr Grund und Boden auch Früchte abgab, für deren Ernte sie kaum etwas getan hatten. Das begann schon mit den roten, sauersüßen Johannisbeeren. Wenn immer kein Laut von ihren Buben zu hören, kein Hemdzipfel von ihnen zu sehen war, mußte man nur einen Blick auf einen großbuschigen Strauch werfen, und da hockten sie unter den Zweigruten und stopften die Münder voll. Ende Juli aber ging es mit den wilden Kirschen los. So unanschaulich klein und schwärzer als jede Tinte diese Kernfrüchte waren, so bittersüß schmeckten sie.

Und inzwischen färbten sich auch die wilden, als Samen angeflogenen Zwetschgenbäumchen an den Feldzäunen und in manchem Waldrandgebüsch, auch in Hausnähe, im September begannen sie sich von Grün in Blau zu verwandeln, von Ungenießbar in ein köstliches Marmeladensüß.

Ihr Ameisen, alle ihr in meinem Wald lebenden Ameisen, sammelt mir fein säuberlich sämtliche Harzkörner der Liebe, ihr Liebessammler! Und er hätte sein Bett gefüllt mit nichts als mit Harzkörnern und wäre mit ihnen verschmolzen.

Auf der Wiese rund um Haus und Stadel leuchtete das Rot der Steinnelken neben dem Gelb des Wiesenklees. Richard zog auch das kragenlose weiße Hemd aus, es war, als müßte er an einem Baum rütteln. Im nächsten Frühjahr, nahmen Selma und er sich vor, wollten sie neben dem Brunnen vor dem Haus einen Nußbaum setzen. Der Brunnen selbst war schon sehr alt, ein ausgehöhlter Föhrenstamm, dünnwandig geworden. Aus einer nicht sehr ergiebigen Quelle im Wald oberhalb des Hauses zuckelte ein Rinnsal bis zu ihrem Brunnen, rann, oft nur tropfend, durch eine fingerdünne Eisenröhre. Ja, um das Wasser mußten sie sich kümmern.

Wollte er überhaupt begreifen? Die Luft strich über sein Gesicht. Im Traum ließ er sich erzählen, ließ sich von seinem Vater (oder war es der strengste der falschen Lehrer?) erzählen, worum es ging: Nämlich daß sich die Sterbende, die Geliebte eines Mörders, aufs heftigste wünschte, noch einmal Kirschblüten zu sehen (aber er und der Erzähler wanderten über eine verschneite Hügellandschaft). Leider, hörte er seinen Erzähler sagen, starb sie am Tag, bevor man ihr einen blühenden Kirschzweig bringen konnte.

Selma hatte ein Mädchen in einem Nachbarhof gefunden, das sich tagsüber um die Buben kümmerte. Mit dieser etwa vierzehnjährigen Begleiterin durchstreiften Rik und Tom die nahen Wälder und schleppten mit Indianergeschrei Körbe voll von Pilzen heran, mancher Herrenpilz hatte eine Kappe, die breiter war als Tommys Kopf.

Richard briet diese Pilze am Abend über einem offenen Feuer; tatsächlich war es eine Schiefersteinplatte, unter der die Flammen züngelten. Das Flammengezische begeisterte die Buben. Richard versuchte die Ruhe eines Feuerwehrvizekommandanten zu bewahren. Er hatte trockenes Laubholz ausgewählt, um den Harzrauch des Nadelholzes zu vermeiden, und als die Flammen aufstiegen, legte er die Schieferplatte darüber, sorgsam bedacht, daß die von ihm errichteten Steinwände links und rechts die Last hielten. Mit zerhacktem Knoblauch und Olivenöl bestrich er die Pilzschnitten und drehte und wendete sie in aller Ruhe. Neben ihm wartete Selma, im Gras hockend, mit einer Terrakotta-Schüssel.

Für die Buben verzog Richard seine Gesichtsmuskeln, sie warteten beim Essen darauf, flehten ihn an: Iß mit uns als Clown. Von den kichernden Kindern kaum bemerkt, redeten Selma und er über die Probleme beim Bau, aber auch über die politische Lage im Land und in der Welt: Unglaublich, meinte Selma, daß die Supermacht des Westens unter all den Millionen Genies nichts Besseres anzubieten hat als diesen Präsidenten.

Und als hätte ihn ein Kindheitsbruder gerufen, stürzte er sich hinaus in den prasselnden Regen, in den nahen Wald, tropfnaß in wenigen Minuten, mit vollgesaugter Mütze am Kopf, glitschig die Hosenbeine bis über die Oberschenkel. Und er: endlich eins mit dem Ganzen. Mit dem ganz Kleinen auch, er griff in das wasserglänzige Moos, wich nicht den Sträuchern aus, tauchte durch sie hindurch ins Unterholz, von allen Zweigen gestreift, von wasserverspritzenden Ästen. Ihn quäl-

ten kein Denken, kein Gestern und Vorgestern, es war alles ein Erinnern an die Gegenwart, die schon immer begonnen hatte und die er nicht verlassen wollte.

Von dem Moment an, da in der Stube und im gesamten Erdgeschoß ebenso wie im Obergeschoß die Glasfenster eingehängt waren, hatte sich das alte Haus von einer Bauhöhle in ein gemütliches Wohnhaus verwandelt. Zuvor hatte der Tischler schon längst die neuen Türstöcke gesetzt, auch aus hunderte Jahre altem Holz.

Warum sollte er sich befreien? Wenn es doch keine Alternative gab. Frei sein, um Schuldgefühle auszutragen?

Noch zirpten die Grillen, und die Wespen umsurrten jedes Stück Fleisch, das zum Mund geführt wurde. So war das also gewesen mit Ursula. Nein, solche Gedanken kamen ihm nicht, wenn er an den letzten warmen Sommerabenden draußen auf der sanft geneigten Wiese saß mit Selma, nicht weit von der Feuerstelle. Er wünschte sich, mit allem um ihn herum eins zu werden, er sehnte sich danach. Obwohl das nur die halbe Wahrheit war, wie er im grauenden Morgen wußte, wenn er im Auto unterwegs war zur Arbeit in der Stadt.

Atme schneller. Nein, irgendwann mache ich da nicht mehr mit. Was heißt irgendwann. Ich halte schon in dieser Sekunde den Atem an. So lange es geht.

Schluß, auch das letzte Talglicht ausgeblasen, Ursula gab es nicht mehr, für alle Ewigkeit nicht mehr. Dabei waren sie doch erst durch die Wälder der Welt gefahren, sie hatte zwischendurch ihre Schläfe an seinen rechten Arm gelehnt. Und er hatte mitten in ihren Halbschlaf hinein die Namen der Bäume genannt, an denen sie vorbeifuhren: Die weißblühenden Akazien und die Buchen, Föhren und Fichten kannte sie schon, auch die Lärchen, aber bei den Ulmen und Buchen wachte sie vollends auf, nein, diese Baumarten könnte sie auch stehend nicht unterscheiden. Darüber konnte er nur verständnisvoll lachen, so war es ihm ja auch lange Zeit ergangen. Aber die Rubinienblätter wußte sie mittlerweile auseinanderzuhalten von den fingerbreiten Eschenfächerblättern. Ich bin mit dir, immer will ich, sagte sie, diese Weltbäume mit dir teilen, und wenn es sich ergibt, sie, um die Wette mit dir, umarmen, streicheln und meinetwegen auch küssen.

Im Kellerzimmer eines Künstlerfreundes, den sie in Salzburg besuchten, wären sie fast gestorben, erstickt von dem Gasofen, der sie in dieser Jännernacht hätte wärmen sollen; die Flamme war verlöscht und das restliche Gas des Behälters verbreitete sich in der gemütlich ausgestatteten Kammer. Sein Harndrang rettete sie, Richard taumelte zum Klo, und es war ihm zu warm, deshalb öffnete er ein Kellerfenster und schlief dann weiter, Wange an Wange oder Rücken an Rücken, er wußte es nicht, als er mit Kopfweh erwachte, weil Ursula sich erbrach.

So oder so, Richard hatte mit ihr gelebt, ohne sich wirklich vorstellen zu können, diese Welt bis zum Ende mit ihr zu teilen. Darin war er sich gewiß, er wollte, er konnte seine Kinder nicht und er wollte auch Selma nicht verlassen, schon ein Sekundengedanke daran ließ ihn erstarren. Und dennoch roch seine Nase Ursulas Schlafatem wie für ewig. Er war verdammt zum Unglück des Glücks.

Die Birken am Waldrand waren die ersten, deren Blätter sich gelb färbten, schon Ende August; an diese Abschiedsgeste des Sommers (in der Stadt nie bemerkt) gewöhnten sie sich allmählich in all den kommenden Jahren. Und ebenso, daß sich die wilden Buschröschen jetzt in spindelige rote Hagebutten verwandelten. Und daß aus den stinkenden gelben Blüten des Dornenstrauchs nun winzige Schotentrauben geworden waren, deren Namen er wunderbar fand, Berberitzen. Noch waren die Abende warm, aber zum Arbeiten reichte das Tageslicht nicht mehr nach acht. Umso heller, abenteuerlicher leuchtete Richards Lagerfeuer. Während die Frauen in der Stadt um diese Abendzeit noch in Minirock und ärmelloser Bluse durch die Straßen promenierten, mußten sie hier schon in einen Wollpullover schlüpfen. Um so eigener freilich erlebten sie die Stille, die den abendlichen Wald verdunkelte, es war, wie wenn diese Ruhe aus dem Farnkraut am Waldrand, aus dem Haselgebüsch herauskröche über das Wiesengras, um mit ihnen am Feuer zu hocken. Diese Stille wurde mit jedem gesprochenen Wort erst betont, und die jähen Schreie der im Zickzack über die Wiese laufenden Buben störten diese Stille nicht, im Gegenteil, jeder Schrei markierte die Lautlosigkeit der herabsinkenden Nacht.

Was verkörperte er schon? Doch nicht Latschenkiefern an der Baumgrenze. Vielleicht aber diese Höhlengräbersucht eines Marders, der sich ein Nest zurechtwühlt aus Kiefernadeln und aus Moos in der Blindheit eines Lochs, im Wurzelgeflecht einer Lärche oder Fichte. War das eine Verkörperung? Dann war es ebensogut auch der blaue Himmel heute, den er aus dem Windschatten angehustet hatte.

Weil es nun ein abgeschlossenes Haus war mit Türen, die alle abschließbar waren, mit Fenstern, die den Wind aussperrten, begann Richard über das Leben in der Stadt zu lächeln, nicht gerade verächtlich, aber doch so wie ein erstmals freier Mensch, einer, der mitten in der Nacht vor sein Haus treten und den Mond oder den schwarzen Himmel anheulen konnte wie ein Wolf, und zwar als Rudeltier, das sein Rudel freiwillig verlassen hatte. Fast ein Selbstmord? Nein, er fühlte sich stark.

Ende September wurde die Stille am Abend noch stiller und mehr und mehr ihre eigene Stille hier oben am Berg. Wenn die Kinder noch draußen spielten, ging Richard allein oder mit Selma immer wieder durch das Haus und schaute über die leeren Holzwände, durchschritt die getäfelte Stube, trat auch in die Hinterstube und schaute durch das eine und das andere Fenster (jedes war von einem Holzkreuz in vier Glasquadrate geteilt) auf den Kirschbaum links und auf den Gemüsegarten rechts. An den Zweigen des Kirschbaums erblickte er ins Rötliche sich verfärbende Blätter, fast in der Farbstimmung wie das schuppige Rot der kleinen Barben, die er mit Ursula unter den kretischen Tamarisken gegessen und die sie Götterfische genannt hatten, mit dem Blick auf das sonnenglitzerige Meer.

Das Bittere und das Graue konnte er sich vorstellen. Ihr Glück war jetzt vielleicht tatsächlich sein Glück. So etwa hätte er seine Wahrheit des Augenblicks formulieren können. Doch die Wahrheit fühlte sich wie die Haut einer Schlange an, glatt und bedrohlich. Allerdings nur für jemanden, der damit nicht umzugehen wußte: Hinterm Kopf angefaßt, lassen sich auch Kobras streicheln.

Richard suchte sein Haus für sich zu erfinden durch das Anschauen, zuerst der Innenwände, dann auch der Außenwände, er wollte sich einen Überblick durch einen Innenblick von dieser Einhausung verschaffen. Deshalb schaute er sogar in das Bad im Erdgeschoß hinein, nicht als Benützer, sondern wie ein von außen angereister Neugieriger; ja, auch die Badezimmer hatten sie mit Holz ausgekleidet, beinahe besessen von der Idee: überall sollte es gemütlich, kuschelig sein.

Wo war das Gras? Ja, da war es. Er bückte sich, strich mit der flachen Hand über die regennassen Gräser. Wo war das Holz? Es knackte unter seinen Schuhen, feine, zerbrechlich gewordene, verdorrte Äste, aber da waren auch Bäume, an die er sich lehnte, zuerst mit dem Rücken, dann mit der Stirn.

Richard stellte sich (am liebsten allein) vor jede noch leere Wand und rückte sogar in jeden einzelnen Winkel hinein. Bevor er den Fuß auf die unterste Stufe der Holzstiege zum oberen Stockwerk setzte, zögerte er, um sich zu besinnen: Da bin ich, da steige ich über unsere (von Albin, dem Tischler, aus altem Lärchenholz errichtete) Treppe ins Innere unseres Hauses (meiner Bleibe für immer?). Langsam nahm er Stufe für Stufe, freute sich über den rötlichbraunen Schimmer der dicken Treppenbretter, aber einmal oben, wandte er sich auf dem letzten Stiegenabsatz nicht mehr um. Im Obergeschoß waren auch die Schlafzimmer vom Boden bis zur Decke holzgetäfelt, und dort, wo die Vorbesitzer die Heuvorräte gelagert hatten, breitete sich die Halle aus, wie sie den Wohnraum nannten, in der Länge und in der Breite über fast zwei Drittel des oberen Stockwerks, alles aus Holz.

War es ein Abschmecken der Innenwände mit den Augen? Werdet ihr uns ein Hort werden? Nicht nur gegen Hagelkörner und Marder? Richard schmeckte die neue Zugehörigkeit mit allen Sinnen, mit geschlossenen, aber vor allem mit offenen Augen: Wo ist die Seele des Hauses verblieben? Hatten die Zimmerer mit dem Abriß des alten Schindeldaches, des alten, teilweise schon alterszerfressenen Gebälks sie vertrieben, verjagt? Oder hatte sie sich in eine der vielen noch vorhandenen, anders eingesetzten Bohlen oder in die schwarzspeckige Rußschicht des Küchengewölbes zurückgezogen (als Flüchtling verflüchtigt)? Nein. An Regentagen konnte er das alte Haus immer und immer wieder riechen. Die Seele der vergangenen Jahrhunderte beherrschte, sogar für den Geruchssinn wahrnehmbar, noch den letzten Winkel.

Ja, ich bin angekommen, da wohne ich, da bewohne ich einen winzigen Weltfleck, von hier aus erkunde ich das Sein, das Leben in dieser Welt. So durchschritt er die Räume des Hauses, das mit neuen Fenstern und uralten Türen ein anderes Haus geworden war. Ihn störten nicht die Seelen der Vorbewohner der letzten vier Jahrhunderte, die hier an diesem gleichen Wohnplatz ein völlig anderes Weltbild gehabt und ein ganz anderes Leben gelebt hatten. Er sah auch keine Zellentüren. Wenn er allein war, ging er mit weggestreckten Armen durch die Halle, kreiste sie aus, fast mit ins Schwingen geratenen Flügeln. Es war nicht zuletzt das Staunen, das ihn an den leeren Holzwänden entlangtrieb, dieses Staunen, daß er ein schmerzloser Mensch geworden war. Daß dies kein Gefängnis war, sondern ein Hangar, von dem er sein Leben auf Flügeln in alle Richtungen hochziehen konnte.

Richard lief jetzt auch, wie zum ersten Mal, über das Wiesengras, als ob er nicht monatelang mit mörtelbespritzten schweren Schuhen den Schubkarren über dieses Gras geschoben hätte. Er lief barfuß über seine, über Selmas Wiese und spürte die Halme unter den Fußsohlen, spürte auch, daß die Wiese dreimal in diesem Sommer gemäht worden war, immer wieder zuckte ein Fuß über der scharfen Narbe dickstengeliger Grasstoppel auf. Wie die Räume des Hauses, so schritt er mit nackten Füßen den Wiesengrund aus, hinauf bis zum Waldrand und hinunter bis zur Straße und dann alles der Kreuz und der Quer wie ein allein spielendes Kind.

Zu einer ganz anderen Tageszeit, nämlich um vier Uhr morgens, wenn er ins Auto steigen mußte, um zum Radiofrühdienst zu kommen, stellte Richard sich unter den Pflaumenbaum, ohne ihn mit einer Fingerspitze zu berühren, nicht einmal die Farbe Blau war vom Grün der Blätter zu unterscheiden. Er freute sich darauf, den Baum im vollen Tageslicht zu sehen, ebenso den Kirschbaum, unter dessen tiefhängenden Zweigen er sein Auto startete. Ja, er wollte zurückkommen, immer wieder, hierher.

Im Grunde war er dankbar für seine Grausamkeiten gegen andere und gegen sich. Sie waren ja blutlos geblieben, auch wenn sie sich umso unerträglicher ausgewirkt haben mochten. Aber sie hatten ihn letztendlich genötigt zu Fragen, die er sich sonst nie gestellt hätte. Diese Fragen hatten sein weißes Schafsfell über Nacht geschwärzt. Schwarz war die Farbe seiner Wahrheit.

Der einzige Handwerker, der noch regelmäßig im Haus arbeitete, war Albin, der Tischler. Keine Wand in der Halle, dem früheren Heulager, keine Ecke sollte freibleiben von Bücherregalen. Albin erwies sich in diesem ihm bis dahin fremden Aufgabenbereich als erstaunlich bewandt. Vom Hallenboden bis unter die holzgetäfelte Decke hatte Albin ein labyrinthisches Netz mit Trageflächen, kleinen oder größeren Schubladen, vom Boden aufwachsenden Türkästen getischlert, mit Brettern, die er aus alten Lärchenbohlen zurechtgehobelt hatte.

Niemand ist gestorben, niemand in diesem Moment. Niemand, den er kannte, niemand, von dem er gewußt hätte, daß er gestorben ist. Und wenn? Was wenn? Dann atme ich durch, langsam und tief. Und nehme einen Lappen und beginne das erste Fenster zu putzen. Er hatte sein Lebtag noch nie ein Fenster geputzt.

Als Richard und Selma damit begannen, ihre Bücher aus den Stadtkisten zu holen und sie in diese Wandrippen zu stellen, wurde ihr Haus irgendwie unverletzlich. Öfter als während des Hochsommers trübte sich im September der Himmel ein und ein Nieselregen sprühte über das Gras und den angrenzenden Wald, aber die Tage häuften sich, da der Vorhang eines Dauerregens schon am Morgen vor den Schlafzimmerfenstern hing. Doch kam damit kein Gefühl der Verlassenheit oder gar der Ausgrenzung in ihnen auf. Im Gegenteil, ein nie zuvor gekanntes

Wohlsein der Abgeschirmtheit, der Eingeschlossenheit (In was? In die Natur? In den Kern der Welt? In das Daheim?) umhüllte sie. Am liebsten hätten sie sich allerdings statt eines Nieselregens einen Strähnenregen gewünscht, ein Kübelschütten, auch wenn so ein Wünschen unvernünftig war, weil sie ja nicht wissen konnten, ob das Haus nicht mit dem Regen wegschwimmen würde.

Es war kein Hinausgeworfensein aus der Welt, vielmehr ein Hineingeworfenwerden in eine nie zuvor gekannte Wachheit, in eine fast glasklare Sicht auf ihr Sein in der Welt. Dieses Wohnen über dem Tal, mit den Füßen im Gras und mit dem unhörbaren (aber gewußten) Atmen der Tiere rings um das Haus, mit dem Wissen, daß auch die Vögel gleichzeitig atmeten mit ihnen. Es war wie ein Hineingeschobenwerden in ein anderes Sehen, ein Aufmerksamkeitslicht, das sie fast blendete: Da ist unser Leben. Sie umarmten sich, schmiegten Haut an Haut. In dieser Zeit, in der die Birkenblätter gelb zu Boden segelten und der Kirschbaum eine Woche lang eine feuerrote Haarkrone trug, in dieser Zeit arbeitete der Tischler Albin wortlos an den Bücherstellagen, sozusagen an der Herstellung einer anderen Seele des Hauses, ohne davon zu wissen.

Er hätte auf Nägeln hüpfen können, so ohnmächtig verliebt in den untergehenden Tag fühlte er sich, schreihalsig und doch stumm. Hätte er doch Steine zerkauen können, um Ersatz für ein zielloses Gebet zu haben! Laß mich hinein, hätte er gebetet, laß mich hinein in den Sinn. In welchen Sinn? In den meines lächerlichen Ichs.

Mit diesen Bücherwänden rundum und dem Regen vor dem Fensterglas (oder der Sonne auf der Wiese) begann für Richard eine andere glückliche Zeit seines Lebens. Und die fing jeden Morgen mit dem Erwachen aufs Neue an, in diesem schweren Bett, fast halb so groß wie das Zimmer. Über ihren Köpfen das Rötlichbraun der Föhrendecke und vor den kleinen Fenstern der immer heller werdende Tag aus Stille, Gras und erwachenden Baumschatten.

Die Buben schliefen im Nebenzimmer in einem Stockbett, Rik obenauf (über eine eingehakte Leiter) und Tom, der Kleinere, darunter. Kaum hatte Selma oder Richard einen ersten Satz am Morgen geflüstert, flog bald danach ihre Zimmertür auf und die Buben krochen pyjamawarm zu ihnen unter die Decke. Richard mußte ihnen (am dienstfreien Vormittag oder einem ganzen freien Tag mitten in der Woche) eine Abenteuergeschichte nach der anderen erzählen.

Eines Morgens war die Wiese grauweiß. Der erste Herbstreif, der sich in der Nacht übers Gras gelegt hatte. Es begann die Zeit der Öfen. Sie zu beheizen wurde für Richard wie eine Leidenschaft. Es war für ihn, Städter, ein neuer Umgang mit der Natur, die als Holzscheit in seiner Hand lag, er ging handgreiflich mit ihr um, wenn er ein Bündel trocken gelagerter, auf Armlänge gehackter Äste durch das Schürloch in den Stubenofen schob. Wenn sie um den quadratisch ausladenden Stubentisch saßen, fühlten sie eine Verschworenheit, die weder Selma noch er sich erklären konnten; wahrscheinlich ging sie von diesem Tisch aus. Die Fensternischen, eingeschnitten in meterdicke alte Mauern: wie für eine Trutzburg. Weit und breit kein Stadtlärm. Der Zug, der unten im Tal stundenweise vorbeirollte, gab keine Signale, auch den fast parallel zum Bahnkörper dahinfließenden Gebirgsfluß hörte man nicht, aber es war schön, ihn vom Balkon aus zu sehen.

Die Äpfel reiften am ältesten Baum, kleine Weihnachtsbaumäpfel, rot- und weißbackig. Am Morgen brachte Selma oder er die Buben mit dem Auto in das Dorf zum Kindergarten und in die Schule. Hatte er die Frühnachrichtenschicht und war ab Mittag frei, holte Richard die beiden im Dorf ab, ein quirliges, manchmal auch zänkisches Duett auf den Hintersitzen des Wagens. Kaum hatte er aber unter dem Haus geparkt, rannten die zwei zum Apfelbaum, den Rik schon geschickt erklettert hatte, während der kleine Bruder resigniert oder verbittert forderte: Wirf mir einen runter!

Dann entdeckte Richard die Zitterpappeln, vereinzelt am Waldrand zwischen Fichten, Föhren und Birken hoch aufragend und eben zitternd, wenn auch nur mit den Blättern, obgleich kein Wind spürbar wehte, die Blätter herzförmig, kleine, grüne und jetzt immer gelber werdende Blätter, die sich stetig leicht bewegten, Espenlaub, sie zitterten wie Espenlaub. Bald waren die ersten Meter in den Wald hinein goldblättrig übersät, das reinste Blattgold, auf das seine Schuhe nicht anders konnten als darauf treten, darüber gehen, wie irgend möglich vermied er einen festen Schritt und natürlich jedes Aufstampfen. Ein helleres, gelbleuchtendes Strahlen lag auf dem Waldweg und noch weit verstreut im Wiesengras, kein Sonnenstrahl war so gelb und keiner ließ sich so zwischen die Finger nehmen und abschmecken. Sie rochen nach Wehmut, nach vergangener Sommerfreude. Und schon nach ein paar Tagen waren sie brauner als braun und runzelten, waren bald Moder, über den er die Schritte setzte.

An einem anderen Herbsttag wanderte Richard mit Selma und den Buben eine Hangwiese dem Rand entlang aufwärts, der flankiert war von einer Reihe großer, alter Eschen. Plötzlich, mitten in die Windstille des späten Nachmittags hinein, ein klirrendes Rauschen, und vor ihren Augen wirbelten schlagartig wie auf Befehl die Blätter der Eschen auf die Wiese und auf den Weg herunter, und die eben noch buschigen Baumkronen (jeder Baum ein kleiner Terrassenwald) waren blanke Skelette, streckten ihre Astfinger trostlos kahl in die Herbstluft. Es war kein Wunder, dieses Spektakel erlebten sie künftig Jahr für Jahr, auch wenn sie meistens den Augenblick des rasselnden Rauschens versäumten und nur der dichte Blätterteppich am Morgen unter den plötzlich nackten Eschen sie zum Staunen brachte, war doch jeder dieser Bäume noch am Abend vollblättrig dagestanden.

4. Das Gras des Lebens

Auf den abgemähten Wiesen grasten nun Kühe und Kälber hinter dünnen Elektrodrahtschnüren, Holzzäune gab es kaum noch zu sehen. Für die Buben waren diese Vierbeiner wie eben aus einem indischen Dschungel herausgetreten, irgendwie in Vertretung der Elefanten; den besten Beweis dafür sahen sie, wenn eine Kuh den Schweif hob und gleich darauf braune Fladen in Tellergröße auf die Wiese platschen ließ.

Richards Söhne vermißten keine Stadt. Sie sammelten Baumblätter, ohne zu fragen, von welcher Art Bäume sie gefallen waren, wichtig war für sie die Unterschiedlichkeit der Form, nicht immer nur die Herzform, sondern auch das Fingrige, das Eckige oder das total Runde, und die Farbe. Allein welche

Steigerungen von Rot es gab: Das blasse von Gelb ins Rosa wechselnde, das lachende Sonnenrot, das tiefernste Rot, ja fast schon Weinrot, und alles, was dann folgte, die verschieden getönten Braunfarben bis ins winterlich trauernde Graubraun, das schließlich als Schwarzbraun nicht mehr wahrgenommen werden wollte, sondern auf den ersten Schnee hoffte, um sich darunter zur Ruhe zu legen.

Die Kinder kannten schon einige Namen der Dorfleute, während Selma nicht mehr als die der Beschäftigten im Gemischtwarenladen, in der Post und der Bank wußte und den einen oder anderen einer Kellnerin. Richard selbst hatte seine Journalistenohren gewohnheitsmäßig offen. Tatsache war freilich, daß sie wie Städter lebten, ohne sich darüber Gedanken zu machen. Sie lebten die bisher gewohnte städtische Anonymität weiter, wie in einem Mehrfamilienhaus, in dem die Familien man sich im Stiegenhaus gerade noch grüßte. Sie fühlten sich dabei weder egoistisch noch arrogant.

Letztendlich blieb ihm im Gedächtnis das faustgroße Loch unter der Wurzel einer Fichte, vielleicht der Palasteingang eines Tieres, Marders, einer Wühlmaus oder Spitzmaus? Und er hatte weißes Toilettenpapier in dieses Palastloch geschoben. Trotz Müdigkeit lobte er den Sonnenstrahl, der jetzt gegen Abend nicht nur auf das Moos und die zierlichen Schwarzbeerblätter fiel, sondern spürbar auch auf sein Gesicht.

Das Haus und das Grasland rundherum gehörte ihnen, auch noch reichlich Wald. Um mehr kümmerten sie sich nicht. Sie pflückten die Zwetschgen und sie pflückten die Äpfel, legten sie in luftdurchlässige Obststeigen. Die Welt war groß, Selma hörte die Nachrichten aus dem Radio. Sie saßen in einer regengeschützten Stube, und wenn bei einem Herbstgewitter der Strom ausfiel, zündeten sie Kerzen an, was den Kindern gefiel. Selma war allein, wenn Richard in der Stadt arbeitete und sie die Buben ins Dorf gebracht hatte, Richard wußte nicht, wie sie sich dann fühlte, er konnte sie zwischendurch nicht anrufen. In ihren ersten Jahren am Berg gab es außerhalb des Dorfes keine Telefonleitung.

Ja, ja, ja – er mußte sich immer wieder selber die Schlinge vom Hals lösen, was er mit routinemäßiger Fertigkeit tat. Irgendwann kam die Stunde, wo er sich seinen Lieblingsbaum suchte, aber dann käme wie bisher auch der Moment, in dem ihm gar nicht mehr darum war. An Einsicht und Klarheit fehlte es ihm nicht, leider, sodaß er ein Spaziergänger blieb.

Sie kauften weder eine Kuh noch ein Kalb, kein einziges Schaf und keine Ziege und kein Huhn zum Eierlegen. Sie traten auf das Gras, gingen über das Gras, als wäre es für sie gewachsen. Natürlich, wie anders denn? Die Welt gehörte seit jeher allen oder niemandem. Erst Jahre später begriffen sie, was sie damals nicht interessiert hatte: Ein ganzes Bergbauerndorf schaute ihnen zu: Was tun die da? Nicht alles, was da auf sie hinschaute, kam freilich aus wohlwollenden Augen. Im übrigen waren die Leute sehr hilfsbereit, sie hätten auch ohne Bezahlung den einen oder anderen Tag für sie gearbeitet, schon aus Tradition der Nachbarschaftshilfe. Später, irgendwann irgendwo, in Berlin oder in New York, schüttelte er vor Heimweh den Kopf, ohne Reue über ihren glücklichen Unverstand damals.

Genauso hätten sie ein Blockhaus inmitten kanadischer Wälder beziehen können. Sie waren in dieser Welt und wollten nichts anderes, als die Tage und Nächte möglichst mit Freude verbringen. Ob unter Indianern, Chinesen oder Tirolern. Aber so einfach war das nicht, stellte sich mehr und mehr heraus. Irgendwer zupft und zerrt immer an deinem Rock und will wissen, wer du bist, woher du bist und zu welcher Seite du gehörst. Ohne Heimat geht es offensichtlich nicht, irgendein Brandmal mußt du vorzeigen können. Gegen all das andere mußt du was Eigenes haben. Es genügt nicht mehr, mit Spieß oder Gewehr aufeinander loszugehen, wichtiger ist, daß du nachweist, woher das Messer kommt, mit dem du zustichst.

Er könnte ja sagen ... wozu? All das unerträgliche Glück. Jeden Tag Wurst oder Speck oder Knödel oder Wasser oder Wein. Und Brot bis zum Verschimmeln.

Wenn die Buben schliefen, bekamen die Holzwände eine Stimme, und den Atem des Holzes rochen, ja hörten sie erst in dieser Stille. Dann zogen Selma und Richard sich aus und gingen nackt durch das Haus, setzten sich nackt an den Stubentisch und stiegen, ihre Haut in der weichen Luft des Hauses spürend, über die Treppe hinauf. Sie durchquerten den Wohntempel, die Bücherhalle, öffneten die Flügeltüren zur Holzterrasse und liefen über das letzte gelbstoppelige Gras. Die halbverdorrten Stengel stachen fast wohlig in die Fußsohlen, nichts Spitzes hätte ihn bremsen können, aber Selma hatte ihn schnell eingeholt und niedergerissen auf dieses schon nachtfeuchte Herbstfeld.

Sie nahmen sich kaum Zeit, lange mit dem Rücken auf dem ruppigen Grasfeld zu ruhen und einander die Räder des Großen Wagens zu zeigen, und auch den Orion. Wo, sag mir, zeig mir, wo – Sie rollten sich auf ihrer Wiese zwischen der Oberseite des Hauses und dem Waldrand, und nur in einem Sekundenmoment sah er, daß nicht Vollmond war, sondern eine schmale Sichel den abnehmenden anzeigte. Es war eine warme, noch spätsommerliche Nacht, sonst wären sie nicht auf der Wiese eingeschlafen und doch ohne Verkühlung früh genug erwacht, um die Buben zu wecken.

Kaum ein paar Wochen später wurden Richard und Selma von einem Geschrei aus dem Bubenzimmer geweckt: Schnee, Schnee, alles ist weiß, es schneit und schneit, kommt und schaut! Tatsächlich, sie schauten auf eine völlig verwandelte Landschaft, ihre Wiese, wo war die? Verschwunden unter einer weißen Wolldecke? Und der Apfelbaum, weiß gepudert wie der Kirschbaum. Ein früher Wintereinbruch, und mit diesem ersten Schnee verwandelte sich augenblicklich alles, nicht nur ihr Blick, sondern auch ihre Gemütslage. Gestern noch hatte die Sonne für ein paar Mittagsstunden spätsommerlich in den Nachmittag hineingebrannt, und der Thymian hatte wie ein herbes Geheimnis, ein schwer zu haltendes Versprechen geduftet. Und kaum war das Birkenlaub auf die Wiese getrudelt und der Kirschbaum hatte seine weinroten Blätter verloren, da war plötzlich über Nacht alles von weißem Flaum überzogen, auch die gelben Blattherzen der Zitterpappeln. Schnee, also Winter. Und Mama würde Bratäpfel auf dem Holzherd schmoren lassen, und gemeinsam würden sie Kekse backen. Die Buben jubelten. Aber schon zu Mittag, bevor sie wieder vom Dorf zurückgebracht waren, lag nirgendwo noch eine Schneeflocke. Und Selma tröstete sie: Das war nur eine Kostprobe, bald kommt der richtige Schnee, zuvor freilich müssen wir noch die Äpfel pflücken. Wir haben doch erst Herbst.

Wie konnte der Schnee, der so weiß und so schön war, plötzlich weg sein? Jeder Schritt zum Haus, von welcher Seite auch immer, wurde ein Schritt durch Morast. Selma schimpfte vor sich hin: Tür auf, Tür zu – das Haus, die hellen Treppenbretter ... es ließ sich nicht verhindern, überall Schuhabdrücke, erdig und braunpfützig.

Eher aus Höflichkeit denn aus Mitleid hatte er gefragt: Du leidest doch? Soll ich noch einmal abdrücken? Bevor er eine Antwort bekam, war er aufgewacht. Er tappte ins Badezimmer, trank Wasser, zauderte ins Bett zurückzukehren ... nur diesen Traum nicht weiterträumen.

In der Stadt, auf der Suche nach seinem geparkten Auto, trat Richard spontan in ein Café, stellte sich an die Theke: einen Espresso macchiato. Im linken Blickwinkel sah er, glaubte er, in einer Ecke seitlich vor ihm die Schultern zu erkennen, auch den Umriß der Frisur, das war Ursula. Sie sprach, immer von ihm abgewandt, mit einem mitteljungen Mann, kahlgeschoren, mit schwarzer Lederjacke. Richard trank seinen Macchiato in langsamen Zügen aus, dann hatte er nur mehr diesen Schattenriß ihres Kopfes im Blick und wußte, daß er sich darauf zubewegte. Den jungen Glatzkopf im Auge, sagte er eine Höflichkeit: Entschuldigen Sie, ich möchte nicht stören, und in Sekundenschnelle drehte sich dieser Kopf, und Richard mußte sich jetzt tatsächlich entschuldigen, schockiert, nein, beschämt: Das war Ursula nicht, nein. Er verließ dieses Café mit einem Schrecken vor sich selbst.

Richard verdrängte diesen Schrecken, versuchte die Erinnerung wie ein jäh begossener Hund aus dem Fell zu schütteln. Er schüttelte sich wirklich, irritiert über diese eigene fremde Kraft: Konnte er sich überhaupt noch auf das verlassen, was er wollte? Er wollte nie mehr aus dem Kreis seiner Familie treten, er wollte diese Verschworenheit nie mehr verraten. Und gerade deshalb wollte er auch die Erinnerung an Ursula nicht verfälschen, schon gar nicht beschmutzen, dafür gab es keinen Grund. Trotzdem spukte in seinem Kopf immer wieder eine Ursula, wie er sie nicht gekannt hatte – eine Autistin der Liebe, eine, die ihn liebte, ohne zu wissen warum. Wußte sie jemals, ob sie ihn liebte? Sie, die auf ihn zugeflogen war mit flatternden Armen.

In ihm war noch immer kein Tod. Obwohl er in Grasstengel schon so oft gebissen hatte in diesem Sommer aus purem Einssein mit Himmel und Erde.

Richard mußte, er wollte eine Liebe auslöschen, auf ewig und immer. Ein abgebranntes Präriefeuer austreten, Wasser darüber und die letzten Glutpartikelchen niederstampfen! Stampfen, Stampfen. Indianertanz.

Oft und öfter fuhr Richard jetzt im Nieselregen oder durch Nebelschwaden zurück zum Haus am Berg, und im Nieselregen oder inmitten des vom Talfluß heraufquellenden Nebelknäuels räumte er die Wiese rund um das Haus und ebenso zwischen Wohnhaus und Stadel von Gerümpel und allem übrigen Baumüll frei, zog schließlich wie Selma den Rechen kammartig vom Waldrand oben über die Wiese, in kurzen Ruckzuckbewegungen bis zur untersten Wiesengrenze. Die übriggebliebenen, von den Kuhmäulern nicht abgefressenen Grashalme hatten sich strohig gelb gekräuselt. Unter den Schuhen spürte er einen Boden, der zum Teil schon zu frieren begonnen hatte, nur die Oberfläche war noch vom Regen weich und glitschig. Es war für Selma und ihn das erste Mal, daß sie den

Herbst außerhalb einer Stadt durchlebten, weit und breit kein Café, keine Bar, überhaupt niemand außer der (vierhundert Meter oder einen halben Kilometer entfernte) ebenfalls im Nebel versunkene Nachbarhof.

Selma und Richard gingen immer langsamer durch den Regen, ließen ihr Haar durchtränken, liefen nicht, um trocken zu bleiben.

Wenn Freunde an einem Samstag oder Sonntag plötzlich auf der Steintreppe standen, waren Selma und er als überraschte Einödsiedler genauso froh erstaunt wie ihre Gäste. Die Stadtfreunde lobten überschwenglich die Lage – ein Haus auf der Sonnenseite mitten im Wiesengrün und das noch am Rande eines Waldes –, sie überschlugen sich in bewundernden Worten für diese Wohnentscheidung; natürlich aßen sie dazu Speck und Käse und tranken Weißwein oder Rotwein, je nach Tageszeit. Kamen sie mittags, stellte Selma Knödel oder Spaghetti auf den Stubentisch und den Salat aus dem Gemüsegarten. Sie erwärmten sich gegenseitig an dieser Abgeschlossenheit und stießen manchmal im Zuprosten oder in der gemeinsamen Existenzfreude mit der Stirn oder den Schläfen zusammen, geradeso, als hätten sie es für immer vereinbart: Daß dies der wahre Ort der Freundschaft sei und überhaupt des wirklichen Seins, hier oben, wo die Vögel im Sommer um vier Uhr früh anfingen zu singen und schon um drei Uhr nachmittags mit ihrem Singen aufhörten. Dann seufzten der Freund oder seine Frau oder Begleiterin plötzlich auf: Schade, wir werden jetzt fahren müssen, bevor es Nacht wird. Und sie, die erst eine Stunde zuvor unter dem Schein der Glühbirne begeistert ausgerufen hatten: Ihr seid wirklich zu beneiden – das hier ist ein Paradies!, sie bekamen spätestens um vier Uhr nachmittags Fremdheitsanfälle gegenüber der Natur, dem Nieselregen und den nassen Wiesen. Möglicherweise beengte sie auch die zuvor so hoch bewunderte, braundunkel getönte Stubentäfelung, drängte sie in eine ungewohnte, ungelernte Mitte, zu einer Wahrheit vielleicht, die sie vorher von niemandem gehört, nie erfahren hatten: Dieses Sichimmernähersein, dieses Atemanhalten und dieses Genießen der Stille, wenn eine Kerze auf dem Tisch flackerte und es draußen immer dusterer wurde – das konnte kein Gast mit ihnen teilen.

Im Weggehen dann die Umarmungen, wie ein Abschied auf einem Friedhof, niemand sprach es aus, aber in jedem Wort schwang Bedauern mit, freilich kein Bedauern darüber, daß dieses schöne Beisammensein nun abgebrochen werden müsse, vielmehr ein Ton des Mitleids: Ihr armen Teufel, die ihr jetzt in dieser regennassen Öde zurückbleibt, können wir nichts für euch tun? Kommt doch mit und wir feiern weiter in der Stadt bei öffentlicher Beleuchtung und beschützt von der Polizei.

Niemand sprach es aus. Sie verschwanden im Nebel oder in der schnell herabsinkenden Dunkelheit, die fast wie mit einem Hammerschlag zu einer jähen Finsternis wurde. Weit und breit kein anderes beleuchtetes Haus, kein Ton einer Dorfkirchenglocke. Aber es strahlte in jedem Raum eine Glühbirne, und sie redeten miteinander, als stünden sie in der Mitte der Welt.

Endlich war er begraben unter Erde und Schnee, so hatte er sich im Traum gesehen, ganz und gar nicht unglücklich, sondern richtig eingebettet. Sein Grab, unauffällig zwischen solchen mit Kreuzen, die meisten anderen mit Gedenksteinen. Das Eigentliche aber, das ihm den Traum zum bewußten Erlebnis machte, war eine in Panik über den Friedhof springende Ziege, gehetzt oder gejagt (ohne daß ein Verfolger sichtbar wurde) rannte, hüpfte kreuz und quer zwischen und über Grabsteinen und Kreuzen.

In den ersten Oktobertagen, als auch am alten Apfelbaum nur mehr ein paar Blätter hingen, brachte Richard einen Sack voll Eßkastanien auf den Berg. In der Halle hatten sie einen getäfelten Winkel eingerichtet vor dem offenen Kamin, mit einer Sitzbank, die entlang der Ecke verlief. An kalten Tagen, wie dieser einer war, wich der Nachtfrost vom Morgen bis zum Abend nicht von den Feldern. Die Wiesen waren grauweiß, wie überzogen von einem Schneeschleier.

Während Richard mit einer langen Ofenzange das Feuer kontrollierte und die brennenden Scheite immer aufs neue umschichtete, schaute er hin und wieder auf die Bücherwände oder auf den großen Shiraz-Teppich davor. Irgendwann einmal, sagte er zu den Buben, setzen wir vier uns auf diesen Teppich und fliegen damit fort durch Wände und Mauern, irgendwann einmal, wenn wir Lust dazu haben. Rik schrie: Jetzt gleich! Aber Tom war dagegen: Zuvor essen wir die Kastanien.

Und tatsächlich hörte das verängstigte Tier auf seine Lockrufe, die gleichen, mit denen er einmal seinen Hund gelockt oder zurückbefohlen hatte. Drehte sich in seine Richtung und schwupps, er lüpfte die Graberde wie eine Bettdecke, stürzte sie, schlüpfte die Ziege in das aufgehaltene Loch und schmiegte sich an ihn wie ein Hund.

Über die dicke Glut der abgebrannten Scheite legte Richard ein massives Eisengitter und darauf die Pfanne mit gelöchertem Boden. Dahinein schüttete er die geritzten Kastanien und ruckelte die Pfanne in kurzen Abständen, damit die Maronen von allen Seiten langsam schmorten. Während die Schalenhaut der Kastanien über der Glut dunkler und dunkler wurde und aufzubrechen begann, trat Richard an die Glastür der Halle. Das Gesicht ganz nah am abendkühlen Glas, wußte er eine Antwort. Wo war das Glück? Hier über der Glut, hier bei den Kastanien. Er preßte sein Gesicht nicht länger als zwei, drei Minuten an einen der zwei gläsernen Flügel der Terrassentür, aber in dieser Zeit öffnete sich für seine Augen der Schleier der anbrechenden Nacht und er sah alles, jeden übriggebliebenen Grasstengel, das Silberweiß einer Distelblüte, und die weiße Rinde der Birke begann zu leuchten am Waldrand, als stünde dort sie, Ursula, und riefe nach ihm mit ihrer nackten Haut.

Seit wann war er ein Mörder? Er war doch kein Mörder! Mitten in der Nacht, etwa um ein Uhr, sprang er aus dem Bett, entsetzt über diesen eben durchlebten Alptraum. Es galt einen Angriff zu starten. Sie waren nicht viele, vielleicht nur drei, und einer davon, rechts von ihm, zauderte, er selbst aber stürmte voran, sah auf der anderen Straßenseite eine Frau (sehr weit entfernt), riß das Gewehr an die Wange, zielte und schoß. Er traf. Doch die Frau schwankte nur, also schoß er nochmals. Auch diesmal hatte er sein Ziel nicht verfehlt. Im gleichen Moment stand er, Szenenschnitt, der noch immer nur wankenden Frau in einem düsteren leeren Zimmer gegenüber und meinte das Gesicht zu kennen, war aber nicht sicher, ob es das Gesicht der Konditoreibesitzerin in seiner Straße war.

Jetzt komm, hörte er die Buben, die Kastanien werden schon schwarz. Er drehte sich um, gerade rechtzeitig: Jetzt zerbrachen die angesengten, von der glosenden Glut langsam verbrannten Schalen der Kastanien bei jedem Schütteln der Pfanne. Dieses Hocken in der Ecke vor dem offenen Kamin. Das war viel mehr als der Beginn des winterlichen Lebens in einem Berghaus. Richards Finger schwärzten sich beim Schälen, er schälte und schälte so schnell wie möglich. Für ihn war es wie ein Augenschließen. Er rückte zu Selma, legte ein Ohr an ihre rechte Wange. Er versuchte, sie an sich zu ziehen, aber sie wollte sich nicht vor den Kindern auf den Mund küssen lassen. Kopf neben Kopf lehnten sie sich zurück an die holzgetäfelte Nischenwand und schauten den Buben zu, ohne Worte zu gebrauchen. Dabei war die Zeit eines Abschieds noch lange nicht gekommen.

Er legte noch ein paar Scheite nach. Im Viereck des offenen Kamins leckten die Flammen an den grauvermörtelten Ziegelwänden. Im Verkehrschaos einer Straßenmitte hatte er Selma zum ersten Mal geküßt, ohne eine Verabredung zu einem Treffen, er hatte sie auf der anderen Straßenseite (zufällig?) erblickt, und als sie inmitten der Autos aufeinander trafen, küßten sie sich im dröhnenden Konzert von hupenden Fahrern. Sie wußten, daß niemand sie niederstoßen wollte, niemand war an diesem Abend darauf aus, sie zu töten. Aber sie hatten sich zu lieben begonnen an einem Ort und zu einer Zeit, geeignet für einen fahrlässigen Tod.

Gesehen hatte er Selma zuvor immer wieder einmal, wenn er in der Bar, gleich neben dem Rundfunk- und Fernsehgebäude, seinen ersten Cappuccino nach dem Frühdienst trank. Eine junge Architektin, früh auf dem Weg zum Planer-Büro ihres Chefs. In dieser Frühstücksbar hatte Richard ihr nur beiläufig zugesehen, wie sie mit leicht vorgebeugten Schultern nach der Kaffeetasse griff und sie an die Lippen führte, und wie dabei ihr kastaniendunkles Haar nach vorne fiel, links und rechts der Tasse. Meistens strich sie mit einer schnellen Handbewegung eine Strähne zurück. In dieser Bar hatten sie nie ein Wort gewechselt, obwohl es ihn danach verlangt hatte. Der Rest war Zufall. Ein Freund hatte ihn eingeladen zu einer gemütlichen Runde in seinem Haus. An einem riesigen Tisch saß er mit Freunden und Frauen, die ihm zunickten, noch über das letzte in die Runde geworfene Bonmot lachend. Und da saß sie, mit schalkhaft selbstbewußt glänzendem Blick, ja, sie, die er bisher nur als Seitenprofil in seiner Frühstücksbar mehr oder weniger regelmäßig betrachtet hatte. Es kam ihm gelegen, als sein Freund, der Hausherr, fragte: Wollen wir nicht tanzen? Richard hatte ihren Körper im Arm, er spürte ihre Wärme so nahe, als ob sie seit jeher diese Nähe und diese Wärme geteilt hätten. Ihre Augen ruhten auf ihn und ihren Mund umspielte ein Lächeln, das er nicht zu deuten vermochte, ein übermütiges, ein ironisches oder einfach ein wissendes? Sie schmiegten beim Auseinandergehen die Wangen aneinander, ohne Lippe auf Lippe zu legen. Und im Trubel des Sichverabschiedens von den anderen hatte er kein Wiedersehen mit ihr verabredet, wußte keine Telefonnummer oder Wohnadresse von ihr, nur ihren Vornamen: Selma.

Aber Wochen später, oder waren es nur Tage, sah er sie auf der anderen Seite der Straße, und sie sah ihn. So gingen, nein, liefen sie aufeinander zu.

Wenn andere ihren Tod als Ahnung fühlten, so fühlte er seinen Tod auch, aber als Lebensfreude, mehr noch als Lusthoffnung. Es gab Tage, da trug ihn eine lustgefüllte Lebensgewißheit, als könnte er, als müßte er einem verlockenden Geheimnis entgegenlaufen.

Wenn Richard keinen Frühdienst hatte und die Buben im Dorf waren, wurde das Haus wortlos, wie leer von falschen Lasten. Er liebte diese Leere, vielleicht liebte auch Selma sie. Ihm schien, das Haus dehnte sich zur doppelten Geräumigkeit. Er stieg hinauf und hinunter, durchquerte staunend die Zimmer und strich mit den Fingerkuppen über die holzgetäfelten Wände. Es war wie zufällig, wenn Selma und er sich trafen, auf der Stiege oder vor dem Bücherregal; das Haus konnte so groß werden wie eine Flughafenhalle, und plötzlich erblickte er sie, wie sie aus dem Korridor oder auf einer Rolltreppe auftauchte, auch wenn es nur die Dachbodenstiege war, er ging auf sie zu und sagte: Kommst du mit? Gehn wir durch den Wald und weiter.

Und Selma ging immer mit, selten aber, daß einer die Hand des anderen suchte. Oft war ihre wärmste Nähe ein sprechendes Schweigen, er oder sie zeigten auf ein winziges Erdloch im Nadelboden, durch das Wespen ein- und ausschlüpften. Oder sie bückten sich, fast gleichzeitig, über eine niedrig gewachsene Strauchinsel mit rotgelben Preiselbeeren und dankten dem Himmel für den bitter-süß-mehligen Geschmack mit Oh und Ah.

War es das Haus oder waren es die Kinder oder so etwas wie ihr Blick für ein Erdwespenloch im Wald, weswegen Selma ihren Karrierewillen verlor? Sie hatte ihre Zukunftspläne als Architektin „bis auf weiteres“, aber im Grunde endgültig aufgegeben, als sie sich entschloß, mit in dieses Haus am Berg zu ziehen. Richard hatte es versäumt, sich zu wundern, er war so fixiert gewesen auf eine Ablenkung, auf eine Wende, er war bereit gewesen, sich ins Fleisch zu schneiden.

Er hatte Selma nicht überreden müssen. Nicht er hatte sie überzeugt, nein, sie selbst wollte hinaus in die Natur, in den Wald, sie wollte frei sein, so dachte er, so sah und erlebte er sie, sie wollte das taunasse Gras unter den nackten Füßen spüren. Er hatte sie nicht zu dieser Freiheit überredet, die letztendlich eine Gebundenheit wurde an dieses Haus, an diesen ausgesetzten, weltfernen Ort. Selma versank in dieser Freiheit, die ein von ihm und ihr geschaffenes Freiheitsgefängnis war. Natürlich blieb Selma weiterhin Architektin, allerdings ohne sich dem strampelnden Ehrgeiz irgendeiner Konkurrenz entgegenzustellen, sie ließ sich vom kleinsten Landbesitzer engagieren für einen Hausumbau ebenso wie für die Errichtung eines Bienenhauses.

Er liebte ihre Weltsicht so wie ihr Stehenbleiben vor einem Baum, sie hatte eine sanfte Wildheit und wußte mehr als er. Eines Tages werde ich dich umbringen. Das sagte sie nie. Sie sagte auch nie: Ich werde dich zu Tode lieben. Ich werde bei dir bleiben bis zum Ende – auch das sagte sie nie. Sie war eine Pflanze, die keine artikulierten Sätze von sich gab. Wahrscheinlich hielt sie sich für die Stärkere – und trotzdem sagte sie nicht: Ich weiß, daß du eine andere liebst.

Richard wußte, daß Selma nicht mit den Knien im Gras lag, um mit den Grasspitzen zu schlafen. Vielleicht liebte sie ihn, weil sie seine Unruhe liebte, die sie fürchtete. Nach dem letzten Regen hatte sie ihm zwei

Feuersalamander gezeigt – einen toten, den er vermutlich beim Parken unter dem Kirschbaum zerquetscht hatte, und den lebendig anderen auf einem Bodenbalken der Terrasse. Die kommen nur bei Regenwetter raus, sagte sie, und riskieren ihr Leben bei Sonnenschein. Er lachte, ja, so ist es.

Sie hatten nicht oft miteinander getanzt, Selma saß lieber zurückgelehnt auf einem Stuhl und schaute zu, ließ lieber die anderen an sich vorbeitanzen. Ihr gefielen, sagte sie ihm in der Dunkelheit des Schlafzimmers, die Bewegungen, das Drehen und Sichanschmiegen der Körper, das rhythmische Loslösen in Annäherung und Entfernung. Das war ihr registrierendes Zusehen: wie die anderen erglühten oder erkalteten oder sich für diese flüchtige Gegenwart vergessen konnten. Alle hielten Selma für die ruhige, verträumte junge Frau, und das war sie auch. Niemand freilich, außer Richard, wußte, daß sie eine Befehlshaberin sein konnte, eine Kommandantin, allerdings nicht immer und in jeder Situation. So überließ sie ihm (sie, die Architektin) fast ausschließlich die Ausgestaltung des Hauses, auch die Benutzung von Wald und Feld, ja, sogar die Erziehung der Buben.

Ganz anders kannte er sie im innersten Bezirk ihres Zusammenseins. Da stand sie mit funkelnden Augen vor ihm, wie in einer metallenen Ritterrüstung und doch nackt, und befahl ihm, sie zu schwängern. Und drei Jahre nach Riks Geburt hatte sie eine Bahnfahrt quer durch Europa gebucht und wollte im Schlafwaggon erster Klasse, aber was heißt „wollte" – sie befahl es, sie war schön und sie war splitternackt, als sie ihm aus einer eisgekühlten Champagnerflasche das erste Glas einschenkte: Sie wollte im fahrenden Nachtzug durch die Bretagne geschwängert werden mit ihrem zweiten Kind.

Auch wenn Richard sich, vom Radiodienst kommend, lächelnd erschöpft oder stumm den glücklich Heimgekehrten mimend an ihre Stirne lehnte, Selma wußte, was mit ihm vorging. Sie hatte die Witterung einer Wölfin, aber sie stellte keine Fragen. Er spielte mit den Buben, sie rumorte in der Küche, und mit jeder Minute war er mehr und mehr nichts anderes als ihr Mann und der Vater ihrer Söhne.

Die Witterung, die sie aufgenommen hatte, vielleicht schon vom ersten Moment, als Ursula auf ihn wie auf einen immer gewünschten Fremden zugegangen war, trug Selma nicht naserümpfend herum. Er ließ sich von seiner Lustfreude täuschen, von einer Art Trägheit dahinschleifen, die vielleicht Risikofreude war oder Selbstzerstörung. Und Selma ertrug dieses Spiel, das ein Verrat war an ihr und den Kindern.

Und so rettete sie ihn, rettete vielleicht auch diese morgennassen Wiesen für die Erinnerung an die ersten Jahre mit den Kindern. Sie teilten über ein Jahrzehnt alles, was zu teilen möglich war. Sie wanderten jeden Bach aufwärts bis zur höchsten Höhe, wo das Wässerchen fast nicht mehr erkennbar war zwischen dem Rhododendrongesträuch.

5. Schneestille

In dieser Zeit war er eins mit Selma, in dieser Zeit war er frei von Verrat und Betrug, es war die Zeit, in der er sich vergessen konnte und (mit sich selbst) auch Ursula. In seiner Brust glockten Kuhschellen.

Kaum ein Bergoktober unterschied sich von dem nachkommenden; es regnete fast immer zum Allerseelentag und über den Novemberbeginn hinaus. Aber es wurde nicht kalt, im Gegenteil, oft ließ eine Regenluft die Schwämme wuchern. Statt daß Schneeflocken vom Himmel wirbelten, drückten Pilze ihre Köpfe durch Erde und Moos, als wäre noch Spätsommer. Der Dauerregen freilich schlug aufs Gemüt. Jeder Schritt wurde ein Schritt in eine Pfütze oder in schlammiges Erdreich. Die schon Ende September gelbdürren Wiesen begannen sich wieder grünlich zu verfärben, aufwärts gehend rutschte jeder Schritt im glitschigen Gras. Im Dorfgasthaus dampfte der Trockenbereich von Stallgeruch, der aus den gewalkten Jakken der regennassen Bauern dünstete.

An diese andere Seite ihres Paradieses mußte sich vor allem Selma erst gewöhnen, wenn die Buben den halben Tag im Dorf waren und Richard in der Stadt bei seiner Arbeit. Jeder Blick aus dem Fenster verfing sich in Regenstrichen oder blieb im Morgennebel stecken. Da waren keine Berggipfel mehr zu sehen, oft nicht einmal der Waldrücken auf der anderen Talseite. Der Nebel kroch, sobald sie am Morgen die Balkontüren öffnete, in die Zimmer, die Bettwäsche fühlte sich feucht an, und der Nachtgeruch quoll durch die offenen Fenster, wurde aber von der nassen Außenluft zurückgedrängt ins Haus. Selma hörte keine Stimmen, nicht einmal das Rumpeln des Autoverkehrs vom Flußtal herauf. Da waren keine Freundinnen oder Studienkolleginnen, mit denen sie hätte plaudern können, und weit und breit auch kein Stadtcafé, wo sie hätte zusehen können, wie das Leben der anderen ablief.

Auf das Träumen kam es doch nicht mehr an – käme es auf das Träumen an, könnte sie schon längst Regionalmeisterin im Träumen sein, könnte Traumtiefenrekorde, Traumhöhenrekorde nachweisen.

Statt dessen gewöhnte sich Selma an die vielfältigen Geräusche des Regens, nicht nur an das Rieselrauschen, und auch nicht nur an das jähe Herunterplatschen, dieses Aufplatzen der Regensträhnen auf den Granitplatten, die der Maurer drei mal sechs Meter als eine Art Terrasse vor der Haustür platt in Mörtel gedrückt hatte. Sie hörte das Springen der dicken Tropfen auf dem Dach, ein Hüpfen wie von hunderten stahlfüßigen Vögeln, und das Trommeln der (wie endzeitig) herunterschlagenden Wasserfinger. Und schließlich hatte sie schon das Ohr bereit (sozusagen geschult oder trainiert) für das beginnende Tröpfeln, eigentlich für den erstmöglich fallenden Tropfen. Sie saß dann auf der Schwelle der offenen Haustür und lauschte, den Kopf in der Schüssel ihrer Hände, auf diesen Tropfen und die zehn, zwanzig anderen, die schnell, beinahe gleichzeitig, folgten. Danach wurde die Welt unabzählbar. Sie rappelte sich aus der Hocke auf, trat zurück ins Haus, das regendunkel war, und schloß die Tür.

Davon wußte Richard wenig, dieses Wenige hörte er (nicht aus erzählenden Worten) aus ihrer Stimme in der Nacht, wenn sie sich plötzlich von der fernsten Bettseite mit einem Ruck an ihn schmiegte, eigentlich sich an ihn anklammerte, ohne zu schluchzen, aber er spürte ihr Weinen auf seiner Haut, es drang aus ihren Brüsten als bittere Regenmilch über seinen Rücken, dann über sein Gesicht. Und er versuchte sie zu erreichen, zu ihr durchzudringen ohne Worte. Ihre Wortlosigkeit war wie das Trippeln der Regentropfen auf dem Hausdach.

Er selbst war glücklich, wenn er an einem freien Tag in den Regen hinausschauen konnte. Die Leere oder die scheinbare Tristesse der verregneten Landschaft brachte ihn zurück, weg von der Macht- und Kriegswelt, weg von Politiklügen und der Heuchelei des Establishments. So echt wie der Regen über dem Gras seiner Wiese war nichts, was er kannte. Und deshalb liebte er diese Wahrheit. Wo bist du?, rief er unnötig laut nach Selma in diesem Regenhaus.

Richard wußte, daß er seine Karriere verspielte, wenn er aussprach, was er jetzt dachte und fühlte: Er liebte diese politikverlassene Welt hier oben, die aus regennassem Gras und tropfendem Nadelwald bestand, er wollte mit oder ohne Stiefel durch glitschigen Wegschlamm stapfen, ohne ankommen zu müssen. Er wollte lieber aufgeweicht werden von tage- und wochenlang offenen Himmelsschleusen, als all diese rechtfertigenden, vertuschenden, heuchlerischen Reden der Machtstreiter zu analysieren und zu kommentieren. Ihm fehlte der Wille zur Aggression, dachte er. Er lebte in zwei völlig konträren Welten: Dort war sein Berufsalltag und hier am Berg war der Regen, der ihn zurückholte und wieder zu einem Menschen machte, wie er sich ihn vorgestellte.

Vielleicht hatte Richard deshalb keinen Blick für ein Einsamkeitsgefühl bei Selma. Allerdings fragte er sie schon, wie es ihr so in Alpen-Alaska gehe, und sah und hörte ihr Auflachen, sie spielte die Komplizin, die Abenteurerin, gerade so, wie es ihm gefiel. Mit diesem ungeteilten Ich stand er manchmal mit Selma auf einem der Balkone oder vor der Haustür und schaute mit ihr dem Regen zu, fast so, als wollten sie die Wassersträhnen zählen. Und sie beteuerte ihm, daß dieses rhythmische Fallen des Regens und vor allem die Dauer dieses Geräusches ihr einen anderen Zugang zum Leben, zum eigenen Sein nicht aufgezwungen, sondern selbstverständlich gemacht habe. Sie lauschte, Körper an Körper mit ihm, in das Plätschern, in den zerrinnenden Himmel, der einmal nur Wasser war, dann wieder Nebeldampf und eigentlich die Ferne, vielleicht auch von Hoffnung und Zuversicht.

Wenn die Buben zurück waren vom Dorf und das Haus von ihrem Schreien und Getrampel auflebte, lebte auch Selma auf, wenn nicht zu einer Abenteurerin, so doch zu einer Einsamkeitspionierin. Aber sie stand nicht vor einer Blockhütte mit einer Flinte unter dem Arm.

Richard kam tropfnaß von einem langen Streifzug über die Wiesen und durch die Wälder zurück. Ihn interessierten weder die eigenen noch die abgesteckten Besitzgrenzen seiner Nachbarn. Ihm half das Gehen durch den Rieselregen, er fühlte sich gut, sobald er sich auf das Naßwerden eingelassen hatte. Auch wenn hier nicht Alaska war – dieses Gehen im Regen brachte ihn allem näher, dem Anfang und dem Ende, ja dem Sinn des Daseins.

Aber die Buben wollten am Abend nicht mehr beten, weil es nicht half, aus den Regentropfen wurden nie und nimmer Schneeflocken, und entlang der Gartenmauer blühten sogar wieder gelbe Löwenzähne, Anfang November. Es wurde noch schlimmer. Der

Himmel klarte auf, die Sonne strahlte, ungestört von weißen oder grauen Wolken, allerdings ohne fühlbare Wärme zu verbreiten. Nur in der Nacht wurde es klirrekalt. Auf dem dunklen Fensterglas erschienen kristalline Blumen.

Leb wohl, sagte er sich, wenn ihm wohl war, leb wohl – und sein immer neuer Abschied war nichts anderes als eine immerwährende Umarmung. Nein, kein Verzicht! Aber auch keine Hoffnung, jedenfalls nicht die richtige.

Am Morgen sprang der Motor des Autos nach vielfachen Startversuchen doch noch an, vier Uhr morgens, Richard mußte zu den Frühnachrichten. Ein Vollmond über weißgefrorenen Wiesen, und die Sterne glitzerten pünktchenhaft, als wären sie in dieser Nacht kleiner geworden.

Zehn Stunden später parkte er den Wagen wieder vor dem Berghaus unter dem kahlen Geäst des Kirschbaumes, den eine blaue Sonne beinahe unwirklich beleuchtete. Dieser blaue Himmel wurde ihr Novemberhimmel, er strahlte über einen immer kürzeren Tag und die steinhart gefrorenen Wiesen, auf denen der Nachtfrost auch unter der Mittagssonne nicht mehr schmolz. Wo immer eine Lache vom Oktoberregen zurückgeblieben war, hatte sich eine dicker werdende Eisschicht darübergelegt, kein Männertritt brachte sie zum Krachen. Statt einen weißen Schneehimmel hatten sie Tag für Tag einen blanken Sonnenhimmel zu genießen, freilich mit sinkenden Minustemperaturen. Da blühte nun kein Löwenzahn mehr, und weit und breit stand keine Kuh auf der Wiese, dafür zeigten sich am Morgen in Waldrandnähe oft mehrere Rehe, die den vereisten Wiesenboden aufscharrten, um auf das eine oder andere erfrorene Grasbüschel zu stoßen.

Zwischen vier und fünf Uhr Nachmittag begann die Dämmerung und verwandelte sich schnell in Düsternis. Um fünf war kaum noch ein Baum mit seinem blattlosen Geäst anders als ein hellerer Schatten auf dem Hintergrund der Nacht auszunehmen. Der Wald schloß sich zu einer fast bedrohlich schwarzen Wand. Als ob dahinter alles erstorben wäre, kein Hagebuttenrot mehr, kein Distelsilber, nur Dunkelheit und kein Ton.

Der Ofenwinkel wurde ihnen im November zur gemütlichen Vorwinterecke, zu einer Art Verschwörertreffpunkt, um das Ohr ans Herz der Lebensfreude zu legen oder vom Fett der Erde zu erzählen, ja, an so einem Abend saßen Richard und Selma noch lange in diesem getäfelten Winkel und schauten in die rot verglimmende Glut. Es war nicht nötig, daß sie redeten, es war ein Wissen, das sie überwältigte, ein Wissen von der Verletzlichkeit des Glücks. Es war ein gegenseitig geschenktes Schweigen. Die Buben schliefen schon seit einer Weile in ihrem Stockbett. Selma wirkte müde, aber sie legte eine Hand auf sein Knie und dabei strömte sie eine fast schlafende Kraft aus wie eine Anakonda, oder einfach wie eine, die einen unerwartet gezielten Nackenschlag versetzen konnte, um ihn, den Bewußtlosen, ins Feuerloch zu werfen, zu den wenigen verkohlten Kastanien.

Richard zog die Hand von seinem Knie und küßte die Innenfläche, wortlos, dann stand er auf und trat zum nachtschwarzen Glas der Terrassentür. Die Stirne an der kühlen Scheibe, stierte er hinaus ins Dunkle, als ob er es je durchdringen könnte mit seinem Schauen. Selma stellte sich neben ihn, er spürte ihr Kinn auf seiner Schulter. Laß uns hinausgehen, sagte sie, und er öffnete die Tür. Wie hellkalt und doch sanft die Luft ihr Gesicht anwehte, als wäre sie ein filigranes, fliegendes Netz, das sich über ihre Haut senkte. Sie suchten die Sternbilder. Kein Stern, sagte Selma, ich glaube, es schneit, sie streckte die Arme aus, er reckte die Handflächen, machte zwei Schritte in die Finsternis und fühlte winzigfeuchtes Kitzeln auf Nase und Wangen. Es schneit. Und je länger sich die Augen an die Dunkelheit gewöhnt hatten, desto heller und dichter wirbelten die Flocken vor ihrem Blick.

Nein, die Kinder nicht wecken. Selma und Richard streiften die Hausschuhe ab und traten mit Halbstrümpfen hinaus auf die flauschige Schneedecke, und plötzlich begannen sie zu laufen, rutschten und fielen hin, einer meterweit vom anderen, jeder hörte die Schreie des anderen, es waren keine Wehlaute, sie lachten, auch wenn es ein gepreßtes Lachen war, als ob sie die Tiere im Wald nicht erschrecken wollten. Es schneite wohl die halbe oder die ganze Nacht, und als Richard die Buben weckte, lagen die Wiesen unter einem halben Meter Schnee, es gab keine grünen Fichten oder Föhren mehr, alles war weiß gepolstert, die Zitterpappeln ebenso wie der Kirschbaum.

Die Buben wollten vom Balkon in die weiße Watte springen. Auf keinen Fall wollten sie ins Dorf gefahren werden. Sie knieten auf dem Bretterboden des Balkons und spuckten in ihre Hände, bevor sie sie zum Dank falteten, als ihr Vater sagte: Also machen wir heute alle einen Haustag. Einen Schneetag, schrie Rik.

Woher kamen die Blutspuren im Schnee? Richard zeigte sie nicht Selma, verwischte sie zuerst mit der Hand, dann mit der Holzschaufel. Ein Vogel, der Blut verlor? Aus dem Schnabel? Da war keine Spur, weder Vogel- noch Mardertritt. Im Traum hatte er mit einem Messer Federkissen, Daunenpolster aufgeschlitzt und schließlich auf weißgezuckerte, schlagobersbeschichtete Torten eingestochen. Aber das waren Torten, keine Schneepolster und auch keine schlagobersbedeckte Frauenhaut, und keine Torte trug auf der verzierenden Glasur irgendeine Gesichtslinie, die ihn an Ursula erinnert hätte.

Irgend jemand hatte wohl geweint, und zwar aus Freude, rote Freudentränen. Was sonst!

Er ließ alle Gedanken zu. Er wollte keinen verdrängen. Er akzeptierte sich als Objekt auf dem Seziertisch.

Richard stand hinter dem Scheibenglas eines Fensters und schaute hinaus in das weiße Flockenwirbeln. Dieses stete Fallen der Flocken, dieser alles zurückdrängende Vorhang um elf Uhr Vormittag schob ihn ins Innere nicht nur dieses holzgetäfelten Hauses, es schob ihn ins Herz des Lebens. Nie war er so gerne ein Mensch wie jetzt, da vor dem Fenster der Schnee dichter und dichter fiel. Es war, als ob die Zeit sich verlangsamte oder überhaupt für eine Weile aussetzte, die ewig junge Katze Sehnsucht rollte sich ein, schlief auf dem von Remigius und Selma zusammengestellten warmen Kachelofen.

Richard mußte nicht die Augen schließen, auch mit offenen Augen sah er sich als Kind durch die Schneekanäle gehen an der Hand der Mutter, sah sich im Grundschulalter an Schneeburgen bauen, Nachmittag für Nachmittag, gleich nach der Schule, zwei Meter hohe Schneehöhlen mit geschwungenen Innenwänden und mit Kerzennischen, unter dick verschneiten Roßkastanienbäumen im städtischen Hinterhof. Und sah sich später als Gymnasiast auf dem Nachhauseweg den öffentlichen Park durchqueren, vorbeistapfend an kaum noch erkennbaren, im Schnee versunkenen Sitzbänken. Und sah den Ort im Hochgebirge, wo Ursula plötzlich die Stiefel ausgezogen hatte und in Strümpfen durch den Neuschnee zum Hotel gelaufen war.

Rik kam mit einem Beil in die Stube, gefolgt von Tom, der mit beiden Händen eine Bastelsäge trug. Sie wollten mit ihm in den Wald, einen Christbaum holen. Bei dem Schnee? Richard lachte sie an, zeigte zum Fenster hinaus: Mir geht er schon bis über die Knie, euch bis über die Brust.

Und doch hatte er kein anderes Geräusch als das Zirpen von Grillen im Ohr, und zwar inmitten eines Schneefeldes, während er mit dem Lift zum Stock seines Büros hochfuhr. Und trotz des Rumpelgeräusches des veralteten Fahrstuhls hörte er die Stille des frisch gefallenen Schnees und hatte gleichzeitig das Flügelwetzen der Grillen im Kopf.

Diese Winter mit Selma und den Buben wurden lange Bergwinter. Der Schnee knirschte, weil es über Nacht klirrend kalt geworden war. Aber dann regnete es wieder nach einem Föhneinbruch, und sie stapften in Morast und Schmelzwasser. Alles veränderte sich immer schnell, aus den Pfützen wurden blanke Eisplatten, zur Freude der Buben, die auf und ab schlitterten und sich dabei Beulen holten. Meistens zog Richard die Ketten noch vor Einbruch der Dunkelheit auf die Autoreifen, manchmal aber überraschte ihn ein nächtlicher Schneefall, und er mußte sich, wenn er Frühdienst hatte, um vier Uhr morgens bei Taschenlampenlicht mit den Autoketten abmühen.

Dann die Verwandlung. Er sah sich zu, Kilometer um Kilometer, zuerst links und rechts der Straße sich und die verschneiten Felder, das Mondlicht fluoreszierte auf der verharschten Flockendecke, er fühlte fast so etwas wie ein Abenteurerherz, dann aber, in der Dunkelheit der Waldstraße, sah er Selma und die Buben alleingelassen in diesem Berghaus und er fragte sich, warum er diese Wald- und Wieseneinöde ausgesucht hatte, Selma von aller Stadtvielfalt abgeschnitten, und die Buben? Was für Aus- und Einblicke hatte er für sie vorprogrammiert? Kuhstille, Kuhaugen (so blau, so blau!), Kuheuterwärme, Kuhfladenplatschen. Er war froh, als er von der Bergstraße abbiegen mußte in die Überlandstraße und die Welt damit nicht gerade heller, aber doch weiter wurde. Er wurde überholt von Autos aus Polen, aus der Tschechei, aus Reggio Calabria, und er fuhr vorbei an ungarischen Kennzeichen, litauischen, holländischen. Nie, daß ihn so früh am Morgen eine erhobene Faust zur Hölle gewünscht hätte und nie auch das Gebiß eines kläffenden Hundes hinter einer Autoscheibe. Richards Gedanke trieben durch weiße Illusionswolken, darin tauchten die meisten Autolenker wie Traumgenossen vor ihm oder hinter ihm auf. Es war eine morgengraue sprachlose Zusammengehörigkeit auf Fahrt. Aber die Straße war übersät mit tückischen Glatteisstellen. Hier im Tal lag wohl schon seit Tagen kein Schnee mehr auf einem Baum oder einem Strauch.

Und je näher Richard der Stadt kam, desto trockener und grauer erschien der Asphalt im Scheinwerferlicht des Autos. Vielleicht tauchten jetzt bald die Palmen auf oder wenigstens die breit ausladenden Magnolienbäume? Roch es nicht nach Blütenvanille und zitterte nicht die von der städtischen Beleuchtung angestrahlte Luft von Frühlingserwartung? Verwandlung. Was er lernen und trainieren mußte, war, den täglichen Verwandlungsprozeß gelassen zu überstehen, ihn nicht nur zu überstehen, sondern ihn zum Gewinn umzumünzen, er mußte leichter werden, er mußte fliegen lernen; ja, seine Brust war aufgebläht von Selbstgewißheit, wenn er schließlich den Wagen geparkt und die elektronischen Sicherheitsschwellen des Rundfunkgebäudes hinter sich gebracht hatte. Ohne Frage, er wollte leben. Und kaum saß er in seinem Bürostuhl, fühlte er den Drang, diesen Optimismus schon in den Frühnachrichten zu propagieren: Lebt weiter! Habt Freude am Leben!

Oben der Schnee und hier die trockene Staubluft. Türenlose Raumfluchten waren seine Arbeitsheimat: Um fünf Uhr früh hörte Richard seine Schritte hallen auf dem langen Weg vom Lift durch den Korridor zu seinem Stuhl. Zuvor aber ein Blick in die Fernschreiberkammer, dort ringelten, bäumten sich die papierenen Nachrichtenschlangen der vergangenen Nacht auf. Es war ein anderes Alleinsein, es war sein Kampf mit dem Spinnennetz der Macht. Er mußte prüfen, auswählen, wegschmeißen. Alles in kürzester Zeit. Unten, vier Stockwerke tiefer, warteten die Sprecher oder Sprecherinnen auf die Papierstöße, auf die von ihm getippten Nachrichtentexte. Sie wollten sie möglichst früh vor Sendebeginn, um sie wenigstens vorher einmal durchzulispeln. Und sie durchbohrten ihn mit Morgenwutaugen wegen jeder halben Minute, die er die Nachrichtensätze später als gewünscht ihnen unter das Mikrofon legte.

Die Arbeit war die beste Vergessensmedizin. Hatte er einmal den Dienst angetreten, war alles nur mehr Konzentration. Aber Richard ließ sich Zeit zum Durchatmen. Zwischen der einen und der anderen

Sendestunde räumte er nicht nur die Papierschleifen weg, er fuhr auch mit dem Lift hinunter und ließ sich in der Eckbar einen dicken schwarzen Espresso durch die Düse tropfen. Luca oder Mario, je nachdem wer von ihnen die Bar am frühen Morgen aufgesperrt hatte, zwinkerte ihm komplizenhaft zu.

Als Richard nach den Mittagsnachrichten ins Auto stieg, regnete es, er fuhr aus einer grauen Stadt zur Autobahn. Jedes Wort aus dem Radio war ihm zuwider, er ertrug nicht einmal Schuberts Winterreise, er schob eine Beethoven-Klaviersonate in den Kassettenrekorder, und diese immer wieder gehörte Mondschein-Sonate verfärbte den Regen. Sodaß er dachte: ein guter Regen, ein heller Regen, und: regne, regne weiter! Und es regnete weiter. Der Scheibenwischer zischte hin und her, die Hangwälder glänzten im vorwinterlichen Grün, dann wieder erschienen die Flußauen grau wie polierte Schlangenhaut. Jeder Sonatenton stieß ihm ein anderes Tor zu einer anderen Welt auf, machte ihn einmal mutig, dann wieder ewigkeitstraurig. Als Richard in seine Waldstraße hinaufbog, verwandelte sich der Regen allmählich in ein großflockiges Schneien.

6. Die Wunde

Er kam fast immer als Verletzter am Berghaus an, stieg wie ein Angeschossener aus dem Wagen, wankte allerdings nicht, trotz der einen oder anderen Schußwunde, er schritt, auch wenn mit letzter Kraft, seinen Kindern entgegen, ein Westernheld. Und nachdem er eines wie das andere geküßt hatte, sank er an Selmas Brust, ließ sich in ihren Armen durchrutschen und verteilte dann den Inhalt der Plastikeinkaufsäcke. Jede Ankunft, so hellwach er beim Wegfahren auch gewesen war, jedes Zurückkommen erlebte Richard als Halbwacher, wie in Trance stieg er die Steinstufen zur Haustür hinauf, und beim Öffnen strömte ihm die unauslöschbare Geruchsspur der hunderte Jahre vor ihm hier lebenden Kleinbauern entgegen, ein ranziges Aroma aus geräuchertem Speck und den Ausdünstungen nicht täglich gebadeter Körper. Eine Geruchswolke, die er nur wahrnahm, wenn er aus den Smog- und Parfümdüften der Stadt zurückkam und die schon mit den ersten Schritten hinter der Haustür verflog. Er setzte sich auf die Ofenbank und hatte tatsächlich das Gefühl, daheim zu sein.

Ihm wurde mehr und mehr bewußt, daß er aus etwas Festem ausgestiegen war, ohne dergleichen beschlossen zu haben. Plötzlich verstand Richard (wie ein langsam Erwachender), daß seine Stadtfreunde und seine Arbeitskollegen dies so sehen mußten: Er war aus ihrer Welt ausgetreten, er lebte nicht mehr ihr Stadtleben, teilte nicht ihren Alltag. Irgendwie war er in ihren Augen abgereist nach Indien oder wohin immer, vielleicht nach Usbekistan, dem subversiven Quartier nahe Woodstock, und unterwegs war ihm das Geld ausgegangen (oder der Atem?) und deshalb machte er im Moment einen Zwischenaufenthalt in einer bewaldeten Berggegend, lebte mit Füchsen und Krähen, vielleicht auch mit Bachstelzen, und ließ seine Kinder damit spielen.

Sich befreien ... unter nichts hatte er je mehr gelitten. Obwohl er sich nie anders als ein Selbstbefreier gebärdet hatte, auch als Rebell, als Neinsagerspezialist. In Wirklichkeit war er ein erzkonservativer Widerspruchsexperte. Und in nichts übte er sich mit größerer Regelmäßigkeit als im Gleichbleibenden, vermischt mit den Träumen von Veränderung.

Die indische oder usbekische Ofenbank war ab Oktober beheizt und warm, nur nicht so von Geräuschen umrauscht wie die abgetrampelten Farmerwiesen von Woodstock, hier herrschte eine Stille, die einem die Augen wie eine Mutter sanft verschloß. Die Rufe, das Getrippel der Buben, ihre Kommher- und Schauda-Schreie schwappten in seinen Ohren. Mehr brauchte er vorläufig nicht.

Was für ein Vater war er? Obwohl er sich mit den Buben auf den Teppichen rollte und sie über ihn mit Indianergeheul herfielen, fühlte er sich eher wie ein Gulliver, ein überwältigter fremder Riese, der mit den dünnsten Zwirnfäden gefesselt, festgebunden worden war: Ein kaum sichtbares Netz, und doch so dicht gezurrt, daß es ihm fast den Atem nahm. Er hätte ihnen nicht ewiges Bei-ihnen-Bleiben schwören können. Vielleicht, er wußte es nicht, aber es war wie eine offene Wunde in ihm, vielleicht würde er doch eines Tages wieder aufbrechen und zu Fuß weiterwandern über den Kaukasus und weiter durch Mückenschwärme und ausgetrocknete Sümpfe (ob nun in der Steppe oder in der Tundra) bis in die sibirischen Eis- und Schneedörfer. Warum so weit? Warum dieses selbst gewählte Straflager? Er wußte es nicht. Noch lange tat er alles mögliche, um auf diesem Berghang daheim zu sein, auch oder vor allem, damit diese Söhne (anders als er) ein Zugehörigkeitsgefühl entwickelten: Dieses Haus ist euer Geburtsrecht!

Richard war kein guter Vater, so sehr er sich auch mit ihnen auf dem herbstbesonnten Gras vom Waldrand über die knuppelige Wiese jauchzend herabrollen ließ. Oder ihnen vor dem Schlafen am Stockbett die unmöglichsten Geschichten erzählte: von Inseln aus Zucker, die sich rechtzeitig im Meer auflösten, bevor der Gelbe Kaiser auf seinen Giftflügeln daherbrauste. Irgendwo und irgendwann erfand er für sie immer eine kurzfristige Rettung, eine hoch riskante, gefährdete Befreiung oder ein endloses Warten auf Erlösung ... Fortsetzung morgen abend.

Warum war er kein guter Vater? Weil er seine Kinder nicht auffraß? Weil er sie nicht mit einem Zyklopenauge anstierte? Weil er ihre Mutter, Kleopatra, vor ihren Augen an jedem Meeresstrand nackt hin- und herwandern ließ (bei ihrer fast krankhaften Suche nach einer ungetrübt silberblau glänzenden Muschel)? Ja, vielleicht war es eine Schuld, daß er sie nicht gefressen, daß er sie nicht ein einziges Mal in ein Bein oder einen pausbäckigen Rosaschenkel gebissen hatte. Er hatte sie nie richtig einverleibt, lebte zwischen Redaktionsluft und Bergidylle immer in einem Zwischenland.

Was ist die Wahrheit dieser oder der nächsten Sekunde? Er wollte so klein sein wie sie, er wollte mit ihnen eins sein im Spielen. Aber er stand die längste Zeit mehr als einen Meter über ihnen, sofern er sich nicht bückte oder auf die Knie fallenließ. Und tatsächlich war sein Spielen mit ihnen nie ein Einswerden, er kroch mit ihnen herum, ohne sich in ihrem Gekicher verlieren zu können.

Auch er, so träumte ihm, wollte sich unter einen Wasserfall stellen und hinter dem Prasseln des Wassers das Kichern der Liebe hören, wollte umarmt und gepreßt werden und, gebettet auf trockenem Moos, die Nacht wortlos, Haut an Haut überdauern, um für immer dieses Dasein zu lieben.

Mitten im Bergwinter sah er Ursula unter einer sengenden Augustsonne vor sich und erinnerte ihren fragenden Blick, als schaute sie ihn jetzt unter einer verschneiten Fichte an. Vor allem aber sah er ihre aufgeplatzte Lippe, die sie von ihm nicht küssen lassen wollte. Das war schon lange her, und er wollte es noch immer nicht glauben, daß er sie trotzdem geküßt hatte, wie eine Autistin der Liebe, sie war zu einer mechanischen Puppe geworden, die sich nicht mehr an ihn schmiegte, nicht mehr sein Gesicht suchte, sie war an diesem heißen Augustnachmittag ein mechanischer Liebesempfänger. Er hatte eine Freikarte zum Küssen. Und er küßte sie dort, wo sie es am wenigsten wollte, er küßte sie an der aufgeplatzten Lippe, an ihrer Wunde, die seinem Gefühl am nächsten war. Ursula ließ sich ohne Gegenwehr in die Arme nehmen, er hob sie auf, das leichte Gewicht einer Scheintoten, und trug sie in das rolloverdunkelte Nachmittagszimmer. Sie keifte ihn nicht an, aber sie vergrößerte ihre Augen, ihr Blick wurde dunkel und dunkler, und sie zog ihre Bluse selbst aus. Warum ohrfeigte sie ihn nicht, als er ihre Schläfen anhauchte, als er ihre Wangen und ihre Augenbrauen mit den

Lippen streifte? Sie trug keinen Büstenhalter und sie bewegte ihre Hände nicht, als sein Haar ihre Brüste überflog. Er wollte sie aus ihrem Tod erwecken. Und ließ keinen Hautfleck unberührt. Doch sie riß ihn jäh an den Haaren, ihre Seele flog woanders hin. Komm, komm!, schrie sie, als sie sich zum letzten Mal ineinander verloren. Ich liebe dich, hörte er gestammelte Worte, aber ich darf dich nicht mehr lieben. Das hatte seine Wunde geöffnet.

Immer sterben die anderen, immer verunglücken die anderen, immer morden irgendwelche andere, auch die Kriege sind irgendwo anders. Alles Schreckliche geschieht weit weg. Genauso waren seine Tage und Nächte verlaufen. Und dann schrie er empört auf, als seine Koffer im niederrauschenden Regen vor die Haustür gestellt waren und niemand mehr ihm aufsperrte.

Alle diese Winter waren schneereiche Winter. Auch wenn die Temperaturen zwischendurch jäh anstiegen und die ersten verregneten Dezembertage den Schnee schmelzen ließen. Aber dann drehte sich wieder das Wetter, und die Schneewolken bauschten sich über der anderen Talseite im Südosten. Und wenn der Schnee aus Südosten kommt, sagten die Bauern, dann kommt viel, dann ist es der richtige; der hält bis Ostern. Wenn nicht länger. So war es auch. Der Schnee schloß das Dorf ein, jeder einzelne wurde in die Mitte gerückt, schien es, in den Gasthäusern wurden die Deckenlampen den ganzen Tag nicht mehr ausgeschaltet.

Jeder, der die Gaststube betrat, wurde wie ein Überlebender begrüßt. Das Dorf ähnelte mehr und mehr einer sich rhythmisch dehnenden und schrumpfenden Gemeinschaftsstube der Bauchgemütlichkeit.

Wenn Richard von der immer lauten und stromhellen Stadt in dieses Bergdorf zurückkehrte, kam er zurück in die Dunkelheit, aber etwas in ihm erinnerte sich an dieses Finstere, das beleuchtete kleine Fenster hatte, und wie er sich als Kind nach dieser Trautheit gesehnt hatte. Dieses Dorf wurde im Dezember mehr und mehr zu einer riesigen Weihnachtskrippe, in der gesoffen und gejauchzt wurde, und in der alle auf etwas warteten. Auf das Unbestimmte. Das Allesübertreffende. Das Erlösende? Alle oder doch die allermeisten wußten schon, wie sie erlöst wurden, alle hatten schon mit kleinen Sonntagspfennigen ihr Himmelsplätzchen ausgehandelt. Was wollte Richard hier? Er war kein Tourist. Und er sah keinen Sinn darin, einer von ihnen zu sein.

Er mähte kein Gras, er schloß an kein Kuheuter um fünf Uhr früh eine elektrische Melkpumpe. Er war wohl ein Störfall, wenn nicht eine Provokation. Denn er hatte für sich und seine Familie einen der schönsten Sonnenplätze (zu trocken für Viehzucht, aber umso geeigneter für touristische Ausblicke) erworben und lebte dort nun als Stadtmensch zwischen Wiesen und Wald, freilich mit einem anderen Blick, der geöffnet war für jede Dohle, die sich von einem nahen Fichtenzweig abstieß und ins Blaue oder Graue des Winterhimmels aufflog.

Richard begleitete die Buben mit Selma zum Nikolausabend in den Theatersaal des Dorfes und erlebte mit ihnen den Tod, mit weißbemaltem Gesicht und schwarzer Kutte, wie er mit einer Sense dreinschlug auf einen armen saufenden Knecht. Nicht weniger aufregend war der Teufel mit den Kuhhörnern und dem roten Maskenmaul, der an die Leute mit dunklen Gröllauten heranpreschte, wild mit seiner Rute rundumschlug. Dagegen hatte kein heiliger Nikolaus mit Bischofsmütze eine Chance. Alle wollten nur den Tod und den Teufel noch einmal sehen. Die Dorfleute erkannten sich oder ihre Ängste darin wieder oder lachten und freuten sich ganz einfach über den folgenlosen Schreck. Irgendwie spielten sie mit, während Richard ein Zuschauer blieb, anders gekleidet, und vielleicht lachte er nicht einmal.

Sie, dieses Mädchen, das einmal auf ihn zugeflogen war, hatte Ursula überhaupt so etwas wie ein Kontrollsystem der Gefühle? Oder reagierte etwas Dunkles in ihr, das er nicht verstand, ein Mechanismus, der gefährlich war, weil er zu völlig unterschiedlichen Gelegenheiten eine Anziehungskraft entwickelte, einen unwiderstehlichen Verführungsreiz und dann wieder nichts als Stummheit, Dumpfheit ausströmte? Sie hatte ihn angerufen, und ihre Stimme hüpfte. Dann wieder hatte er sie über Tage nicht gehört, und wenn er sie am Ohr hatte, schien sie zerstreut oder war von einer Direktheit, die ihn abstieß: Nein, ich muß um sechs da und dort sein, um sieben woanders. Und jedes

Mal hatte er sich geschworen: Schluß! Nie wieder. Vergessen. Nichts als Vergessen. Sie hielt sein Leben auf.

Es hilft nichts, an manchen Tagen kannst du in deine Seele hineingreifen wie in ein dunkles Astloch.

Den Weihnachtsbaum fällte Richard nicht selbst, den brachte ein benachbarter Bauer, der schon dabeigewesen war, als sie das alte Hausdach abgetragen hatten. Ruhe kam über ihn, als diese Fichtenzweige, das Grün dieses fast vier Meter hohen Baumes den Innenkreis der Wohnhalle ausfüllte. Selma saß neben ihm am Rande der Kaminecke und sog den Duft des Waldes durch die geweiteten Nasenflügel ein. Das Nadelgrün glänzte, als müßten unter den bodennahen Zweigen Pilze wachsen. Alle Kindheitsträume konnten sich einnisten in diesem Hauswald, dieser Baum trug die Nacht und die Stille ebenso wie die Kälte eines ganzen Winters zwischen den Zweigen. Und alle die geträumten Geheimnisse der lebenden Dunkelheit.

Seltsam, mit dem Wald im Haus fand er zu sich zurück. Es schmerzte ihn nicht die Vorstellung oder das Bild, daß Ursula jetzt eine andere Liebessprache (oder doch die gleiche?) mit einem anderen sprach. Vielleicht dachte er gar nicht einmal an sie, vielleicht war sie nur unbewußt eingeschlossen in seiner Freude.

Während die Kinder schliefen, schmückten Selma und er den Baum mit bunten Kugeln und Glasvögeln in Rot und Silberblau. Ganz leise, kaum hörbar in zehn

Metern Entfernung, ließen sie eine Langspielplatte laufen mit Mozarts Zauberflöte. Sie redeten selten, aber zwischen der einen Glasfigur und der anderen Silberkugel küßten sie sich flüchtig, zur Freude der Stunde.

Ich kann gar nicht verlorengehen! Stumm ließ er sich von Mozart über die Tannenzweige hinauf und hinunter tragen. Schweigend jubilierte er, und diese Lustsuche, die ihn ausfüllte, hätte sogar eine kristallene Eisschicht ausgehalten, womit diese klirrekalte Dezembernacht die dachgeschützten Bohlen vor der gläsernen Terrassentür überzog. Es war, als hätte dieser Nadelbaum mehr Kraft als der Rest der Welt, er umschloß sie, zog sie in diesen warmen Raum des Fürimmerzusammenseins und ließ, solange er nicht entfernt war, keinen Zweifel daran aufkommen. In dieser Feiertagszeit lag Richard viele Stunden auf den Sofapölstern und las oder sah dem Herumkriechen, Herumtänzeln der Buben zu, hörte ihre Stimmen, schlichtete ihre kleinen Streitereien. Und Selma brachte Tee und Gebäck. Wo war das weißbemalte Gesicht?

Es war der gewünschte Stillstand der Zeit. Nichts durfte, nichts würde geschehen: Ein Traum, eine Illusion, die sie zu einer tagelangen Wirklichkeit werden ließen. Als wenn vor dem Fensterglas nicht nur der Wald, nein, jeder einzelne Baum und genauso der Schnee, jeder Schneekristall, den Atem anhielten. Eine eingebildete Lautlosigkeit machte diese Tage so friedvoll.

Wo war da Platz für Bitterkeit oder gar für Zorn? In dieser Lautlosigkeit, in diesem Atemanhalten der Bäume und der Schneekristalle heulte in Richard jäh eine Wut auf: Warum hört sie diese Stille nicht, warum hält Ursula nicht mit den Eiskristallen den Atem an? Warum weiß ich nichts von ihr – warum ist sie nicht da, wo ich bin?

Selma kam mit heißem Tee die Stiege herauf, in der Ecke neben dem Kachelofen stand der Tisch für das Monopoly-Spiel, dort füllte sie auch die Schüssel mit Krapfen und Keksen.

Es kommt kein Laut zurück, nicht einmal eine Wespe fliegt dir in den Mund. Freilich, wenn du noch Kraft hast, dich zu einem Schritt zu bewegen, dann beginn zu gehen, und geh und geh, vielleicht läuft ein Hund mit dir, gut, wenn du ihn streicheln kannst.

Die Erde war gepflügt. Der Himmel war grau und dann blau. Die Würmer schliefen oder fraßen sich tiefer unter das Gras. Am Weihnachtsbaum hingen Schokobonbons, die er und Selma in zerfranstes weißes und blaues Papier gewickelt hatten. Er las noch einmal eine Seite nach der anderen in Musils „Der Mann ohne Eigenschaften“ und starrte zwischendurch in die Holzbalken über seinem Gesicht, als sähe er in die Leere der Michaelerkirche in Wien. Auf dem Bett seiner Mansarde liegend ging er mit hängenden Armen durch die Herrengasse zum Schottenring, wie damals als Student.

Der Winter war lang, hoffte Richard, in der Eingeschlossenheit unter den Mansardenbalken wünschte er sich einen ewigen Winter, er wollte die Augen für immer nur mehr halb geöffnet haben. Die Zeit rieselte in seinen Ohren wie getrocknete Schneeflokken. Aber er liebte das Holz der Wände und er liebte das Glück, das er aus den Stimmen seiner Buben von unten heraufhörte.

Sie – er sah Ursula, wie sie eine Pelzmütze aufsetzte, als wollte sie durch das Schneesibirien des Doktor Schiwago tanzend an sein vereistes Mansardenfenster klopfen. Nein, Ursula hätte ihn zuletzt auch durch einen indischen Urwald geführt, einen grauen Elefanten, neben dem sie herging und den sie nur kurz vor der Erschöpfung bestieg. Sie träumte keine hellen Träume auf seinem Rücken, aus dem dicken grauen Leder seiner Haut drang nichts durch, das für sie Salz oder Zucker gewesen wäre. Es half nicht einmal, daß sie ihn mit aller Fußkraft trat. Sie konnte ihn nicht lieben, aber sie konnte ihn auch nicht beiseiteschaffen.

Zum Ende hin war Ursulas Mund immer trockener geworden, aber ihre Hände hätte er noch geliebt, wenn sie sich über sein Gesicht gelegt und irgendwo auf seiner Haut sich zu bewegen vergessen hätten. Er hörte jetzt sogar ein Zugsignal vom Tal herauf und blieb dennoch auf dem Rücken liegen. Hätte er aufspringen sollen? Warum auch? Er war mit Musil hinter der Wiener Jesuitenkirche. Und gleich danach trank er einen Orangensaft mit Ursula in einem Eckbistro nahe der Seufzerbrücke am Canal Grande. Dort, wo du jetzt bist, hörte er sich sagen, werde ich nie sein. Warum lebst du mit fremden Menschen? Wenn er weiterlas in Musils Roman, wurde er – und darüber mußte er lachen –, ja, er wurde einsichtig. Es gab nichts, was den Schmerz verdiente. Das neue Dach hielt der wachsenden Schneelast stand, kein einziger Balken bog sich oder knackte. Noch war keine Telefonleitung bis zu diesem Haus gelegt. Vor dem Küchenfenster piekten Kohlmeisen und Finken jeden Krümel auf, den Selma vor die Tür warf. Richard schnitt die rohen Kartoffeln, die sie geschält hatte, in fingerdicke Scheiben, legte sie auf ein olivenölbenetztes Blech und schob es in den Bratkasten des Herdes. Dann – für ihn selbst unerwartet – wandte er sich Selma zu und nahm sie in die Arme, drückte ihr Gesicht an seine Küchenschürze: Was ist denn plötzlich? Er hörte seine eigene Stimme wie die eines anderen.

Vielleicht wäre es gut gewesen, wenn sie geweint hätten. Aber sie weinten beide nicht. Warum auch hätte er weinen sollen. Das Haus war bewohnbar gemacht, die Öfen wärmten die Räume, und die Buben fühlten sich hier, als hätten sie nie woanders gelebt. Das Haus, daran glaubte er, hatte ihn gerettet.

In jeder Minute kann die Nacht kommen, in jeder halben Sekunde, er will nicht rechnen, er schließt die Augen, und alles ist eine Wirklichkeit. Ich werde alle, die ich verlasse, immer und also jederzeit lieben, schwört er unhörbar, aber er fühlt es auch. Und so wird die Nacht eine beliebige Farbe haben, die er noch wäh-

len kann. Einmal violett, ein andermal samtgrün, und warum nicht zwischendurch weißgelb wie die Zähne seines Hundes? Denn seine Nacht wird nie eine einzige sein.

Die Öde des Jänners war immer wieder eine Lernzeit. Die Wochen nach dem Jahreswechsel waren Wochen der Erwartungslosigkeit. Die letzten Tannennadeln hatte der Staubsauger längst geschluckt. Das Haus atmete einen Geruch aus, den weder Richard noch Selma zuvor wahrgenommen hatten, eine Mischung aus neuem und altem Holz, auch etwas Rauch war dabei. Richard stapfte eine Stunde, auch zwei, mit Selma über die verschneiten Wiesen und durch den Schneewald. Da war keine Maschine, die einen Weg freifräste. Und darüber waren sie froh. Sie stapften Schritt für Schritt ein Stück ihres Winterweges frei. Und dann der Blick zwischendurch hinauf zu den angefrorenen Schneepolstern an den Föhren. Nirgendwo ein Vogelflattern. Selmas Aufstampfen hörte er im Rücken, nebeneinander zu gehen wäre doppelte Mühe gewesen. Trotzdem wechselten sie das eine und andere Wort, auch wenn er jeden Satz wiederholen mußte; das erste Mal vor sich hin, und er sah, wie der Atem sich in Rauch verwandelte, dann wiederholte er den Satz, halb rückwärtsgewandt, und sah noch deutlicher den Kältedampf des Atems. Aber er blieb nicht stehen und verstand auch nur zur Hälfte die Worte, die Selma murmelte, und anders als murmelnd redete Selma nie, wenn sie nicht zornig war.

Sein Rücken vor ihrem Gesicht, ihr Mund zu seinem Rücken, so traten sie sich den Weg durch den Schnee frei, aber mitten im Wald brach ein dünner Ast mit einem Schneepolster vor ihnen nieder. Da hielten sie an und strichen einander mit ausgestreckten Handschuhen über das Gesicht.

Er schämte sich nicht, als er über Selmas Gesicht fahrend Ursulas Augen sah und auch diese streichelte, sie, die Lachende, hielt die Augen aufgerissen, sodaß er ohne Hast die Pupillen küssen konnte. Und als Selma ihre Hand zurückzog, küßte Ursula seine Augäpfel so lange, bis er mitten im verschneiten Wald anhalten und mit dem Taschentuch sie trocknen mußte. Selma furchte inzwischen vor ihm den Schnee auf, fast spielerisch, dachte er, weil sie einmal den linken Schuh, dann den rechten hob, wie ein trainierender Fußballspieler, oder teilte sie Fußtritte aus wie ein Clown? Im Schnee? Er holte sie ein, überholte sie, warf Schnee über ihre Wollmütze, und sie bückte sich, ließ sich fallen in die flaumige weiße Decke. Er zog sie hoch, fiel aber mit ihr wieder hin. So blieben sie stumm liegen, eine ganze Weile, wortlos, als hätten sie sich vergessen.

Nie träumte er von Schnee, aber oft von Wasser, er kannte schon die geträumten Berghänge, die langsam von der steigenden Flut überschwemmt wurden, immer wieder träumte er von dem Wasser, das die Wiesen und die Waldungen überflutete und hineinzog in eine trübe graue Strömung. Er wurde fortgerissen, alles, was er wußte von dieser geträumten Welt, waren donnernde Kaskaden, gefährlich strömendes Wasser, Flußschnellen, uferlose Flüsse. Es gab kein Halten, kaum einen Richtungswechsel, sondern nur dieses Fortgerissenwerden von der Gewalt der dunklen Tiefe, und das Schlagen mit den Armen, dieses wilde Rudern mit Händen und Füßen, als ob Rettung möglich wäre vor dem Nichts. Warum konnte all dieses Wasserströmen sich nicht auflösen in Schnee, in die Stille fallender Flocken? Die Geduld des Lebens, eigentlich die Geduld zu leben, begann Richard in dieser Abgeschiedenheit wie eine allmähliche, kaum merkliche körperliche Veränderung zu erfahren. Nein, die Haut juckte nicht, er mußte sich nicht kratzen. Es war die andauernde Farblosigkeit der Winterlandschaft, dachte er und verirrte sich in den Irrtum eines Nichthiergeborenen. Aus der Stille der Erwartung war eine Stille der Leere geworden. Es gab nichts, worauf man warten konnte, außer auf das Schmelzen des Schnees. Erst mit der Zeit entdeckte er in dieser scheinbaren Farblosigkeit der Landschaft zum ersten Mal die Farbigkeit. Schon das Weiß des Schnees verwandelte sich nicht nur tagtäglich oder von Woche zu Woche, von Stunde zu Stunde, vom stumpfen Nachtweiß bei abnehmenden Mond zum strahlenden Kristallin in der Mittagssonne, aber ein ganz anderes weißes Leuchten war es bei Vollmond und wieder anders, fast ein gräuliches Alabasterweiß, wenn er um vier Uhr früh ins Auto stieg. Und wenn der Schnee so viele verschiedene Weißtönungen hatte, dann erst recht der Wald, eine Fächerung von Braun und Grau und Grün, die in seinem Blick eine immer andere Tiefe erreichte, je mehr und je länger er zwischen Jänner und Februar durch diese ganz und gar nur scheinbare Ödigkeit stapfte, umso farbiger wurde die anfänglich nur grauweiße Landschaft. Tatsächlich fühlte Richard sich mehr und mehr beinahe angeleuchtet vom Gelb einer Rindenflechte oder vom Grün eines bemoosten Holzstocks am besonnten Waldrand. Irgendwann begannen die winternassen Föhren sogar rötlich zu glänzen um drei oder vier Uhr Nachmittag. Krähen und Dohlen kreuzten mit schwarzen Linien den weißblauen Himmel. Doch wenn die Wolken aufzogen, Regen- oder Schneewolken, dann war es, als hielten die Farben den Atem an. Und er mußte sich umsehen, sich umdrehen, so lange, bis er das Schimmern im Dunkel wahrnahm, auch den Schatten der Farben. Als Richard diesen weißbläulichen Krokus erblickte, in den ersten Märztagen mitten auf dem freigetauten Grasweg und ein paar Schritte weiter noch zwei, drei, ja vier, bellte er wie ein Hund und erschrak über dieses Bellen. War er ein Inselbewohner geworden? Ein Robinson Crusoe? Da war doch weit und breit kein Meer, das er spürte wie das blauseidene Morgenhemd einer Frau, in das er hinaufblickte. Nie hatte er eine solche Naturbanalität in der Stadt als ein Zeichen des Erwachens erlebt. Aus dem Asphalt wuchsen keine Krokusse. Auf dem Parkplatz vor dem Rundfunk- und Fernsehgebäude prangten freilich schon seit zwei Wochen die weißrosa Riesenblüten einer matronenhaft imposanten Magnolie, und die Einfahrtsstraßen der Stadt waren geschmückt vom Gelb der Goldregenbüsche. Aber hier am Berghang saßen noch die Krähen auf kahlen Eschenzweigen und in die glasig schimmernden Schneewiesen hatte die Märzsonne nur da und dort ein aperes Loch gefressen.

Über die ersten Krokusse fiel wieder Schnee. Ihn störte kein neuer Wintereinbruch, auch wenn er den Zwiespalt austragen mußte zwischen dem mehr und mehr aufblühenden Frühling im Tal, in den Parkanlagen der Stadt und der Kahlheit der Laubbäume rund um sein Berghaus. Er wechselte tatsächlich fünfmal in der Woche seine klimatischen Welten, die er wie eine Kneippkur durchlebte, kalt und heiß und umgekehrt. Den Knöcheln in seinem Kopf schien es gut zu tun.

Hinter den Rinden der Bäume, ganz gleich ob nun Nußbaum oder uralte Kirsche, hielten die geträumten Kaninchen den Atem an. Also bist du endgültig verrückt geworden? Nein, weder ein Freund noch er zweifelten, daß er normal lächeln konnte.

Sie lasen Bücher in der Kaminecke. Das Feuer flakkerte, blakte, Richard oder Selma legte Scheite nach, pustete, blies auch dann und wann die Glut an. Die Bücherwände flackerten auf ihre Weise mit, in Grün, dann in Violettgelb, eine obszöne Feierlichkeit, doch dann setzte sich Rot durch, bald vermischt in ein abenddunkles Rosaschimmern. Sie waren zu Hause, eingeigelt daheim.

Die Wände, die Ziegelwände, an denen sie mitgebaut hatten, sie hielten. Draußen knarrten die Äste der Fichten und Zitterpappeln unter einem eisigen Wind. Es ging ihnen gut. Die Kinder feierten Fasching. Selma fragte ihn, was für eine Maskerade Rik und was für eine Tom passen könnte. Richard las gerade in einem Kriegsbuch und konnte sich im Moment keine maskierten Söhne vorstellen. Er liebte Clowns, Indianer und Löwen, aber das waren abgegriffene Masken, und ob sie für die Buben …? Er war abgelenkt, hörte Selma nicht richtig zu. Trotzdem schlug er irgend etwas vor, etwa eine endlos lange, aber geblümte Nase oder das Gesicht einer Sonne mit großgedunkelten Augen. Ja, er war nicht richtig bei der Sache. Selma ärgerte sich. Zieh ihnen weiße Hemden über die Ohren und mal ihnen Augen und Mund darauf, schneide ihnen mit der Schere einen Mund. Auch Richard war verärgert, und vielleicht nicht so sehr wegen dieser Maskerade-Wichtigkeiten, sondern weil er plötzlich wußte, daß er Selma nicht wirklich zuhörte. Wohin aber lauschten seine Ohren? Weder nach Syrakus noch nach dem Wellengeheul der Charybdis. Er hatte seinen Rücken an das alte Getäfel der Kaminecke gelehnt und las, als ob die Grenzen der Welt aufgehoben wären und Selmas Nähe ihm die Lesbarkeit der Zeit auch in diesen Zeilen, wenn nicht zu erleichtern, so doch mit Wärme zu begleiten und zu teilen hätte.

Sie lasen und lebten in dem Gelesenen. Es war die wirkliche, die innere Welt. Ganz gleich, ob sie bei den Brüdern Karamasow sich zerstritten oder im Stiegenhaus der Pfandverleiherin in Petersburg vor Atemnot fast erstickten. Sie lasen, und die Bücherregale lächelten ihnen dankbar zu, runzelten höchstens die Stirn, wenn sie ihr Buch beiseite legten und sich gegenseitig prüfend (Auge in Auge) betrachteten: Bist du so, wirklich so, wie du bist? Und wieviel weißt du selbst davon, wer und was du bist?

Ein Hund! Plötzlich dieser Schrei nach einem Hund. Es war Tom oder doch Rik, der von einem Tag auf den anderen nichts als dies sagte und immer wiederholte: Warum haben wir keinen Hund?

Das war dann der Tag der Tage für die Buben, als er den waudligen, langhaarigen Schäferwelpen von der Stadt hinaufbrachte, aus einem Zuchtgehege der Stadt. Richard stieg unter dem winterlichen Kirschbaum aus und stellte den kleinen Welpen auf die Beine. Hör auf! Jetzt ist genug! Die Buben hörten aber nicht auf, den Hund sich gegenseitig aus den Armen zu zerren. Ein Ziegenkitz oder ein Lämmchen hätten sie wohl ähnlich oder gleich zu Tode geherzt.

Richard hatte ihm den Namen Dago gegeben. Niemand war dagegen. Er wußte, daß Selmas Vater einen Schäferhund gehabt hatte, der Dago hieß, und den ihre Mutter nach seinem Tod weitergegeben hatte, oder der von selbst entkommen war. Dago war aus Selmas Kindheit davongelaufen. Deshalb hatte er diesen Schäferwelpen als neu erfundenen Dago in das Berghaus hinaufgebracht.

Dago war zwar der schönste kleine langhaarige Hund, aber er blieb, wie verzaubert von den Buben, immer gleich groß, also immer gleich klein. Genauso wie sie ihn liebten. Er verlor von Tag zu Tag mehr Haare, statt zu wachsen wurde sein Fell dünner und dünner, bis er kahl war und ein paar Haarbüschel nur mehr zwischen den Ohren zum Streicheln dastanden, und die Schwanzquaste. Irgendwie hatte Richard beruhigende Worte gefunden, bevor er mit Dago wegfuhr: wir kommen wieder, heute abend! Und der nacktkahle Dago durfte am Nebensitz Platz nehmen; aber er rollte sich dort nicht in die Schlafposition, sondern saß am Polsterrand aufrecht, erreichte mit den Vorderpfoten gerade den Deckel des Handschuhfachs und verharrte so, immerhin hundert Kilometer bis zur Ordination der Tierärztin, die in den USA praktiziert hatte. Richard sprach mit dem Hund mehr oder weniger so wie mit einem Menschen. Vielleicht nur etwas akzentuierter, jedenfalls nicht in einer gefistelten Kindersprache; es war ein ernster, liebevoller Monolog, der ihm gültig war wie ein Dialog, weil Dago nicht nur auf die Landschaft, sondern immer wieder auch zu ihm herblickte. Du wirst nicht sterben, sagte Richard, auf Garantie wirst du ein großer Hund werden. Und du wirst immer der Schnellere sein, wenn ihr drei über die Wiesen lauft … Von Zeit zu Zeit streckte er den rechten Arm vom Lenkrad weg und streichelte Dagos haarlosen Rücken.

Nachdem die Ärztin die tödliche Spritze verabreicht hatte, fuhr Richard zu seinem nächsten Freund, einem Vater von drei Kindern, um zu weinen. In einem kleinen Maleratelier tranken sie eine bauchige, strohbeflochtene Chiantiflasche aus und feierten den Tod, sprachen über nichts als über ihre Freude am Leben. Es war, als wären sie sicher, daß unter ihren Händen wieder das Fell auf Dagos Rücken zu wachsen anfinge. Dago war inzwischen im Verbrennungsofen der Veterinärin entsorgt worden, vernichtet. Die Diagnose der Ärztin war ohne Hoffnung: Auf hunderttausend Hunde einmal diese Form von Krebs in der Wachstumszentrale des Hirns. Als Schoßhund für die Kinder kann er noch das eine oder andere Jahr ..., allerdings mit täglich einer Spritze. Was ist ein Hund? Ist doch kein Mensch. Nicht einmal eine Rose ist er. Und kein Schmetterling. Keine Nachtigall.

Richard fuhr, schwer von Chianti, zurück durch das Tal auf den Berg. Und betrat das Haus mit leeren Händen. Richard setzte sich hinter den Stubentisch. Sie schlugen auf ihn ein. Sie wollten die Wahrheit wissen. Er war ein Mörder. Er hatte ihnen Dago weggenommen und nicht wieder zurückgebracht. Er hatte sie belogen. Und schließlich flennten sie alle, zu viert, rund um den eckigen Stubentisch, auch Selma weinte.

Es gab Tage, die verdunkelten jeden Winkel, auch die kleinste Ecke im Haus; Richard tappte wie von feuchten Tüchern über den Kopf geschlagen die Stiege hinauf und herunter, Treppe für Treppe: Warum stand er hier, bewegte sich hier und warum nicht anderswo? Nicht immer, eher selten, legten sich solche Düsterkeiten um ihn wie schimmelige Luft. Trotzdem blieb das Haus ein Ruhepol, besonders als nach den ersten Krokussen auf den Wiesenwegen der Schnee in den Feldern zu schmelzen begann. In der Redaktion schwirrten Gerüchte herum, gediehen wie Bakterienwolken, plötzlich hieß es, er strebe einen Chefsessel an. Er wollte nichts dergleichen. Vielleicht wollten sie ihn weghaben, den Dahergekommenen, ihn, der kein Teil ihrer geschlossenen Gruppe war und doch geschätzt, respektiert. Seine Position hatte nichts mit der Nähe zu einer Führungskraft zu tun. Die Chefredakteurin stand im Jahr vor ihrer Pensionierung. Für seine Kollegen und Kolleginnen war er zu einer Art Lederstrumpf geworden, ein Wildwestler ohne Urwald und ohne Prärie.

Richard sollte Auslandskorrespondent werden. Die Direktion wollte es so. An weißrosa blühenden Magnolienbäumen und gelben Forsythien vorbei fuhr er auf die Autobahn – wo bin ich? Wo soll ich sein? So kam er oben an und sah schon die Buben auf ihn, auf das Auto zulaufen. Ich soll von euch fort?

Obwohl es eine beschlossene Sache war, obwohl er zugestimmt und den Vertrag auch schon unterschrieben hatte, verlor er eine Woche lang kein Wort darüber. Er lag neben Selma im Bett, spürte ihre Haut auf seiner Haut, sagte aber nichts. Es war nicht möglich. Er spielte mit den Buben, tollte mit ihnen durch das Haus, als wäre er für alle Zeit bei ihnen. Und brachte kein Wort heraus über sein baldiges Weggehen. Zunächst mußte er sich selbst beruhigen, ich mach nur meinen Job, wie ein Fernlastfahrer, sagte er sich, und davon gibt es unzählige. Ich fahre weg und komme wieder. Wegfahren, wegfliegen und zurückkehren, zurückfliegen in möglichst kurzen Zeitabschnitten.

Und wieder hatte sich ihr Bild mit ihm am Fluß ebenso wie ihre Stimme im Zimmer in nichts aufgelöst, ohne ein Weh zurückzulassen, aber auch keine Gleichgültigkeit. Ich weiß nicht. Wie oft hatte sie gesagt: Ich weiß nicht. Gemeinsam hatten sie die Nachtluft geatmet.

Inzwischen lag Schnee nur mehr an schattigen Waldrandstreifen; die Krokusse färbten die winterlich braunen Wiesen mit rosa bläulichem Schimmer. Kaum noch drei Wochen bis Ostern. Die Buben begannen schon jetzt jeden Strauch mit neugierigen Augen zu betrachten. Wenn Richard mit ihnen unterwegs war, verdunkelte er sein Zukunftsbewußtsein, er trainierte das Nurhiersein. Nicht immer gelang es, manchmal stemmte er Tom hoch, preßte ihn mit den Armen, daß er sich lachend wunderte: Ja, ich weiß, du bist stärker. Alles wurde zu einem Probe-Weggehen, zu einem Probe-Abschiednehmen. Und die längste Weile wußte nur er davon.

Als er es endlich Selma sagte, klopfte sie ihm mit ihrer kleinen Faust gegen die Brust und sagte, ein Karrieresprung. Dann ging sie wortlos durch die Stubentür hinaus. Er folgte ihr nicht gleich, rückte einen Stuhl vom Tisch weg und setzte sich. Später fand er sie nicht in der Küche und auch nicht oben bei den Büchern. Sie stand auf der Wiese, nicht weit vom Waldrand und sagte: Du bist nichts als ein Egoist. Es klang so, als hätte sie gesagt: Ich weiß alles, ich weiß, wen du liebst – sie sagte das draußen im Gras stehend. Und dann, als Richard sie an den Schultern faßte, um sie zu sich herumzudrehen, packte sie ihn an den Armen, und er sah in der monddurchschimmerten Dunkelheit ihr Gesicht mit Augen, die ihn kaum noch an Selma erinnerten. Sie rüttelte an seinen Armen, und er dachte, sie würde ihn anspucken. Aber sie stieß ihn nur von sich und murmelte: Du Lügner.

II. Eine Mauer der Freiheit

1. Abwesenheit

Ihre Arme lagen auf seinen Schultern, immer wenn sie auseinandergingen, hatte sie die Arme um seinen Nacken gelegt. Jetzt war er frei, um die Nachtluft alleine zu atmen.

Der erste Einsatzort war Paris. Sein Sender konnte sich ortsgebundene Korrespondenten nicht leisten, er wurde als springendes Pferd eingesetzt, entsprechend seinen Sprachkenntnissen. Er wohnte in der rue Balzac, suchte, wann immer die Zeit es erlaubte, wie jeder literarisch interessierte Tourist die Spuren, die Hemingway, Sartre oder Henry Miller in ihren Büchern gelegt hatten. Fast täglich saß er auch einmal im Museumscafé des Centre Pompidou, um den Rundblick zu genießen, die Dächer und Fassaden dieser von ihm angelesenen Stadt. Auf ihrer nachträglichen Hochzeitsreise hatte er mit Selma zwei Tage in Paris verbracht, mit fast keinem Geld in der Tasche. In einer der historisierten Wirtsbuden der verwinkelten Gäßchen auf Montmartre tranken sie eine Flasche Bordeaux und aßen eine Kleinigkeit. Das Lokal war lauschig, entsprach ihren romantischen Erwartungen. Aber am nächsten Morgen, nachdem sie die Hotelrechnung bezahlt hatten, blieb ihnen (die Zugbillets hatten sie) kaum noch genug Kleingeld, um mit der Metro zur Gare du Nord zu gelangen.

Dennoch wollten sie einmal vor dem Café Les Deux Magots in einem der Strohsessel sitzen und einen Kaffee trinken. Beim Bezahlen mußten sie ihre letzten französischen Münzen mit englischen ergänzen, mit Shillings und Pennies, die der Kellner mit einer Geste der Verachtung in den Rinnstein schleuderte. Das war am Vormittag, und ihr Zug ging erst am Abend.

Jetzt, ein halbes Jahrzehnt später, saß Richard (mit Kreditkarten und jeder Menge Kleingeld) gerne am Vormittag im Café Select und oft aß er Muscheln im Restaurant La Coupole auf der anderen Straßenseite und blickte dort auf die weißen Tischdecken, auf die Art-déco-Stühle; vielleicht saß er tatsächlich an irgendeinem Zweiertisch, an dem Sartre einmal mit seiner Simone gegessen, getrunken und gestritten hatte, hier vor oder hinter den großflächigen Vitrinen, inmitten oder im Hintergrund des Verkehrslärms und mit dem Blick auf den Boulevard und sein Menschengewimmel und die hochhackigen, schmalen Schuhen der Frauen. Ja, und die diese Schuhe trugen, bewegten sich, schien ihm, als ob sie sich auf ihr weiblich verwirrendes Geheimnis besinnen wollten. Richard hatte seine Augen offen und genoß die schillernden Farben des Lebens. Er bestellte ein Glas Champagner, jetzt war er doch am richtigen Ort, nie hatte er sich so nahe am Fluten des Weltmeeres gefühlt.

Alles war schön, auch was nicht schön war. Das Grau des Trottoirs, die Zigarettenstummeln, die Pizzabrocken, die zertreten wurden, sogar die Urinspur, die jemand in der Nacht hinterlassen hatte und die am frühen Vormittag noch nicht aufgetrocknet war. Jedes dieser von Widerstand oder vom Willen zu Selbstwürde geprägter Gesichter der vorbeieilenden Frauen, und auch jene müden Münder hätte er berühren wollen, die vor seinen Augen den Boulevard überschwemmten. Warum, warum noch einmal und hier tauchte ihr Gesicht auf? Als ob Richard, frei von Wald und Haus und Kinderrufen, eine baumlose endlose Ebene bis zum weißschaumigen Mittelmeer vor sich hätte: so sehnte er sie in völlig enthemmtem Verlangen herbei, Ursula. Durch das Sonnenfenster des La Coupole schimmerte, so träumte er hellwach, Ursulas winziger kirschroter Fleck rechts vom Mundwinkel. Er wollte ihn küssen, nichts zog ihn mehr an als dieser von anderen wohl kaum so wahrgenommene Farbpunkt in ihrem Gesicht, für ihn (warum, verstand er nicht) ein Verletzlichkeitspunkt oder der Punkt ihres Fürsichseins, ihres Geheimnisses, das sie vielleicht selbst nicht kennen wollte.

Ursula wollte dort nicht geküßt werden. Und er hatte nie seine Lippen über ihr Geheimnis gelegt (das vielleicht kein anderes war als die Narbe einer angeborenen Enttäuschung). Jetzt, hinter der Vitrine des La Coupole, war es die winzige offengebliebene Wunde, die er für immer schließen wollte mit seinem Mund, und wäre es inmitten der muschelausleckenden Restaurantgäste geschehen.

Ja, zwischen den Passanten, die zur nächsten Metrounterwelt eilten, sah Richard deutlich ihr Gesicht, bildete er sich ein, dieses schmale Profil mit den dunklen Haaren, die flatterten, wenn sie durch die Redaktionskorridore eilte, und die sie, wenn sie einmal ruhig stand oder später, wenn sie vor ihm oder neben ihm saß, gerne – wenigstens ein paar dicke Strähnen über dem linken Ohr – nervös, nein, rhythmisch mit dem Zeigefinger ein- und ausrollte, ja, während sie anderen zuhörte, spielte sie mit ihrem Haar, und Richard sah ihr entspanntes, lachendes Gesicht, als wäre sie jetzt mit ihm hier in Paris am Boulevard Montparnasse. Als er ihr Fingerspiel mit dem Haar zum ersten oder zum zweiten Mal in der Redaktion gesehen und dann gesucht hatte als Beobachter, hatte er sich geschworen: Dieses Gesicht, diese Haarrolle über diesem Zeigefinger, diesen irgendwo hinschauenden Blick möchte ich, will ich, werde ich einmal in meinem Leben einfangen und für mich behalten.

Die Zeit ... er trug sie mit sich, vergaß sie aber oft, vergaß, daß er mit ihr ganz frei hätte umgehen können. Ihm ging es gut, nie und nimmer wäre er imstande gewesen, einen Menschen zu ermorden.

Alle in der Redaktion hatten Ursulas dahineilenden Schritt, dieses leichte Vornübergebeugtsein (wie bei einer Dauerstartminute einer Hundertmeter-Läuferin) gesehen, ihr breit strahlendes Lächeln. Alle träumten von ihr, alle liebten sie in ihren Träumen, davon war Richard überzeugt.

Trotz ihrer jungen Jahre wußte Ursula immer, welchen Weg sie zu gehen hatte. Sie, nicht Richard, war zur Einsicht gekommen, daß sie die Redaktion verlassen mußte. Sie war diskret und gescheit wie eine Fledermaus. Bevor sie ging, hatte sie sich bereits einer ebenso guten, wenn nicht besseren Stelle in einem öffentlichen Amt vergewissert.

Sie, diese Zuallementschlossene, gab es in seinem Leben nicht mehr, nein, er konnte sie sich nicht in Paris denken. Hier hatte sie weder in eine der Boutiquen an der Champs-Élysées einen Blick geworfen noch war sie mit ihm jemals im Jardin du Luxembourg gewesen, wo er fast täglich herumflanierte, nein, es war kein Waldersatz, auch kein Wiesengrünersatz, es war die Stadt pur, nichts als Stadt mitten im Abgasgestank und Verkehrsgedröhn, dieses Gehen in einer gedämpften, von ihm bewußt regulierten Ruhe. Ursula war nicht da, und er hatte keine Skrupel, daß er sie hierher wünschte. Aber er litt nicht, obwohl er die Art-déco-Stühle ohne Komplizin ansah, auch wenn er sie gerne auf einem hätte sitzen gesehen, und sei es mit dem Rücken zu ihm.

Abends, wenn er seinen kurzen Radiokommentar durchgegeben oder einen Lagebericht auf Tonband gesprochen hatte, trieb er sich gerne im Quartier Latin herum, nahm die Metro nach Saint-Michel und bummelte in die rue de la Huchette zu dem Konzertkeller Caveau de la Huchette. Auf dem Weg dorthin spürte er Ursula neben sich, hörte ihre Schritte im Kopf, diesen ruhigen Schlenderrhythmus, der ihr eigen war. Kaum Worte, die er hörte, sie war eine, die bedacht redete, nie schrie, nein, sie wurde nie laut oder hysterisch. Aber sie suchte nicht seine Hand. Hätte sie seine Hand wenigstens mit den Fingerspitzen berührt, wäre ihm bewußt geworden, daß sie nicht als Abwesende neben ihm herging.

Die Alleebäume grünten, Richard sah die aufquellenden Knospen der Platanen und der Roßkastanien und sah die Mörtelmaschine vor sich und hörte ihr geröcheltes Rotieren. Er sah den Löwenzahn gelb aufblühen und Selmas Rücken vor dem Karren, den er den Wiesenhang hinaufdrückte, sie zog mit einem Haken über dem Rad und er schob mit Freude und Kraft. Am liebsten hörte Richard Jazz, obwohl er wußte, daß Ursula damit kaum in Stimmung zu bringen war. Trotzdem begleitete sie ihn wortlos, lautlos, tatsächlich war sie abwesend, er sprach aber mit ihr – eigentlich war er fast schon bei sich daheim in seinem Saint-Germain-des-Prés, er sagte ihr, daß alle

Jazzliebhaber im Le Montana gewesen seien, in der rue St.-Benoît. Das schien sie nicht zu beeindrucken, aber immerhin lächelte sie und ließ das Weiß ihrer Zähne leuchten. War sie traurig, weil sie abwesend war? Er brauchte hier (nicht wie in einem Zufallsdorf) niemanden zu grüßen, also konnte er mit ihr, der Abwesenden, reden, ohne abgelenkt zu werden. Sie aber war so wirklich abwesend wie nie zuvor; den Duft ihrer Nähe – er roch ihn nicht mehr. Also verlangte sie nicht mehr nach ihm? Warum wunderte er sich darüber? Ihre Abwesenheit in Paris unterschied sich von ihren bisherigen Abwesenheiten. Sie liebte ihn nicht mehr.

Bisher hatte er in jeder Abwesenheit ihr Verlangen gespürt, ihr tränenloses Sehnen nach gemeinsamer Wortlosigkeit, als sie alles, wirklich alles, gemeinsam und gleichzeitig fühlten. Jetzt ging sie mit ihm über den Boulevard, und er war eine Schaufensterpuppe, die sie an der Hand mitzog. Er war aus Holz, nein, aus Plastik, und sie spuckte weder Holz noch Plastik an. Und doch wußte Richard, daß sie mit ihm lebte, daß Ursula nie abwesend sein konnte, weder lebend noch tot. Als sie ihn verließ, sagte sie: Sei nicht traurig, ich lebe nur vorübergehend anders, aber unsere Reise ist nicht zu Ende. Und sie strich ihm mit dem rechten Zeigefinger über den Nasenrücken. Wir zwei treffen uns an irgendeinem Weg, wohin der auch führen wird, vielleicht in Lissabon. Warum hatte sie Lissabon gesagt? Er war nie in Lissabon gewesen. Diese Stadt war ihm fremder als irgendeine Stadt, auch wenn er irgendwann gedacht hatte, daß es der Ort des Geheimnisses sein könnte, auch einer Liebe zum Ende hin.

Er fühlte sich als Geflüchteter, als Verjagter, obwohl hier, niemand etwas von ihm wußte. Er saß da, an einer Theke, als wäre es ein Strand in den Bergen.

Aber das Haus. Und jetzt war wieder ein Winter vorbei, und vielleicht wuchs unter der Wegmauer schon der eine und andere grell gelbe Löwenzahn. Das Haus stand ruhig, hallte nur wider von Kindergeheul, das keinen Vater hatte.

Richard wälzte sich auf seinem Pariser Hotelbett. Wie eine lebenssatte, tagesmüde Fliege hatte er an einer Nischenwand im Duc des Lombards gehangen, nein, angeklebt am Dekor einer Nachtwand, und hatte sozusagen klassischem Jazz gelauscht, als ob er Mozarts Zauberflöte, in Tranchen zerstückelt, zugehört hätte – dem Tranchieren mit dem Messer und dann einer zersplitterten, zersägten, zerhämmerten Klavierexhibition Schmiere gestanden hätte. Es war, wie wenn er Rik und Tom zerhämmert hätte. Er wälzte sich auf seinem Hotelbett und fühlte sich elend. Gorbatschow veränderte in diesen Monaten und Wochen die Welt. Der Deutsche Helmut Kohl hängte sich wie sein amerikanischer Duckmäusercowboy Bush an ein Trittbrett. Natürlich reichte das für eine journalistische Dauererregung. Aber umso leerer war das Hotelzimmer, in das er zurückkehrte. Nichts, was ihn im Moment umtrieb – ob er nun bei einer Pressekonferenz das Mikrophon hochstreckte oder an den Bücherkisten am Seine-Ufer vorbeiflanierte –, bewahrte ihn vor der Klarsicht: Er hatte sein Haus verlassen. Für immer? Nicht einmal einen Augenblick lang wäre ihm das eingefallen, als er Selma vor der Haustür geküßt und Tom und Rik in die Arme genommen und hochgestemmt hatte.

Doch jetzt wußte er es, vielleicht hatte er es unter der Haut schon geahnt, als er Selma umarmte. Er war wieder unterwegs, auch wenn in seinen Ohren weiter die Mörtelmaschine lief und er das Gras unter seinem Rücken spürte, auf dem er neben Selma gelegen war. Nur der Schnee war für immer geschmolzen, über den sie sich gerollt hatten.

Es war eine finstere Hotelnacht in Paris, er knipste keine Lampe an, er wollte alles sehen in der Finsternis – das Röntgenbild seines verlassenen Glücks und die andere Seite, das Röntgenbild seines selbstgewählten anderen Lebens: War es das künftige Glück seines Unglücks? Kein Luftbild davon? Nein, nur das Bild in der Dunkelkammer hilflosen Ausgesetztseins. Natürlich von sich selbst ins Leere gesetzt, von niemand anderem.

Irgendwann – er wußte den Augenblick ziemlich genau – war er an den Rand getreten, an den Rand der Klippe, um einmal den Abgrund zu sehen. Dann war er zurückgetreten. Er wollte nicht abstürzen. Und doch konnte er nicht aufhören, diesen Blick (hinunter) zu wiederholen, im Kopf zu haben.

Richard hatte einen Frühflug gebucht nach London. Der Premierminister traf sich mittags mit Gorbatschow. Irgend etwas Großes lag in der Luft, zumindest wurde immer lockerer über Unmögliches aus der Zeit des Kalten Krieges gesprochen. Das geteilte Deutschland. Die Mauer in Berlin. So sehr ihn das äußerlich auch beanspruchte, es half ihm nur bei Tage. Die Teilung interessierte ihn. Die Trennung. Die Mauer. Was war sein Beruf? Die Welt zu beobachten? Da konnte er nicht nein sagen. Aber auch Schnecken und Baumrinden gehörten zur Welt.

Er hatte ein Hotelzimmer in Lancaster Gate. Während er seine Toilettetasche auspackte, wurde ihm seine Lächerlichkeit bewußt. Wie unwichtig sein Inneres war. Nein!, schrie, brüllte er in diesem Dreisternehotel, ohne Furcht, daß die Bedienung an die Zimmertür klopfen würde. Nein, ich weiß nicht. Ich weiß nur, daß es wichtig ist, noch zu leben. Er war sich nicht sicher, ob er Ursula jemals wirklich glaubhaft gezeigt hatte, daß er sie liebe. Eines wußte er: Nie hatte er ihr gesagt oder zugeflüstert – ich liebe, ich liebe dich. War er zu stolz oder zu blöd gewesen? Er fand es zu theatralisch, sie mußte es fühlen, und sie wußte auch, was er für sie empfand. Aber vielleicht nicht.

In einem Chinese Restaurant in der Gerrard Street aß Richard zwei Teller leer, ohne zu erkennen, was darauf angeboten war. Er hörte Selma in Gedanken reden, während er kaute und schluckte, sie sprach oft im Schlaf, heulte auch wie ein Hund, sie heulte den Mond an; das dachte er freilich erst, nachdem er Ursula gekannt hatte, heul, ich heul mit dir, sagte er stumm, ich heul mit dir den Mond an. Denn er war besorgt um Selma wie ein Liebender. Obwohl er sich nach Ursula sehnte.

Richard fühlte sich kraftlos, ohne Impuls, er wußte nicht, worauf er sich hätte freuen können, außer auf einen Rückflug, auf ein paar Tage im Berghaus. Er sehnte sich nach den Holzwänden des Hauses, nach dem Geruch des ersten Grases, abgerissen und an die Nase gedrückt. Ich fliege heute, sagte er sich, aber er flog auch am nächsten Tag nicht. Am Morgen wirbelten Schneeflocken vor seinem Hotelfenster. In zwei Wochen, so stand es am Kalender, war Ostern. In Selmas Haus gab es noch kein Telefon, er schrieb hin und wieder einen Brief, öfters eine Karte.

In Bayswater Road stieg Richard zur U-Bahn hinunter. Während er auf seinen Zug nach Notting Hill Gate wartete, konnte er zwei Ratten beobachten, die zwischen den Gleisen herumhuschten. Er hatte einen Flug von Heathrow nach Mailand. Und er war nicht krank, er hatte nur völlig andere Augen.

Als er endlich wieder vor seinem Berghaus stand, staunte er die Nähe des Waldes an. Er drehte sich um und staunte über diese Landschaft, über diese Schlünde und Kämme, die Variationen der Konturen, über das weitwogende Waldgrün und die weißen Berggipfel darüber. Die Buben sprangen ihn wie Hunde an, Rik hing an seinem Rücken, Tom unter seinem Kinn. Und Selma stand daneben und hatte ein verqueres, stilles Lachen im Gesicht. Als er über die Türschwelle schritt, fiel das Haus wie eine Kappe über ihn, eine Kapuze, die das Licht dämpfte und gleichzeitig Wärme und Gerüche verdichtete, sodaß er ein Wohlsein empfand, das wie eine Art Betäubung wirkte: Hier will ich mich verkriechen. Der nächste Morgen war Gründonnerstag – drei Tage vor Ostern. Bleib im Bett, sagte er zu Selma, ich bring dir den Kaffee. Die Buben hatten Ferien. Er stand in der schwarzgewölbten Küche und wartete auf das Zischen der Espressomaschine. Das hier war die Welt, er wagte den Satz nicht auszusprechen, aber er sagte dennoch jedes Wort halblaut vor sich hin. Er war glücklich, für diese Stunde war er erlöst. Und dazu paßte das Schneetreiben vor dem Küchenfenster.

Richard stieg mit Selma über die erste Waldschneise zu ihrem Hausberg hinauf – die Buben wollten lieber ihren ersten Ferientag mit Spielen im Haus verbringen. Dieses Aufwärtsstapfen nahm Richard den Atem, aber er röchelte auch gerne vor sich hin, eine launige Melodie, sie stiegen hintereinander durch den Wald aufwärts. Natürlich hätte es vieles zu erzählen gegeben. Doch dieses Gehen, jeden Tritt irgendwie automatisch und doch bewußt auf den oft noch verschneiten Jägersteig gesetzt, war auch ein Gespräch, jeder Blick auf die grünbraune Rinde einer jungen Fichte oder auf den grauen Flechtenbart eines ausgewachsenen Baumes war ein geteilter. Was hätte er hier vom wirbelnden Getriebe an der Victoria Station oder vom Check-in in Heathrow vorschwätzen sollen. Er spürte nach langem wieder das Gewicht der Bergschuhe an seinen Füßen und mit diesen Schuhen wollte er sich wieder annähern an Selmas Gehen. Tatsächlich war ihr Schritt kräftiger als seiner, er ließ sie vorausgehen. Und ihren Rücken im Blick, rührte ihn die Stille, aber auch das Alleinsein, mit dem sie vor ihm aufwärts stieg. Warum wurde ihm hier, wie nie woanders oder vorher, die Entfernung zu Selma so jäh bewußt? Sie ging ja kaum einen, höchstens zwei Meter ihm voraus. Er hätte seinen Schritt beschleunigen, sie ohne weiteres erreichen und umarmen können.

Und doch wußte er, daß er mit ihr lebte, daß sie nicht abwesend sein konnte, weder lebend noch tot.

Er rief nach Ursula stumm, mit Worten aber rief er nach Selma: Warte, schau – und sie blieb stehen und betrachtete mit ihm einen winzigen Ameisenhaufen, der sich in der wärmer werdenden Märzsonne belebte. Dennoch war es ihm nicht möglich, sie an sich zu ziehen und mit ihr wie Befreite zu tanzen um diesen kleinen Ameisenhügel oder um die nächsten Föhren und Fichten.

Immerhin war es ein schönes Gehen gewesen, sie waren doch keine Feinde. Du bist die Mutter meiner Söhne. Er schlief diese Nacht und die nächste Nacht mit Selma zwischen Holzwänden, in zehn Meter Entfernung vom Wald, weit und breit keine grellen Scheinwerfer von Heathrow oder dem Lärm der Flugwelle.

Am Nachmittag lud Richard die Buben zum Arbeiten ein, sie waren begeistert. Ihr räumt, sagte er, den Waldrand auf, sammelt die Äste und die unter Schneedruck abgebrochenen Baumwipfel. Auf der noch winterbraunen Wiese zwischen Haus und Wald stellte Richard einen Hackstock auf, und die Buben schleiften Föhren- und Fichtenäste heran. Ihm war, als lösten sich Zementbrocken von seiner Haut, er hackte und zerhackte armdicke Äste mit einem einzigen Beilhieb, oder hackte auch ein-, zweimal nach. Die Luft war noch eine Schneeluft, war scharf und von Waldnadelgeruch gewürzt. Hier war er ein König, ach was, hier war er ein freier Mensch. Gegen Abend setzte wieder leichter Schneefall ein.

Er hatte sein Haus verlassen, seine Frau, seine Kinder. Aber er war bis zum heutigen Tag nie weggegangen. Er spuckte auf den Asphalt und kümmerte sich um keinen Blick der Passanten. Natürlich war er weit weg, irgendwo dort, wo die Augen der Kneipenbrüder ihn streiften. Aber auch für sie war er nicht greifbar, ihn, nein, ihn würden sie nicht kriegen.

Am Ostersonntag mußte er vor fünf aufstehen, um sicher zu sein, daß Rik und Tom seine Schritte über die Holzstiege nicht hörten. Nun mühte er sich in Stiefeln das Wiesenstück zum Waldrand aufwärts, es hatte in der Nacht geschneit, nicht sehr viel, aber doch knöcheltief. Er rutschte mit den Gummistiefeln und hatte in beiden Händen die vielen kleinen Körbe aufgefingert.

Sie alle verteilte er unter nieder hängendem Fichtengezweig und dem einen und anderen Wacholdergesträuch. Mit einem Reisigbesen verwischte er seine Spuren und schlich dann wie ein Dieb wieder ins Haus zurück, ließ die Stiefel im Flur und tappte in Socken und ohne Licht über die Holzstiege ins Schlafzimmer. Selma dampfte vor Schlaf, rückte aber dennoch mit dem Rücken ganz dicht an ihn heran, sodaß sich die Hinterseite ihrer Schenkel an seinen Bauch drängte. Im matschigen Morgenschnee stiefelten sie später hinter den Buben zum Waldrand hinauf und belustigten sich an ihren Jubelschreien.

Der Rausch der Freiheit oder der Triumph, allein zu sein, schlug in Ratlosigkeit um und in Schuldgefühl und machte mehr und mehr Platz dem Bewußtsein, sich in einem anhaltenden Prozeß der Selbstbestrafung zu vergnügen.

Da war nicht London, da war nicht Paris – Richard hatte sich in die Tonlosigkeit der Welt zurückgezogen. In der Dorfkirche wurden Schinkenstücke und hartgekochte bunte Eier gesegnet und beweihräuchert. Im sulzigen Schnee überquerten sie die Wiese rund um das Haus und warfen rote und blaue und gelbe gekochte Eier über das Dach. So hatten es ihnen die Leute im Dorf geraten – das sollte Gutes bedeuten, ihr glückliches Weiterleben in diesem Jahr. Das Ei, dachte Richard, das Leben über das Hausdach werfen, das Glück wegwerfen, damit es gesicherter wiederkehre wie der Ring des Königs Gyges aus der Tiefe des Meeres. Rikkis Ei zerplatzte auf den Ziegeln. Tommys Ei rollte über das Dach und schlug erst im verschneiten Gemüsegarten auf. Am Morgen des Ostermontags fand Richard einen erfrorenen Buchfink vor der Haustür. Später, am Vormittag, bemerkte er Stare, die in der Esche unterhalb des Stadels ein Nest zu bauen begannen.

2. Checkpoint Charlie

Alles schien ihm so und so verloren. Das wußte er, aber er glaubte nicht daran.

Zwei Tage später war Richard in Berlin, im Westen der durch die Mauer geteilten Stadt, eingekreist wie diese Enklave war von der Sowjetmacht. Gerüchte liefen um, es gärte, es bewegte sich die Weltgeschichte. Davon hörte und sah er kaum etwas durch das Fenster des kleinen Hotels, nicht weit von der Henriette-Brücke, in das ihn sein Sender einquartiert hatte. Durch die neuen, abgedichteten Glasscheiben drang nur ein sehr gedämpfter Stadtlärm. Er war mit einer Maschine über Wien und Prag in Ostberlin gelandet, war in einem Zubringerbus auf die westliche Seite der Mauer gebracht worden, Schnee und Ostergrün seiner Bergwiesen noch im Kopf, jetzt die Fahrt an umgepflügten braunen Kartoffel- oder Rübenäckern entlang, eine schwache Sonne verdrängte kurzfristig ein ebenso leichtes Schneegraupeln. Er lauschte mit geschlossenen Augen noch den Stimmen von Rik und Tom. Als er sein Hotelfenster öffnete, schaute er in die knospenden Frühlingswipfel zweier Platanen vor einem dunstgrauen Horizont und in diesem Grau sah er, eingeschnitten, Stücke einer Durchzugsstraße und den kurzen Teil einer Autobahn, viel näher aber eine Elster, nein, zwei und eine Dohle. Er schloß das Fenster, und die Vögel flogen weg, während ihm eine ältere Frau in den Blick kam (eigentlich ihr gefärbtes und fast schon halb entfärbtes Haar), wie sie sich auf dem Gehsteig gegenüber mühte, in hochbestöckelten Schuhen weiterzukommen.

Es gefiel ihm, so zu leben, auch mit dieser Bedrücktheit, mit dieser Gespaltenheit in der Brust. Diesmal hatten sie ihn geschickt, weil Westberlins Jahr als Kulturhauptstadt Europas zu Ende ging. Was ihn mehr interessierte, war die Mauer. Er versuchte es zuerst mit einer westlich demokratischen Selbstverständlichkeit, was für die da auf der anderen Mauerseite natürlich zum Lachen war: Er ließ sich von einem Westberliner Taxi zur Mauer fahren, zeigte Paß und internationalen Presseausweis, und ja, er wollte Potsdam besuchen. Die DDR-Grenzpolizisten grüßten freundlich, man hätte, so die Illusion, ihre Zähne abtasten können. Nein, klappten die Gebisse zu, nein, für die Hauptstadt brauchen Sie ein Visum. Ja, das wußte er doch: Auf der anderen Seite der Berliner Mauer hatten sie eine eigene Hauptstadt, geradezu knapp nahe, auf dem gleichen Erdboden.

An den Glasscheiben des Taxis, das ihn zurückbrachte in den Sicherheitswesten, flogen riesige Schneeflocken heran, rannen an den warmen Fenstern herunter. Er hörte dem Taxifahrer zu, auch wenn er das meiste davon schon wußte, aber was er hörte, war lebendig, und er nickte dazu.

Richard ließ sich zum Café Einstein fahren. Ein kühles und zugleich wärmendes Wiener Ambiente, preußisches Wien und doch wieder anders, hochräumig, weiträumig, die Verwinkelungen des Cafés, alles von gepflegter Gemütlichkeit. Junges Volk aus aller Welt, hier war alles wie in einer Rahmung, schien ihm, als er, mit dem Rücken an einer Spiegelwand, diesen Gesichterwald unter der elektrischen Beleuchtung betrachtete und auf sich einwirken ließ. Draußen das Zwielicht des Nachmittags, das durch die Parkfenster rieselte und im Ineinander mit dem Kaffeehauslicht die Gesichter verschwinden ließ zwischen Zeitungsseiten, während der eine und andere Kopf dann wieder hochfuhr, um sich der Schläfe einer Freundin oder eines Freundes kichernd oder flüsternd zu nähern. Hier, seltsamerweise, fühlte er sich nicht entwurzelt (höchstens zentrifugiert wie geschleuderte Milch), hier war er am richtigen Ort und vielleicht sogar zur richtigen Zeit. Die ganze Wand – mit vier, fünf Tischchen davor – war ein einziger Spiegel, er saß an dieser Wand und bestellte, als eine junge

Kellnerin vorbeikam, ein Glas Sekt und Kaviarbrötchen. Er wollte diese neue Ankunft zelebrieren. Nicht weit vom Thekenraum hingen an Haken die Zeitungen aus aller Welt neben den Berliner Gazetten. Er holte sich den Corriere della Sera, blickte aber nur auf die Titelseite und legte die Zeitung beiseite. Das Kommen und Gehen, unauffällig und fast geräuschlos, fesselte seinen Blick mehr als eine Zeitungsseite, diese elektrisch beleuchtete Ruhe zwischen nahe sitzenden fremden Menschen. Sie lächelten oder schwiegen als Partnerlose vor sich hin oder verschmolzen als Paar stumm in einer Sinnennähe, niemand stritt sich, in keiner Ecke ein Händegefuchtel, und jede Einsamkeit war eine geteilte durch die Anwesenheit der anderen, auch wenn es vielleicht eine oder drei Stunden vor dem beschlossenen Selbstmord war ... man bezahlte gesittet beim Kellner oder der jungen Kellnerin und ließ ein Trinkgeld liegen.

Als er durch das Gittertor des Cafés – es war ja einmal eine Villa – auf die Straße trat, schimmerte eine verdämmernde Sonne durch die Zweige der Alleebäume. Er fühlte sich von den schwachen Strahlen wie gestreichelt, auch begrüßt in dieser Stadt, die, klarer als er, seine Sprache sprach. Bei der nächsten Bushaltestelle stieg Richard in einen eben herangerollten Bus und setzte sich an die Frontscheibe des fast leeren Oberdecks. Irgendwie wurde er gewahr, daß er in die Gegenrichtung, weg von seinem Hotel unterwegs war. Und nichts anderes wollte er, zum ersten Mal durchquerte er den Skandalbezirk Kreuzberg. Dann sah er einen buntbemalten Mauerabschnitt und beeilte sich beim nächsten Halt aus dem Bus zu kommen: Friedrichstraße, las er. Alles war, wo immer er nun herumstreifte, Teil von im Fernsehen gezeigter oder im Radio zuvor gemeldeter Geschichte. Noch wollte er sich nicht darin verlieren, er lief die Treppen zur U-Bahn hinunter und fuhr zum Zoo. Und natürlich war das vorerst nur die Bezeichnung der Station, er ging so spät am Nachmittag weder zu Elefanten noch zu Giraffen. Er peilte den bombardierten Turm der Gedächtniskirche an und umrundete diese als Denkmal erhaltene Bombenruine, sah den halsbrecherischen Kunststücken der Skateboard fahrenden Jungs zu. Später saß er beim Berliner Künstlerfest in der Kongreßhalle, die Stadt hatte dazu auch ein Heer von Rollstuhlfahrern geladen, und die hoben der Schickeria, den eleganten Roben der stolzen Beamtenfrauen und den schwarzen Smokingherren, leuchtenden Gesichts ihre Sektbecher aus Plastik entgegen: Zum Wohle!

Am nächsten Morgen durchschritt Richard zum ersten Mal den berühmt-berüchtigten Durchlaß Checkpoint Charlie, sah die Helme des amerikanischen Militärs auf der westlichen Seite, dann die Tellerkappen der ostdeutschen Grenzpolizei, wanderte über Bretterbrücken vom Westen in den Osten.

Nein, sie hatten ihn weder abgetastet noch geröntgt. Seltsam, er befand sich in Berlin, aber als die Grenzpolizei ihn weitergehen ließ, fühlte er sich, flankiert von Vopos, in einer völlig anderen Welt, und es war nicht wegen der stolz hingestellten Plattenbauten oder der Gleichförmigkeit der Balkone, in ihm war das Gefühl ausgelöscht, daß er sich in der Stadt befand, wo es ein Café Einstein gab. Es hätte eigentlich ein Grenzübergang vor Moskau sein können.

Richard blickte von der Liebknechtbrücke in das graudunkle Wasser des Spreekanals. Das Fließen des Wassers brachte ihn zurück in die ihm zugehörige Welt. Wenn er die Augen schloß, sah er ein düsteres Stück Venedig an einem regenverhangenen Tag. Später wurde er mit offenen Augen darin bestärkt, als er die Museumsinsel aufsuchte, das Pergamonmuseum. Um eher an den Alltag der Leute heranzukommen, betrat er danach eine Kneipe in der nächsten Nebengasse. Es war ein Lokal fast wie eines in Wien-Ottakring, mit wenig Tageslicht aus einem Fenster zur Straße, und der Tresen schummerte unter einer eher mittelschwachen Glühbirne. Ein paar Männer hockten an ungedeckten Tischen, er stand allein am Schank und bekam problemlos sein Bier. Es kostete nichts, das heißt, die Blechmünzen der DDR waren in Westwährung ohne Belang. Aber das Bier frischte ihn auf.

Statt den Palast der Republik aufzusuchen, zog ihn die Neugier in eine Buchhandlung. Keinerlei Gedränge von Käufern. Aber er kannte keinen einzigen Autorennamen unter dem gesamten Belletristikangebot. Der Preis für ein Buch war nicht der Rede wert, er hätte freilich nicht gewußt, was er sich da hätte kaufen sollen. Danach wollte er zum Alexanderplatz, obwohl er kaum noch einen neugierigen Blick hatte, er sah zwar wie eh und je das Graue des Asphalts unter seinen Schuhen, aber er brachte das, was er sah, nicht überein mit dem, was er fühlte. Ihm erschien alles, was er sah, wie etwas Ausgestelltes, als wäre alles gipserner Pudding oder eine gipserne braunrot bemalte Wurst. Seine Augen halfen ihm nicht, sie belebten die Schaufenster nicht, da hingen die Kleider wie aus Wachs. Noch bevor er den Alexanderplatz erreichte, drückte er die Türklinke zu einem Restaurant mit der Aufschrift „Berliner Hotel". Eine Bahnhofshalle, dachte er, als er die vielen weißgedeckten, doch gästefreien Tische erblickte, ein leerer Saal. Aber als er sich an einen Fensterplatz setzen wollte, eilte ein Kellner, tatsächlich in schwarzer Hose, weißem Hemd und Fliege, herbei und hieß ihn zu warten. Es war kein Befehlston, trotzdem eher schnarrig. Und so wartete er, bis der gleiche Kellner nach kurzer Besprechung mit einem Kollegen zurückkam und ihm erlaubte, an diesem Tisch am Fenster Platz zu nehmen. Es war kein opulentes Festmahl, und warum auch? Er wollte ganz einfach ein Mittagessen hinter der Mauer erleben. Ein durchgebratener Sauerbraten ohne Rosafleck im Fleisch enttäuschte ihn nicht, auch nicht die schwarzbraune Sauce über den Kartoffeln. Er freute sich, auf der östlichen Seite der Mauer unbehelligt getafelt zu haben, ohne Polizei-Aufsicht und mit Fenster zur Liebknechtstraße.

Noch am Abend zuvor hatte Richard auf der Westseite in der Philharmonie das Festkonzert des Philharmonischen Orchesters genossen mit Carlo Maria Giulini am Dirigentenpult; in ein, zwei Stunden wollte er einen Berliner Zwischenbericht an seinen Sender durchgeben. Mit dieser Unruhe im Kopf orientierte er seine Schritte nach dem Fernsehturm am Rande des Alexanderplatzes. Ein Platz für ausgeleerte Träume, etwa dreihundertsiebzig Meter hoch der Turm über einem ehemals preußischen Exerzierplatz, einem Platz zum Fluchen und zum Feilschen; nach den Soldaten der Platz für die Händler, ein Marktplatz auch des Frauenfleisches, der Huren und ihrer geistlosen Beschützer, jetzt ein öder Platz für aufgescheuchte Penner unter der zehn Meter hohen Weltuhr. Richard schaute wie irgendein Fremder lange konzentriert auf die Ziffern und verglich sie mit denen seiner Armbanduhr.

Eine Stunde später ließ er sich zurückschleusen am Übergang Friedrichstraße, ließ sich regulär von den Volkspolizisten abglotzen und gnädig weiterwinken, wurde zurückgewinkt in einen anderen Zeitraum, gönnerhaft entlassen. Oder beneideten sie ihn etwa? Nein, er war nicht unterwegs gewesen mit einer Geisterbahn. Aber jetzt, wieder zurück auf dem Oberdeck eines westlichen Stadtbusses (war es der 19er oder der 29er?) fühlte er sich geschaukelt wie in einer Sänfte. In einer Sänfte der eingebildeten Freiheit? Er dachte das nicht in dieser Stunde, aber es war wohl so.

Nie zuvor hatte er mit dem Körper zwischen Freiheit und Unfreiheit unterscheiden müssen. Und jetzt hatte er die Mauer in beide Richtungen durchquert. Er war auf der anderen Seite über den Asphalt gegangen, zeitweilig wie auf Stelzfüßen.

Als Kind war ihm die Sauberkeit der Hausmauern so unauffällig wie die Luft gewesen. Er lebte, er wuchs auf zwischen Wohnungswänden, die nie neu gestrichen wurden. Und nichts störte ihn daran. Im Gegenteil, das tägliche Reden mit Gangnachbarn war das Reden des Lebens gewesen, die Tonart der Freude am Existieren, wie sie ihm ins Blut wuchs. Also hatten ihn auch die Plattenbauten rund um die Hedwigs-Kathedrale nicht gestört oder gar empört. Es war auch nicht das Geschnarre des Kellners, sondern diese andere Art von Luft, auf der anderen Seite, die vielleicht den gleichförmigen Plattenbaubalkonen und ihren Bewohnern entsprach, die ihn befremdet hatte.

Gibt es einen friedlichen Vernichtungswillen? Die Harmonie der Trauer? Die Glückstrauer?

Richard gab den zweiten und dritten Bericht über die Kulturhauptstadt Europas an seinen Sender durch. Vor allem berichtete er von dem Treibhausfrühling, der die Alleebäume begrünte und die Linden ebenso wie die Roßkastanien zum Blühen gebracht hatte, aber er berichtete auch von einer fünfeinhalbstündigen Inszenierung von Kleists Penthesilea, von zerschwätzter Verzweiflung und unmöglicher Liebe. Doch es gelang ihm nicht, so dachte er, diese Verschiedenheit der Luft über Ost- und Westberlin zu erklären.

Bevor er am übernächsten Tag einen Flug nach Paris nehmen mußte, passierte er noch einmal den Übergang Friedrichstraße und fand dort eines der sehr seltenen Taxis. Er ließ sich zum Dorotheenstädtischen Friedhof bringen. Und es war nicht schwer, Bertolt Brechts Grab zu finden: Eine rote Backsteinnische, ein grauvermooster, nach oben sich verjüngenden Granitstein, unbehauen, davor violagelbe Stiefmütterchen und ein mageres Eibenbäumchen. Was für eine Zusammenkunft der Toten – fast nachbarlich Heinrich Mann und Johann Gottlieb Fichte, Hegel und Arnold Zweig. Er betrachtete das Hin- und Herhuschen einer Amsel, das nicht einmal das Vorbeirattern einer Straßenbahn stören konnte. In einer Kneipe gegenüber dem Brecht'schen Wohnhaus trank er einen sowjetischen Wodka zu einem Glas Bier. Auf dem Gehsteig vor der Kneipe wechselten Sonnenflekken und Schneegraupeln ab.

Weiß ich noch, was ich will?, fragte er sich. Er lag auf dem Rücken und stand doch an diesem zwei Meter langen Ostberliner Kneipentresen ziemlich aufrecht. Ich mache kleine Schritte, ich denke die kleinen Schritte, ich will die kleinen Schritte machen. Auch wenn daraus nie ein großer Schritt entstehen muß. Ich will nicht töten. Ich will nicht Menschen um ihr Leben bringen. Ich will niemanden umbringen.

Die Wiesen, sagte Tommy am Telefon, die Wiesen ringsum sind gelb von Löwenzahn. Den Abend vor dem Abflug verbrachte Richard in der Schaubühne in Westberlin, wollte sich beleben lassen von einer Inszenierung von Tschechows „Drei Schwestern“, aber er war zu erschöpft, um das auf viereinhalb Stunden ausgespielte Stück voll aufnehmen zu können. Die Müdigkeit peinigte ihn bis zur Übelkeit. Er hörte: Moskau, Moskau!, und er hörte und sah die vertraute Langeweile und Lebensleere. Ich protestiere, schrie es in ihm, aber nur schwach. Denn auf der Bühne war auch die Sehnsucht präsent, vor allem die Sehnsucht nach der Sehnsucht. Und das alles war ihm sehr bekannt. Die Wiesen rund um das Haus, sagte Tom am Telefon, sind ganz gelb von Löwenzahn. Jetzt reicht's, hörte er Rik krächzen, komm heim, Daddy.

Lange ist es her, seit er sich gefreut hat, barfuß zu gehen, damit hat immer der Frühling begonnen, oft schon in den ersten Märztagen; barfuß im Hinterhof zwischen den kahlen Roßkastanien zu spielen, barfuß über den Asphalt der Stadtstraßen zu laufen.

Sein Paris-Flug war für Nachmittag gebucht. In der ersten Morgendämmerung lief er in den Grunewald, vorbei am Teufelssee, lief durch die Koenigsallee, ließ sich aber bald in einen gemütlichen Trott zurückfallen angesichts der kälbergroßen Doggen und Dobermannrüden, die leinenfrei herumschnüffelten. Das Haus am Berg, seine familiäre Existenz, diese Abgeschiedenheit in der Bergwaldöde erschien ihm von hier aus absurd, wie dieses Stadtexistenzzwischenspiel, vom Bergwald aus beäugt, ebenso absurd erscheinen mußte.

Auch wenn aus seinen kleinen Schritten nie ein großer Schritt werden sollte, ich kann damit leben, sagte er sich, und ich will die kleinen Schritte mit Würde tun, ich will mein Unglück nicht multiplizieren.

Es war einer der letzten Märztage. Von Ostberlin kommend, hatte er den Bus am Wittenbergplatz verlassen und war, am Kadewe vorbei, durch die Tauentzienstraße zum Europa-Center und vorbei an der Gedächtniskirche geschlendert. Mit über zwanzig Grad Celsius war es schon ein warmer Frühlingstag, ihm schien, als hätten sie sämtliche Stühle Berlins aufs Trottoir gestellt, Frauen in Blusen und die Jungs mit nackten Armen, manche auch mit hochgezogenem T-Shirt, hingen, lehnten in den Stühlen und Strohsesseln vor den Bars und Restaurants, hingestreckt wie an einem Adriastrand.

Richard war durchflutet von Heimreiselust, als er am späten Nachmittag an einem grünen Snackbar-Tisch im Flughafen Tegel saß. Er wollte nach Hause, er wollte seinen Buben einen jungen Hund bringen, keinen Ersatz, aber ein gut riechendes Fell zum Anfassen, und alles Weitere würden sie, dem neuen, schon beibringen, auch das Bellen.

Zuvor jedoch mußte er nach Paris, vielleicht nur für zwei Tage, ein oder zwei Konferenzen, zwei, maximal drei Interviews. Richard wollte in diesem Augenblick nicht daran denken. Mit diesem Glas Bier an dem grünen Tischchen sah er Selma vor sich, wie sie die Decken, ob aus Wolle oder voll Daunen, vom breiten hölzernen Kastenbett, ihrem Ehebett weggezerrt hatte und auf dem weißen Leinen tanzte, hopsend, strampelnd, stampfend. Und die kleinen Fenster in den holzverschalten Zimmerwänden.

Diese Wiesenstücke, Berggipfel, der gelbe Forsythienstrauch. Oder war das nichts als Halluzination? Richard phantasierte an seinem Flughafentisch in Tegel vor sich hin, während Selma jetzt vielleicht mit den Buben über die gelbblühende Wiese tollte. Er fühlte sich wund, hatte keinerlei Hunger auf die Welt, auf die großen Worte, er hatte keinerlei Appetit, nicht einmal auf ein belegtes Brot in dieser Bar.

Noch vor einbrechender Nacht landete Richard auf dem Flughafen Charles de Gaulle und nahm ein Taxi. Er war mit einem italienischen Schriftsteller im Restaurant La Coupole verabredet, einem Autor im Exil. Die italienische Justiz hatte ihn auf die internationale Fahndungsliste gesetzt wegen geistiger Mittäterschaft, also Anstiftung zum (politisch motivierten) Mord. Leonardo war einer der wichtigsten Stimmen der 68er-Bewegung in Italien gewesen. Er war ihm auf den ersten Blick sympathisch, ein mittelgroßer Signore, mit dichtem graumeliertem Haar, gut geschnittenem feinem Gesicht und leger, aber mit Pfiff gekleidet. Was Richard jedoch am meisten für ihn einnahm, war das gelassene Lächeln, das immer begleitet schien von einer Ironie der Toleranz: Er war ein Wissender, der bereit war zuzuhören. Statt Fisch oder Schalenfrüchten aus dem Meer bestellte

Leonardo Couscous und Richard schloß sich dem an. Leonardo kannte Paris wie durch Röntgenaugen, aber genauso auch Berlin, von den italienischen Städten nicht zu reden, er hatte in Mailand, Turin, Bologna und Rom schon als Embryo gelebt, sagte er schmunzelnd, ohne die Stimme irgendwann zu erheben. Lispelte er? Nein, er sprach akzentuiert, allerdings stets unter der Grenze der Zimmerlautstärke. Seine deutsche Mutter hatte ihn, verliebt in einen italienischen Partisanen, in der Nähe des Lago Maggiore zur Welt gebracht. Sie hatte mit ihm auch Deutsch gesprochen von klein auf, aber ihre Liebessprache war Italienisch. Und so verstand Leonardo zwar ganz ordentlich das eine oder andere, was Richard auf Deutsch sagte, aber er antwortete immer auf Italienisch. Er saß mit Leonardo an einem Tisch im La Coupole wie mit einem großbürgerlichen Herrn in einem international bekannten Lokal. Das war auch der Riß, den er an diesem Intellektuellen zu erkennen glaubte – alles, was er schrieb, schrieb er für die Arbeiter und Underdogs. Selbst freilich kostete er viele Variationen der Existenz aus. Er hatte adelige Freundinnen, kannte sogenannte fortschrittlich aufgeschlossene Großunternehmer, er sprach mit allen, kapselte sich in keiner Nische ab. Und doch war er in erster Linie ein Anarchist. Schon in diesen zwei Stunden beim Couscous-Essen in St. Germain hörte Richard aus Leonardos Stimme, wann immer von Unruhen die Rede war, dieses Auf-der-Seite-der-Steinewerfer-Sein. Der ruhige, jugendlich graualte Herr sagte zu ihm: Jedes

Chaos ist besser als keines. Sie tranken auch die zweite Flasche Rotwein aus, duzten sich nach der ersten.

Heute, eine lange Zeit später, ist er mit eiskalten Fingern an den Bäumen im Wald vorbeigestrichen. An vieles hatte er gedacht, an Zufälliges und an Ersehntes, und seine Finger ließen sich auch in den teuren Lederhandschuhen nicht erwärmen.

In diesen ersten Frühlingstagen erledigte Richard noch das eine und andere Interview. Im Kontakt mit seinem Sender bestand er darauf, eine Woche Urlaub bei seiner Familie verbringen zu können.

3. Vogelbeerbaum

Im April kam Richard zurück in knöchelhoch stehendes Gras, der Marillenbaum blühte, die Wiesen dampften warm, das Haus leuchtete mitten im Grün, weiß hoben sich die gekalkten Mauern ab vom Braun der Holzbalkone und von der Brettertäfelung des oberen Stockwerks. Er streifte durch das Gras, wie um sich vertraut zu machen. Noch hatte er die ausgestrahlten Flughallen von Paris und Mailand im Kopf, alle Geräusche und Stimmen, Lautsprecheransagen und zuletzt das monotone Zugtuckern im Tal. Im Bahnhof war Selma an der gelben Linie vor den Geleisen gestanden, sie hatten sich nur leicht umarmt, es war mitten am Vormittag.

Die Steine der Mauern in ihren Händen, die Ziegel und die Bretter. Er drückte Selmas Kopf unter sein

Kinn, sog den Geruch ihrer Haare ein, ihr Gesicht leuchtete von einer heiteren Traurigkeit, er küßte ihre Augen, die sie rechtzeitig schloß. Das Licht in der Stube war wie ein Schimmer der sonnigstrahlenden Blumenwiese vor den kleinen, burghaften Fenstern. Sie schienen gerettet zu sein. Der Tischler, erzählte Selma, habe, das heißt, seine Schäferhündin habe einen Wurf von fünf Welpen, drei seien schon weggeholt worden. Richard wollte seine Buben überraschen, er wollte sie jubeln sehen, er wollte ihnen einen Hund schenken. In einer dicken Schicht von Holzspänen rauften und tollten zwei junge Hunde vor dem offenen Tor der Tischlerei, ein waudelhaariges Weibchen und ein kurzhaariger Rüde. Er wählte den übermütigen Welpenknaben, Selma zuckte nur mit den Schultern und nickte.

Die Buben wußten nichts von Richards Ankunft. So stürmten sie aus dem Schülerbus den Eschenweg hinauf, Selma stand draußen auf der Steinterrasse, er wartete sitzend in der Stube. Als ob er von der Arktis zurückgekehrt wäre oder zumindest nach einem Winter bei den Rentieren in Lappland. Sie hörten sofort das Winseln unter dem Stubentisch und krochen, noch mit den Taschen am Rücken, auf dem Boden herum, jeder wollte den verängstigten Welpen grapschen, streicheln, irgendwie zu fassen kriegen. Sie nannten ihn Zizzo, nachdem sie gehört hatten, wie Richard lockend nach ihm rief: Chicco. Sie tasteten ihn, sobald sie ihn einmal in den Armen tragen konnten, nach allen möglichen Krankheiten ab, nach Läusen, Wanzen, Schnecken, Keuchhusten und Lungentuberkulose und diagnostizierten ihn als kerngesund. Es war für die Buben ein Akt unbegreiflicher Grausamkeit, als sowohl Selma als auch er darauf bestanden, daß Chicco oder Zizzo seinen Schlafplatz in der Nische unter der Holztreppe zugewiesen bekam.

Am nächsten Morgen erwachte Richard vom Rauschen eines Langzeitregens. Er hatte über Nacht ein Zimmerfenster offen gelassen, Nebeldunst hing statt eines Vorhangs im Fensterviereck. Selma lag in tiefem Schlaf neben ihm, manchmal lief ein Zucken über ihr Gesicht. Er drehte sich auf den Rücken, hörte dem Regen zu, es regnete und regnete und die Marillenblüten klebten am Boden und ertranken. Als ob er sein Wachsein gerochen hätte, begann der Hund unter der Treppe zu winseln. Es war erst fünf Uhr, Richard wagte nicht aufzustehen, hoffte auf den bleiernen Kinderschlaf seiner Söhne. In den Abendnachrichten hatte er Bilder gesehen von den Ersten-Mai-Krawallen in Berlin-Kreuzberg : über hundert Verhaftete, zwanzig Verletzte, Flaschen gegen Polizisten, Barrikaden und brennende Müllhaufen. Vor seinem Abflug nach Paris war er noch durch Kreuzberg geschlendert, vom Oranienplatz zum Lausitzerplatz, frühlinglauer Abend, vor den Eckkneipen lustiges Gedränge von Punks mit einseitig rasierten Köpfen, grünviolette, orangegelbe Haarträger. „Wir Proletarier haben kein Vaterland – wir sind alle Ausländer“ las er auf einem Transparent, das in einem Biergarten hing. Grauschwarzkarierte Tücher um Mädchenköpfe oder

-hälse gewickelt. In der Nähe der Emmaus-Kirche am Lausitzer Platz hatte er sich in eine Kneipe gesetzt, ein Bier getrunken zu einem Fladenbrot ... In seinem Bergbett liegend hätte er jetzt viel gegeben, wenn er, wie unterwegs gewohnt, einen ersten Kaffee ..., aber nein, er bemühte sich, ruhig zu bleiben, den Atem zu kontrollieren: von irgendwoher Verkehrsgeräusche, höchstens der Pfiff des Zugs vom Tal unten. Richard spürte neben sich die Wärme von Selmas Körper. Aber er wollte sie nicht mit einer Berührung wecken. Er betrachtete ihre Wangen, ihren Mund, der halb geöffnet war. Die Frau neben mir, dachte er, und ein Gefühl... nein, nicht so etwas wie Erbarmen, sondern Zustimmung durchströmte ihn.

Vielleicht war es zwischen sechs und sieben, da ertrug Richard nicht mehr das Winseln und stoßweise Aufjaulen des Hundes. Er schob sich aus dem Bett und war froh, daß Selma nicht erwachte oder wenigstens so tat, als schliefe sie. Unten am Stiegenende nahm er Chicco in die Arme und setzte ihn draußen auf die Wiese. Der Regen war einem Nebeldunst gewichen. Richard sah kein Löwenzahngelb mehr, der Regen hatte auch die weißen Sonnenfäden ins Gras gespült. Obwohl Frühling war, trug er Holz zur Ofentür und machte Feuer in dem weißverkalkten Zweimetergrab, das Remigius in die Stube hineingebaut hatte. Jetzt legte Richard Holzspäne über ein gebauschtes Zeitungspapier und riß ein Zündholz an. Das Holz knisterte unter der Freßgier der Flammen, er warf ein paar Scheite kreuz und quer über die Flammen und schob diesen kleinen Feuerturm mit einer langstieligen Zange ins Innere des Stubenofens. Dann schlüpfte er in Gummistiefel und sammelte Chicco ein, der im regennassen Gras herumkroch. Mit einer Schale heißen Kaffees stieg er über die Treppe zurück ins Schlafzimmer.

Sie ist eine schöne Frau, dachte er, als sich Selma aus ihrer Embryoschlafstellung zu ihm herumdrehte. Das schwarze, dichte Haar hing in Wellen über ihrem traumblassen Gesicht. Sie hatte ihn schlafend vergessen, auf jeden Fall mußte sie sich erst wieder mit ihm vertraut machen, er sah es an dem langsam in ihre Augen hineinwachsenden, zögerlichen Lächeln. Sie streckte einen Arm hoch, und er nahm die Hand und legte sie auf seine Brust. Sie aber wollte den Kaffee. Sie hielt die Tasse an die Lippe und trank nicht, er saß am Bettrand, und sie blickte ins Leere, doch dann nippte und schlürfte sie wortlos, und so, als wäre sie eben erst aufgewacht, sagte sie, guten Morgen, du. Eberesche, sagte er, Vogelbeerbaum, du, oder eher Zitterpappel? Ach du, verkrachter Zeilenschmied, sie lachte hell auf nach nur zwei Schlucken Kaffee: Wenn schon, dann eine oder alle die roten Beeren am Vogelbeerbaum, aber zittern tu ich trotzdem, komm her zu mir.

Daß ihm das alles zugänglich war: Der Nebel, die Sicht auf einen Regentropfen, den Haselstrauch, jeder Tritt in die aufgeweichten Wiesen. Und die Berggipfel ringsum, die er alle nicht besteigen mußte. Und der Fellgeruch eines Hundes, der sich an ihn schmiegte. Er liebte das Rascheln von Zeitungsseiten so wie er die Erschöpfung liebte beim blindwütigen Aufwärtshasten über menschenleere Bergpfade. Das Fraglose der Wut.

Er war nicht imstande, das Radio am Mittag und am Abend auszuschalten. Über die Grenze zur Tschechoslowakei drängten immer mehr ostdeutsche Urlauber, noch mehr aber nach Ungarn. Und er hatte nichts einzuwenden, als sein Sender ihm vorschlug, den Korrespondenzsitz bis auf weiteres in Westberlin einzunehmen. Im Gegenteil, er kannte die Stadt ja noch kaum.

Auf der Holzterrasse, an der Rückseite zum Wald hin, tafelten sie noch groß, Spaghetti alla Carbonara und gebackene Melanzane mit Parmesan. Für Stunden gelang es ihm, nirgendwo anders als hier zu sein, niemand anderer zu sein als der Vater dieser Kinder, als der Mann dieser Selma. Aber in den Zwischenzeiten fühlte er sich wie ein Frontsoldat auf kurz bemessenem Heimaturlaub. In der Nacht mußte er Schlaftabletten schlucken. Trotzdem, der Holunder hatte zu blühen begonnen.

Bevor Richard wieder zum Zug und vom Zug zum Flughafen gebracht würde, wanderten sie alle, auch mit Zizzo, auf eine der nächsten Almen, gute vier Stunden hinauf und zurück, zum Teil noch über Schneeflecken. Zu dieser Jahreszeit war keine Almhütte bewirtschaftet; das wußten sie, und sie hatten im Rucksack deshalb trockene Holzspäne und Scheite mitgebracht. Nicht weit vom Rand eines kleinen, nicht

ganz aufgetauten Bergsees trugen sie Steine zusammen, bauten eine Feuerstelle, auf der ihr Grillgitter gut auflag. Ziel und Erfüllung der Wanderung war ja das Braten der Würste, vor allem aber das Aufzüngeln der Flammen. Es war ein warmer Tag, weißbauchige Wolken schwammen wie Tortensahne in einem zartblauen Himmel. Dort oben würde er schon morgen in einem Jet über diese Alpengipfel fliegen.
Er hörte mit Selma die Freudenrufe der Söhne, die den Hund zum Wasser trieben, dann wieder ihr Schreien, weil sie ihn retten mußten. Richard löschte mit einem Schwall Wasser die Glut unter dem Grillrost. Und da hörte er Selmas Stimme: Du inszenierst dein Leben, wie du das Wasser jetzt geholt hast, wie du auf mich zugegangen bist, dein Gesicht war ernst in Richtung Kinder und Hund, aber du hast gelacht, als du jetzt zu mir gekommen bist – du liebst das Nirgendwo. Er ließ sich in das von der Mittagssonne gewärmte Gras neben sie fallen und sagte: Du hast recht.

Alles fällt ihm in den Schoß, ja, so ist es.

In Berlin regnete es. Während er am Schleppband der Gepäckshalle in Tegel auf seinen Koffer wartete, las er noch einmal den Zettel, den Selma ihm statt eines Kusses zugesteckt hatte: Je mehr Wissen du aufnimmst, desto tiefer mußt du graben, um zu dir zu finden. Deine Kassandra.

Der Regen freute ihn. Es war eine Art Jalousie, die herunterrollte. Schon gleich nach dem Abflug von Mailand hatte er auf der Literaturseite des Corriere della Sera ein Interview mit Max Frisch gelesen und den Satz: Non scrivo piú, mi interrogo. Ihm, dem 78jährigen, sei das unmittelbare Gedächtnis abhanden gekommen, das schöpferische Erinnern. Er könne sich nur mehr Fragen stellen.

Auf seinen Koffer wartend, dachte Richard: Fragen stellen? Sich befragen? Ein Verhör seiner selbst? Natürlich. Genauso. Und auch die anderen mußt du fragen. Das ist dein Job.

4. Das Knattern der Frösche

Er quartierte sich wieder im gleichen Hotel ein, nicht weit von der Henriette-Brücke. Bevor er am nächsten Morgen die Zeitungen las, lief er über den Rathenauplatz in Richtung Königsallee auf den Grunewald zu. Ohne zu wissen wie, stand er dann vor der Eichkamp-Sandgrube und hörte den Fröschen zu. Es war, als ob da Hunderte oder Vielhunderte mit den Zähnen knirschten und sich zwischendurch keuchend verschluckten. Er stand da und staunte, allein unter einem vernebelten Himmel. Das Fröschequaken machte ihn sentimental, er hatte Heimweh wie ein Internatsschüler.

Am Abend war Richard auf einem Empfang in der mexikanischen Botschaft, jedermann sprach von den Gebetsversammlungen und Demonstrationen in Leipzig, Dresden, Chemnitz, Plauen und Potsdam. Auf der anderen Seite der Mauer hatte es zu rumoren begonnen. Wann würden die Panzer rollen? An diesem Abend lernte er eine spanische Schriftstellerin kennen, Ines, eine wankende, whiskytrinkende Schönheit, die eben den Scheitelpunkt ihrer Glorie erreicht zu haben schien. Sie wankte und schwankte auf ihn zu, in der rechten Hand das Glas mit der malzbraunen Farbe, und daß er zwar nicht spanisch, aber doch italienisch sprach, machte sie beide schnell vertraut. Sie stellte sich, den Mundwinkel clownhaft hochziehend, als Raquel Welch vor, sie lachten beide über diesen Scherz, aber sie lachten auch so, aus Freude, daß sie ohne großes Getue wie Kumpel miteinander reden konnten auf diesem Empfang. Ein burschikoser Intelligenzprotz, das war sie, Ines, in einer überweiblichen Körperlichkeit. Niemand konnte so wie sie den halben Zarathustra im deutschen Originaltext zitieren, auch rezitieren wie sie, immer natürlich mit einem Whiskyglas in der Hand. Martin Heidegger war ihr genauso vertraut, allerdings sprach sie über Heidegger nur mit einem Glas Rotwein, das galt für sie als Regel bis sechs Uhr abends, danach macht der Wein die Gedanken sauer, behauptete sie, und demzufolge war Nietzsche ab sechs mit dem gesprächsbegleitenden Whiskyglas an der Reihe. Das Traumhafte und von diesem Traumhaften waren es vor allem der Schrecken und das Unerklärbare, was sie im Bann hielt. Sie redeten, wenn sie (eher selten) über Politik sprachen, über den Zerfall der Sowjetunion, nie aber kam ihnen der Gedanke an ein Zerbröckeln der Berliner Mauer. Die Deutschen waren die penibelsten Bürokraten, darin war er mit Ines einig. Undenkbar, daß die einen Ziegel oder ein Betonstück aus der Mauer nahmen. Da könnten sie in der St.-Thomas-Kirche singen oder beten, bis sie erfroren.

Ines nahm einen Schluck aus ihrem malzbraunen Glas. Er schrieb ihr den Namen seines Hotels auf und dessen Telefonnummer. Sie würden sich wohl, dachte er, einmal wieder über den Weg laufen. Aber als er vor der mexikanischen Botschaft am Gehsteigrand auf ein Taxi wartete, roch er ihren Whiskyatem und Ines stupste ihn an: Wohin fährst du, das ist auch die Richtung zu meiner Pension, Storkwinkel. Also saßen sie nebeneinander im Fond des Taxis. Als der Fahrer dann in den Ku'damm einbog, schlug sie vor, die letzten paar hundert Meter zu ihren Nachtresidenzen zu Fuß zu gehen. Er war damit einverstanden, obwohl er sich wunderte, weil Ines eben noch mit ihrem Kopf schwer auf seiner linken Schulter geruht hatte. Zu seinem Staunen schwang sie sich aber mit tänzerischer Sicherheit aus dem Auto und schob ihm ihren linken Arm in die rechte Armbeuge. Sie zog ihn mit sich fort, als wären sie seit Endloszeiten miteinander vertraut und nicht erst seit ein paar Stunden.

Am Ende des Ku'damms, vielleicht ein paar hundert Meter vor der Henriette-Brücke, zerrte, schubste sie ihn über die Stufen in eine Kellerkneipe. Es war ein Club, den Ines bestens zu kennen schien, so etwas wie ein Swinger-Etablissement der ersten

Stunde. Doch zunächst sah Richard nur den Barsaloon, sozusagen die Vorhölle für die Unentschlossenen, einen üppig erotisch ausgestatteten Raum, in dessen Mitte ein Tanz-Rondeau dunkelrot beschummert war. Die Theke glitzerte hingegen wie eine diamantenfunkelnde Tropfsteinhöhle. Sie setzten sich an die Theke und Ines sagte nur „wie üblich“. Der Barmann grinste verständnisvoll. Mitten aus der Provinz, eben angekommen, dachte Richard, hier bin ich. Ines stieß ihm die Finger ihrer rechten Hand freundschaftlich gegen die Brust, und als sie ihren Whisky, ohne Eis im Glas, vor sich stehen hatte, griff sie danach und schien ihn im gleichen Moment vergessen zu haben. Er wollte gehen, sie war offenbar hier zu Hause, er konnte sie ihrem Glück überlassen. Doch als er zahlte, leerte sie ihr Glas mit einem Schluck und hopste vom Thekensitz herunter. Ich begleite dich, sagte sie. Draußen, oben über den Stiegen, auf den letzten Metern des Kurfürstendamms drehte Ines sich tänzerisch einmal nach links, einmal nach rechts, dabei hatte sie die Arme hochgestreckt und schwenkte die Hände, und dann war es nur mehr Flamenco und sie ein weiblicher Torero, stolz aufgerichtet schwang sie, kaum merklich, ihre Hüften, unter ihren Füßen war kein Steinboden, auch kein Bretterboden, der ausgeworfene Kies war noch zu einem Resthügel zusammengeschaufelt hinterlassen; an den stieß sie, verhaspelte sich, über diesen Kieshaufen klatschte Ines mit dem Bauch und zum Glück nicht mit dem Gesicht auf. Die letzten Meter zu ihrer Pension klebte, nein, hing sie an Richard, obwohl sie ihre Beine noch selbständig bewegte. Sie drückte ihm wie eine Gastgeberin die Schlüssel in die Hand. Durch einen ziemlich langen Korridor führte sie ihn zu ihrem Appartement.

Sie riß die Tür zu ihrem Schlafzimmer auf, und Richard sah ein zerwühltes Doppelbett, anderes als dieses Riesenbett hatte kaum noch Platz in dem Zimmer. Die Jalousien einer Fensterwand waren heruntergelassen. Er hörte Wassergeräusche aus dem Bad, Ines hatte die Tür zu schließen vergessen, er hörte ihr Geröchel. Dann tänzelte sie über den Fußboden mit nichts als einem grünlich weißen Netzhemdchen bedeckt, sie streifte ihn mit der flachen Hand, er sagte, ich gehe ins Bad, sie spuckte auf ihre Fingerspitzen und strich damit über sein Gesicht, zufällig, wie ihm schien.

Als Richard aus dem Bad zurückkam, lag sie auf der rechten Seite des Doppelbettes, völlig nackt mit gespreizten Schenkeln, auf dem Rücken. Er trat an die Bettkante heran, ohne sich über sie zu beugen. Ihre Augen waren geschlossen, sie atmete mit offenem Mund. Sie schnarchte. Er ging wie ohne Schuhsohlen von ihr weg und ließ die Schlüssel hinter ihrer Tür.

Und das zwingt ihn zu lächeln, wo er früher wie ein angeschossener Jaguar aufgebrüllt hätte.

In dieser Nacht hatte er Todesträume. Da war der Junge, den sein geliebtes Mädchen mit einem unerwarteten Schlag in den Rücken von einer hohen

Klippe in die Meeresbrandung stieß. Dann der magere junge Mann, der sich in einem düsteren Stiegenhaus als der Tod zu erkennen gab und dem Träumenden drohte, ihn beim nächsten Mal zu berühren, wenn er keinen purpurroten Mantel trüge. Und so geschah es bald darauf. Er hatte nur ein weißes Leinen um die Hüften gebunden, als der Magere eintrat und sich vor ihm niederkniete. Es half nichts, daß er allen Menschen zurief, sie sollten ihm beistehen, sollten diese Berührung nicht zulassen. Auch sein geliebtes Mädchen wandte den Kopf ab, und er wußte, jetzt würde der Magere ihn berühren.

Alles, was uns von einem eigenen Geheimnis träumen lassen kann, ist das Schweigen als eine Form der Liebe, vielleicht ist es nicht die beste Form. Aber die Worte müssen gut gewählt werden, bevor sie zerstören. Wer von uns hat das Alleinsein nicht schon mehr genossen als das andere, und das andere war ja oft ein demütigendes Verlieren. Ich bin für das Verlorengehen im Wald.

Seit halb fünf lag Richard wach mit einem Druck im Kopf, er dämmerte dahin wie das Morgengrauen, wollte nicht diese Angst vergessen, die er in seinem Traum genossen hatte. Es fiel ihm schwer, gegen acht die Decke abzuwerfen und aufzustehen, er fühlte sich von dieser Nacht wohlig und bis in die Knochen erschöpft.

Und wenn es Stunden dauern sollte, sagte er sich, als er die Hoteltüre hinter sich ins Schloß drückte, er wollte gehen, laufen, gehen, laufen. Er war kein Jogger, er war ein Wanderer, ein Schlenderer, ja, am liebsten ein Flanierer.

Und doch rannte er an diesem Morgen im Straßenanzug in den Grunewald, schwitzte, als er am ersten Seeufer ankam, aber bekreuzigte sich spontan mehrmals, aus einem existentiellen Dankbarkeitsbedürfnis heraus wie für ein unerwartetes Überleben. Oder einfach, weil der Himmel wolkenlos blau war über den Laubkronen der Buchen und Eichen und den Wasseraugen, aus denen das Knattern der liebestrunkenen Frösche aufstieg wie ein massenhaftes Zähneklappern. Am frühen Vormittag mußte Richard im Rathaus Schöneberg sein und dann noch an einigen anderen Plätzen auf der westlichen Mauerseite, am Brandenburger Tor und rund um die Siegessäule. Am Humboldthafen knitterte und knatterte das Künstlerfest zum Tag der Deutschen Einheit, im Gedenken an den Aufstand in Ostberlin am 17. Juni 1953. Er blieb nicht lange, kaum eine halbe Stunde, auf diesem Fest, das in einer riesigen Halle gefeiert wurde zwischen rostigen Stahlskulpturen, um die so etwas wie Westberliner Intelligenzia, Künstler und Adabeis herumstanden oder (wie er) herumschlenderten mit Currywurst oder Kebab auf dem Pappteller und miesem Wein oder Bier im Plastikbecher. Richard machte die paar Schritte zum Spreeufer und hatte nicht nur das schwarzbraune Wasser im Blick, sondern auch die Mauer gegenüber. Die Mondsichel zeigte sich dünn am dunkler werdenden Abendhorizont.

Mitten in der Nacht riß ihn das Schrillen des Telefons aus dem Schlaf, und die Stimme war Selmas Stimme. Ich habe einen Flug um 8 Uhr 10 gebucht, fliege von München zu dir, meine Mutter ist bei den Buben, ich steige jetzt ins Auto und fahre. Ihm war, als er diese Stimme aus der Wiesenwelt hörte, aus der Berg- und Waldwelt, als hätte er eben noch von einem braunlehmigen Strom geträumt, an dem er gestanden war, ratlos, aber ohne Angst, verschlungen zu werden von den reißenden Wassermassen, denn auf der anderen Uferseite sah er das Mädchen, das er küssen wollte, sah ihren leicht geöffneten Mund, den er nie und nimmer erreichen konnte, wenn er sich nicht in den wild dahinschießenden braungelben Fluß warf. Das Schrillen des Telefons rettete ihn, bewahrte ihn vor dem Wissen seines Untergangs. Er würde dieses Mädchen nie küssen. Davon sagte er Selma nichts, er konnte, verschlafen wie er war, noch nicht den Tag von der Nacht unterscheiden. So murmelte er irgend etwas wie: Ich werde dir zwischen allen landenden Flugzeugen entgegenlaufen, ich kann ja schwimmen. Was redest du?, lachte sie. Und an diesem Lachen hielt er sich im Wachwerden fest. Warum? Nein, er fragte nicht: Warum kommst du jetzt, plötzlich, bei Nacht und Nebel? Er war ja kaum eine Woche fort. Er verstand in diesen ersten Minuten nichts und verstand danach alles. Ich hole dich in Tegel ab, ja, das tue ich.

Er wollte nichts fragen, er mußte jetzt da sein für sie. Das änderte vielleicht seinen Blick auf das, was geschah. Alleinsein war nun vorerst verboten.

Er konnte nicht mehr grausam sein, obwohl er wußte, daß er es war, wenn er so sprach, wie er dachte. Deshalb suchte er anderes, während er sprach und sprechend erfand er die Wahrheit halb und halb.

Selma schlief noch, Richard hatte sich aus der Espressomaschine einen zweiten Kaffee aufbrodeln lassen und hörte Béla Bartók aus dem Radio. Sie waren erst nach eins ins Hotelappartement zurückgekehrt, eigentlich hineingetaumelt. Es war ein langer Tag gewesen. Kaum hatte er sie unter die Dusche gehen lassen, schlug er ihr einen Bummel über die Henriette-Brücke zum Ku'damm vor. Zu Fuß waren sie bis zum Café Einstein an der Kurfürstenstraße gewandert, vorbei am Café Kranzler, vorbei an der Gedächtniskirche, aber hinein in das Kadewe. Den großen Alleen entlang waren die Linden schon abgeblüht und es war sommerlich warm.

Belebt von den zwei Espressi, auch wenn noch nachtschwer, legte Richard sich behutsam zu ihr, nicht unter die daunige Decke, sondern darüber, auf dem Rücken ausgestreckt, hörte er in eine Symphonie von Robert Schumann hinein und ließ sich davon zurückrufen in den neuen Tag. Selma war die Botin des Sommergrases, sie schnaufte im Schlaf, zuckte mit einer Handfläche auf dem Kopfkissen. Der geträumte Waldschatten verdunkelte ihr Gesicht. Er hatte sie nichts gefragt, außer nach den Buben und wie es sich so lebte mit dem Hund Chicco oder Zizzo. Aber natürlich wußte er, warum sie zu ihm nach Berlin gekommen war.

5. Noch einmal

Glück oder das, was als solches im Moment empfunden wird, fühlt sich als etwas Gestohlenes an. Aber nicht deshalb ist er erregt, sondern weil die Wolken sich weiß am Himmel bauschen und keine schwarzen Drohränder haben. Es wird kein Regen kommen.

Selma war aufgebrochen, um mit ihm Krieg zu führen. Sie fühlte sich verlassen; was kümmerte sie die Berliner Mauer! Vor zwei Tagen hatte sie sich in die Badewanne gelegt und eine halbe Flasche Grappa ausgetrunken. Sie wollte untergehen, absaufen in der Flut, im rinnenden, alles überschwemmenden Badewasser ihres Hauses am Waldrand, trotz dieser zwei Buben, die ihr Trost hätten sein sollen. Sie fühlte sich verlassen, erstickte an der Einhälftigkeit ihres Alltags.

Und er? Richard hatte kaum noch die Stimme erkannt, mit der er telefonierte, sie war ihm fremder gewesen als seine Reporterstimme im Radio. Er hatte ihr das Haus mit seinem Abreisen unbewohnbar gemacht, sie konnte in dieser Verlassenheit nicht mehr leben, sie konnte die Kinder nicht mehr vor dieser Verlassenheit schützen, sie war vor dem Ersticken im Alleinsein geflohen. Und war jetzt in der Mauerstadt Berlin.

Richard glaubte zu wissen, was für eine Verlassenheit das war. Sein Weggehen, sein Abreisen waren nicht die Essenz ihrer Schmerzen, es war die heitere Nähe, die sie mit ihm in der jeweiligen kurzen Dauer seiner Anwesenheit durchlebte, diese oft einsilbige, dann wieder redselige Freundlichkeit, mit der er sie auf Distanz hielt. Sie wußte, daß er davonlief, es war eine Flucht vor ihr, vor der Schuld, vor der Scham. Er wollte nicht verantwortungslos sein, aber er wollte unterwegs sein, zu einem Ziel, das er vielleicht selbst nicht kannte. Oder drehte er sich im Kreis, weil er das Ziel, das er anstrebte, schon längst übersehen, hinter sich gelassen hatte? Einmal, das wußte sie, hatte er ein Mädchen gekannt, das Ursula hieß.

Selma hatte ihm das alles nicht bei ihrem Ankommen an den Kopf geschmissen. Da war sie unausgeschlafen müde gewesen, hatte ihn umarmt in der Flughafenhalle und mit neutral frohen Augen angeschaut. Jetzt schlief sie, aber er fühlte, daß sie ihn neben sich spürte. Er ließ ihr Zeit zum Wachwerden, hatte kein Rollo hochgezogen; die Fenster dämpften fast gänzlich den Lärm des Morgenverkehrs. Doch dann suchte sie mit einer Hand sein Gesicht, so zögerlich, daß er sich wie ein im Traum Verwechselter empfand. Weil er oberhalb der breiten Bettdecke lag, konnte sie nicht zu ihm herankriechen. Sie suchte ihn unter der Decke, und er versuchte sich irgendwie zu ihr hinzutasten. Das ergab ein Spiel und verhalf ihnen zu einem lachenden Versteckspaß, der ihn und sie für diesen Morgen freimachte.

Ihr gefielen die weißen Wände des Hotelzimmers, Selma strich mit den Fingern darüber wie eine, die selbst ein Haus um sich herum hatte wachsen lassen. Halbnackt flatterte sie mit ihrem Seidenhemd zwischen Bad und Zimmer hin und her, als suchte sie eine Küche oder eine Terrasse oder einen Waldrand. Auf dem Fensterbord des Hotelzimmers hatte Richard ihre Kaffeetasse abgestellt. Nach dem Frühstück würden sie aufbrechen in die Stadt, genauso als wären sie in Florenz oder in Stockholm. Selma wollte als erstes mit ihm in den Grunewald spazieren. In ein Mikrofon sprach er, während sie neben ihm hertrippelte, über die aktuelle Lage der DDR: Bürger flüchteten über Ungarn nach Österreich, oder rannten über die Treppen der bundesdeutschen Botschaften in Budapest wie in Warschau oder Prag. Aber Selma wollte weder zum Alexanderplatz in den Osten noch wollte sie das Pergamonmuseum hinter der Mauer sehen, sie wollte in den Grunewald und die Frösche hören, von denen er ihr am Telefon erzählt hatte. Vielleicht blieb ihr dieses Bild des Wassers als das eigentliche Bild von Berlin, denn sie war später nicht da, als die Mauer fiel.

Das, was sie an diesem Morgen sah, waren ein paar Obdachlose, die von ihrer Nachtmatratze ins Wasser tauchten und die Wildenten zum Aufflattern brachten. Sie frühstückten, es war ein warmer Vormittag, im Jagdschloß-Restaurant und verirrten sich im Labyrinth der verschlungenen Spazierwege, bis sie dann doch zum Asphalt hinausfanden und zu einem Taxistand. Selma hatte die Frösche gehört, dieses Röcheln und die kehligen Liebesschreie. Richard stieg mit ihr an der Uhlandstraße aus dem Taxi, denn sie wollte zum Landwehrkanal spazieren, wo Rosa von Luxemburg und Karl Liebknecht von wildernden Rechtsnationalisten ermordet worden waren, hineingeschmissen in das trübe Kanalwasser. Können wir, sagte er, nur ist auf dem Weg dorthin noch so viel anderes zu sehen, was dich auch interessieren wird. Selma hatte einen grazilen Schritt, manchmal dachte er an ein seidig gefiedertes Rebhuhn, das neben ihm hüpfte. Aber ihr Blick war kein Rebhuhnblick, sie hatte ein Architektenauge und blieb immer wieder stehen, schaute, prüfte und machte die Lippen schmal, als ob sie die Fassaden der Häuser nachzeichnen müßte.

Sie war gekommen, um mit ihm Krieg zu führen, aber sie hüpfte nie weiter als zwei Meter von ihm weg, dann wieder trat sie mit ihrem rechten Fuß auf seinen linken, stoppte sein Reden, sah ihm pfeilgenau in die Augen und küßte ihn kurz auf den Mund. Darauf folgte kein Kommentar, sie schritt voran, hob ein Bein und senkte schnell das andere. Über ihnen blaute ein Sommerhimmel, sie trug ein weißes Flatterkleid mit darin schwimmenden Seerosenblättern. Es war ja nichts Besonderes an diesem Savignyplatz, zu dem er sie hinlotste, außer daß der donnernde Großstadtverkehr hier wie ausgeklinkt war und ein unscheinbar grünes Gartenviereck mit ein paar metallenen Stühlen, ein paar grüngewachsenen Laubenwänden die Illusion weckte, sie wären irgendwo außerhalb. Ihm war das kein Ersatz, aber doch Erinnerung an Vertrautheit, und dazu trugen die Kneipen ringsum und in den Nebenstraßen bei. Wahrscheinlich sah Selma nicht, was er ihr zeigen wollte. Sie trank mit ihm im Café Hegel einen Mokka und lächelte vor sich hin. Les Deux Magots waren für sie etwas anderes gewesen.

War sie hier, um still einen südländischen Totentanz zu tanzen? Nein, er fühlte ihre Wärme, wenn sie einmal auf gleicher Schritthöhe waren. Sie war in Kriegerrüstung und gleichzeitig eine Minnesängerin. Es war ein warmer Frühsommertag, und Selma schlug ihm eine Harfe nach der anderen über den Schädel und lachte dabei schallend. Ihm freilich wackelten die Ohren. Um was es Selma wirklich ging, darüber wollte Richard nicht reden, er schüttelte den Kopf, und es war trotzdem nicht weg.

Nein, sie redeten nicht über seine Gefühle, auch nicht darüber, was sie, Selma, fühlte. Er konnte nicht sagen, ich bin bemüht, ich tue das Bestmögliche, um frei zu werden von einem Glück, das ich hinter deinem Rücken gefeiert habe. Aber beide wußten alles, ohne es beim Namen zu nennen. Sie stritten nicht, sie schrien sich nicht an, sie sprachen nie den Namen Ursula aus.

In der Paris-Bar bekamen sie noch einen Platz an der langen Seitenwand. Mit dem linken Auge sah Richard auf die Kantstraße, vor sich aber hatte er Selmas ruhendes Gesicht, allerdings nur für Minuten, dann wechselte sie, jäh entschlossen, ihren Sitz und saß nun rechts von ihm, stumm, als wäre ihr die Zunge aus dem Mund geschnitten worden. Diese Wortlosigkeit hatte er verschuldet und doch hätte er sie gern in die Arme genommen; was hätte ihr das auf Dauer geholfen? Woran, fragte er sich, war er krank, ein anderer geworden und sich selbst kaum erträglich? Sie aßen Lachsfilet in Wermutsauce und geschnetzelte Kalbsleber in Weißwein und Paprika mit geschmortem Fenchel.

An diesem Tag schauten sie doch noch in das trostlose Fließen des Landwehrkanals. Sie hatten das Gehölz oder den Wald links und rechts der Siegessäule abgewandert. Richard sah hinter dem einen und anderen Baum die ausgemergelte Nacktheit eines KZ-Häftlings. Vermutlich war es für Selma anders, sie lobte und pries den deutschen Forst, die Pflege der Bäume und Wege. Und dann liefen sie im Bahnhof Zoo die Treppen zum Gleis eins bis zwei und drei hinauf und hinunter.

Das eine und andere Mal hat er trotz allem gedacht, ich bin wohl glücklich? Hatte es aber vergessen, in der Erinnerung blieb ihm nur das Gegenteil.

Am nächsten Tag überquerten sie die deutsch-deutsche Grenze beim Checkpoint Charlie. Richtig neugierig auf den sozialistischen Osten war Selma aber nicht, sie wollte zum Alexanderplatz, doch nicht um die Weltzeituhr zu sehen oder auf den Fernsehturm hinaufzufahren. Sie suchte da, wenn auch vergeblich, etwas, was Alfred Döblin in seinem Roman gesehen haben mochte, und mehr als alles andere – gar nicht zu reden vom Palast der Republik oder dem Roten Rathaus – zog die Museumsinsel sie an; so durchstreiften sie das Pergamon-Museum und fühlten sich eher in Griechenland oder in Babylon als in der Deutschen Demokratischen Republik Erich Honeckers. Schon am Nachmittag saßen sie wieder in der westlichen Gemütlichkeit, und zwar im Café Einstein, von dem Selma begeistert war. Hier fand sie offensichtlich, was sie mit ihm teilen wollte, das städtische Kulturambiente, das die schönsten Wiesenblumen und auch die Pilze im Wald ihr nicht ersetzen konnten. Sie blühte auf, glitzerte ihn an, er bestellte Sekt und russischen Kaviar.

Sie hoben die Gläser, drückten Lippe auf Lippe. Und das war der Wasserfall gewesen, der alles wegspülte, reinwusch? Selma nippte am Sektglas, er löffelte sich Kaviar auf die butterbestrichene weiße Brötchenschnitte. Hier war es schön, hier war es gut zu sein, darin waren sie sich einig. Er holte Zeitungen aus dem internationalen Angebot, das an Stahlhaken gegenüber der schwarzbraunen Bartheke hing.

Sie nahm sich den Corriere della Sera, er durchblätterte die Süddeutsche, dann die Frankfurter Allgemeine. Das mußt du lesen, hörte er sie, das wird dich interessieren. Sie reichte ihm den Corriere mit der aufgeschlagenen Seite: Ein auf zwei Seiten ausgebreiteter Artikel über das Ende eines Prozesses mit lebenslangen Haftstrafen; unter den wenigen Freigesprochenen las er den Namen seines Pariser Freundes Leonardo, angeklagt wegen Anstiftung zu neunzehnfachem Mord. Er stieß noch einmal sein Sektglas an Selmas Glas und sagte: Was für ein wunderbares Café, dieses Einstein! Und Selma nickte, auch ihr schmeckte Kaviar.

Am Abend saßen sie nebeneinander im Parterre der Schaubühne und amüsierten sich ohne Betroffenheit an Bertolt Brechts „Trommeln in der Nacht“. Am nächsten Vormittag brachte er Selma zu ihrem Abflug nach Tegel. Sie saßen an einem der grünen Tischchen in einer der Fastfood-Bars und teilten sich schweigend das Bewußtsein des Verlassens.

Sie umarmten sich wie Sterbende, obwohl ihre Körper durchblutet waren, er berührte Selmas Lippen wie das Vordach eines Schneckenhauses. Mit dem Bus fuhr Richard zurück zur Henriette-Brücke und betrat sein Hotelappartement, als wäre es ein Kirchhof. Er streifte langsam die Wände entlang, und wo es möglich war, schritt er auch die Winkel aus. Überall suchte er ihre Nähe, schnüffelte nach ihrer verlorenen Anwesenheit. Er fühlte sich von sich selbst verstoßen und für die Zukunft verloren.

Richard warf sich über die Arbeit, telefonierte, erkundigte sich bei Kollegen, hörte die halbstündigen Nachrichten im Radio und im Fernsehen. Die Luft dehnte sich, schien ihm.

Das Entferntsein vom Waldrand und vor allem von den Buben wurde zu einer alptraumhaften Nähe in der Nacht. Schweißnaß wälzte Richard sich zwischen zwei und drei Uhr früh im Bett.

Natürlich galt das alles nicht mehr, wenn er am Morgen die Rollos hochzog im Radio und Dvořak hörte. Kurz zuvor hatte er auf RIAS geschaltet und ein paar Fetzen der Rolling Stones in die Ohren bekommen. Eben hatte Erich Honecker, der oberste Genosse, verkündet, daß der antifaschistische Schutzwall auch in fünfzig oder hundert Jahren noch Bestand haben würde. Richard war ein schlechter Journalist, eigentlich unpassend für die Berichterstattung über das „Weltgeschehen". Statt in den Grunewald schlenderte er schon in den frühesten Morgenstunden mit ruhigem Schritt über die noch ungefegten, ungereinigten Asphaltgehsteige, den Ku'damm hinauf und dann in die Joachimstraße, marschierte weiter bis zum Hardenbergplatz und zum nächsten Zugang des Tiergartens, zu Gras und zu Bäumen.

Trotzdem war er kein Odysseus zwischen Grasbüscheln und Bäumen, er hatte seine Ohren nicht mit Wachs zugestrichen. Seine Radioberichte waren kurz, aber keine heruntergeraspelten Litaneien. Es gärte im deutschen Osten, und in diesem Sommer war Ungarn das beliebteste kommunistische Urlaubsland für DDR-

Bürger; dort wurde der Eiserne Vorhang allmählich schattendünn und auf Schatten, die sich verflüchtigten, wurde nicht mehr geschossen.

6. Sommerschlaf

Es war Sommer, und Sommer waren Ferien am Meer. Richard verabschiedete sich von Berlin, er trat seinen Urlaub an und flog mit Selma und den Buben für zwei Wochen nach Griechenland. Flugziel war Samos, dort waren sie noch nie gewesen, dort wollten sie sich auch nicht aufhalten. Aber gleich am Flughafen ließen sie sich von einen Taxifahrer – er sagte, ich habe ein halbes Leben in Kalifornien schwer gearbeitet – die Koffer aus der Hand nehmen und zum Stadtrand fahren zu einem makellos kalkweißen Häuschen (in einer Reihe mit vielen anderen) am Meer mit einem schmalen Kiesstrand vor dem türkisblauen Wasser.

Sie entschlossen sich anders und nahmen die nächste Fähre nach Ikaria. Über diese Insel hatte Richard Gedichte gelesen von Jannis Ritsos, einem der zehnbis zwanzigtausend Kommunisten, die auf dieser nicht mit Palmen geschmückten, steinigen Insel im Exil lebten, zu Zeiten, als Stalin noch nicht gestorben war in den Köpfen des Widerstands. Tatsächlich wußte er nicht viel, eigentlich gar nichts von dieser Insel und ihrer Geschichte außer einer handvoll Lyrik, die wenig oder gar nichts von der Bläue des Meeres oder dem weißen Grau der Steine erzählte, vielmehr von der Maske des Todes, hinter der die Sonne schwitzt, oder überhaupt vom Sterben der Sonne unter einer Maske aus Steinen und Macchia.

Vielleicht war es auch umgekehrt, vielleicht hatte er diese Gedichte in westlicher Freiheit überhaupt nicht lesen können mit den Augen eines aus dem Stadtleben herausgerissenen, verfolgten und gefolterten Griechen, und vielleicht war ja die Einsamkeit der Welt oder der Schweiß des Sterbenwissens im weißen Grau eines Steines beschrieben oder doch nicht beschrieben, sondern eingemeißelt in beschworener Tonlosigkeit. Die Üppigkeit des Inselschweigens.

Sie erreichten diese Insel wie irgendwelche Touristen in den frühen Morgenstunden mit einem Schiff. Eingeklemmt zwischen Tom und Rik horchte Richard auf das stampfende Geräusch des Schiffs, Selma döste hinter ihm, mit dem Kopf auf seiner Schulter. Ein Gefühl der Geborgenheit schläferte ihn ein und machte ihn gleichzeitig beim ersten Wort seiner Söhne, auch nur bei einem Gemurmel, wach.

Wenigstens jetzt, in der warmsalzigen Meeresluft dieses mediterranen Sommers, litt er nicht unter Verantwortungsflucht. Die Buben schliefen, die Köpfe an seine Sommerjacke gepreßt, er schwitzte, aber die Morgenfarbe des Meers und die über das Wasser streichende Luft ließen ihn atmen wie er nie auf einem Berggipfel geatmet hatte. Das Schiff bewegte sich Meter um Meter durch das aufschäumende Morgenwasser weg von einer Mauer. Richard fühlte sich mitten in der Welt, und die war rhythmisch durchstampft von Schiffsmotoren, und um ihn war, so weit er sehen konnte, nur Wasser, und bald würden sie anlegen an einer Insel, die zwei Wochen Freiheit für ihn bedeutete. Es machte ihm nichts aus, daß er zu einer Gefangeneninsel fuhr.

Armenistis, eine auseinandergezogene Häuseransammlung auf felsiger Küste, war der Ort, den ihnen ein Fahrer im klapprigen Taxi nach stundenlangem Herumfahren zeigte, und dort war auch das richtige Haus für sie. Ein normales, vielleicht vor einem halben Jahrhundert gebautes Wohnhaus, ältlich, vor der sandigsteinigen Küstenstraße gelegen. Das Haus wurde ihnen von der Besitzerin, einer Witwe, für ihre zweiwöchige Freiheit überlassen, zusammen mit dem muffigen Inselbewohnerinventar, Möbel aus den Dreißiger-, Vierziger-Jahren. Doch die Zimmer waren sauber und die Betten frisch bezogen, die Leintücher blitzblankweiß. Der Eintritt in das Haus von der Straße bot keinen schönen Anblick, aber die andere, von der Straße abgekehrte Seite war auf das Meer ausgerichtet mit einer breiten Terrasse, links und rechts flankiert von zwei Lorbeerbäumen. Und vom Rand der

Terrasse war der Blick frei auf den Himmel und das Meeresblau darunter. Ein Pfad zuckelte unter der Terrasse in leicht begehbaren Schwingungen zwischen sonnenweißen Felsenplatten und Macchiagesträuch zu einer breiten Steinzunge hinunter zum türkisgrünen Wellenschlagen.

Hier fühlten sie sich angekommen in der Illusion, die greifbar war und hörbar. Nach einem ersten Imbiß und zwei Gläsern Retsina lagen Selma und er in Liegestühlen auf der sonnenwarmen, aber von einer Leinenmarkise geschützten Terrasse und hörten dem Flügelsägen der Zikaden zu; zwischen ihnen schlief, eingerollt, die persergraue Katze des Hauses auf dem Boden. Das Meer flimmerte wie unpoliertes Silber. Von Zeit zu Zeit war Rikkis krächzende Stimme oder die hellspitze von Tom zu hören. Sie fühlten sich zu Hause. Wie kühles, doch rinnendes Blei sickerte die Betäubung der momentanen Sorgenfreiheit über sein Denken. Richard wußte, und was er wußte, ließ ihn nicht gleichgültig, doch der Duft des sonnenschweren Brotteiges auf seinem Kopf ließ Klarsichten eindämmern, und zwar mit skrupellosen Begleitseufzern der Lust.

Daß sie mit sich allein sein konnten, in einem hellblaugestrichenen kleinen Quadratzimmer, daß sie sich im Bett bei offenen Türen bis zur Meeresluft hinausräkeln konnten wie Eidechsen oder saisonbewußte Katzen. Rik stürmte ins Haus, um zu melden, daß Tom in den Wassertümpeln des ausgetrockneten Bachbetts hinter dem nächsten Dorfhaus Schildkröten entdeckt habe, im Brackwasser, eigentlich im Schilfstreifen hinter dem Sandstrand, den sie noch nicht kannten, aber nur ein paar hundert Meter entfernt.

Sie lagerten an der linken Seite einer armausgreifenden mittelgroßen Bucht, am anderen Ende gab es ein Freiluftrestaurant mit Pommes, Oktopussen, Calamari und Greek Salad. Das Meerwasser glitzerte türkisblau. Zwischen einem Bissen und dem anderen waren die Buben andauernd auf Erkundung aus, während Selma und er sich verkrochen vor der sengenden Sonne, das leinenhelle Schattendach kühlte nichts und niemanden. Sie aßen dennoch vergnügt gekochtes Gemüse und Tsatsiki mit kleingehacktem Knoblauch und dann noch Fisch.

Wo immer und wie immer sie die Stühle hin und her rückten, die Sonne erreichte sie in kurzer Zeit so intensiv wie vorher. Sie kriecht zu uns unter das Schilfrohrdach, sagte er zu Selma, und sie geht noch lange, lange nicht unter.

Als sie bei griechischem Kaffee und Ouzo angelangt waren, kam eine erfrischende Brise auf, hob sogar das Linoleum am anderen Tischende hoch, kühlte ihre Gesichter, sie sahen, wie das Meer jetzt schäumte, in Wellen zum Strand stürmte. Und sie sahen auch, wie Rik und Tom auf jede heranrollende Welle lauerten, um sich dann unter die Zehen des Wellenkamms hineinzuwerfen; über ihnen die grünweiße Gischtwand, ein ums andere Mal, Selma und Richard schauten dem Spektakel wie einem Tennismatch zu. Jetzt zog das Meer sich zurück, dann bauten die Wassermassen sich wieder auf zur manchmal erschreckend großen Wellenwand. Und die Buben da unten wie Zündhölzchen mit Köpfen. Sie kämpften sich aufs Neue zum sicheren Strand zurück und gaben nicht auf. Irgendeine Warnung, zugeschrien über die Klippen, wäre für sie da unten unhörbar geblieben. Das schaffen sie schon.

Komm jetzt, drängte ihn Selma. Und statt sich Sorgen zu machen um die Buben, zwischen einer Welle und der anderen, kehrten sie so schnell wie möglich in das Terrassenhaus zurück, gleich hinter der Tür schlüpfte Selma aus ihrem Slip.

Auch am nächsten Tag und am übernächsten rollten hohe Wellenkämme heran, ein Scirocco-Meer, mit einem tiefen Sog, der nicht nur die Füße, sondern den letzten Atemzug wegsaugen konnte in Richtung Afrika. Also wanderten sie über einen als antik angezeigten sandigfelsigen Pfad die macchiaüberwucherte Küste entlang, in Windungen auf und ab durch ausgetrocknete Bachbette, an längst aufgegebenen Weinäckern vorbei, erschreckten vor Leguanen, die sich in verfallenen Weinrebgemäuern sonnten und sich nicht einmal unter ihrem Aufschrei bewegten. Eine dürre schwarze Kuh glotzte sie an, die zwischen Disteln und wildem Anis nach Halmen suchte, er mußte Tommy zurückrufen, der die Kuh wie einen Hund zwischen den spitz über der Stirn sich biegenden Hörnern streicheln wollte. Am Abend schlapperte das Uferwasser wieder. Sommer war immer heiß, auch wenn jemand starb. Die warme Luft schon am Morgen, die warme am Abend und die laue in der Nacht, alles war verführerisch. Mit Selma wußte er sich nicht allein, wenn er die Risse sah in der Welt.

Bevor er sich umbringen würde, schwor er, würde er sich von Unken und Laubfröschen küssen lassen.

Im kärglich gekräuselten Gras zwischen dem Gestein unter der Terrasse zirpten die Grillen oder schlugen ihr Cello; viel lauter als sie konzertierten oberhalb und seitlich des Hauses die Zikaden, in jedem Laubbaum und jeder Pinie schrien sie die Nacht herbei, von der Früh an, sobald die Sonne ihre Flügel wärmte, schrien sie um das Glück der vergehenden Nacht. Er hätte mit den Zikaden mitschreien können. Um Mitternacht oder etwas danach saß er mit Selma noch immer auf der Terrasse. Das magere Licht des wechselnden Mondes auf dem Meer zu sehen wie einen blinkenden Spalt zur Finsternis, das verinnerlichte ihr Schweigen. Er hätte jetzt sagen können, komm, aber er sagte nichts und damit war jedes Vergessen verspielt und vielleicht für alle Zukunft unmöglich gemacht. Ein kühler Wind war aufgekommen, in der Terrassentür blähte sich der Nylonvorhang, das Meer setzte in aller Schwärze Millionen von weißen Nachthäubchen auf, Gischtzungen leckten über die Uferfelsen, silbrige Schaumlippen. Sie sahen und sie hörten, jeder in seinem Liegestuhl, ein eigenes Schauspiel.

Wildes Sturmheulen riß ihn lange vor dem Morgengrauen aus dem Schlaf. Als Richard auf die Terrasse hinaustrat, zerzauste ein kalter Wind sein Haar, das

Meer jaulte und bellte mit einer tiefkehligen Stimme, die so finster klang wie die Nacht war. Er sah nur das Aufschnellen der weißen Gischt, wenn die Flutwellen an die sieben Meter hohe Felsbarriere unten in der Bucht knallten. Seine Zunge schmeckte das Salz der Luft, er fürchtete sich vor diesem unbändig drohenden Meer und wäre doch bereit gewesen hinunterzusteigen zur Felsbarriere, um dem Meer ins Gesicht zu schauen.

Nein, er haßte sich nicht mehr, hatte aber auch kein Mitleid mit sich. Obwohl er mehr wußte von sich als alle, die ihm nahe sein wollten.

Dann hatte Richard den Schlüssel zu seinem Appartement in Berlin wieder ins Schloß gesteckt und umgedreht. Er drehte und drehte hin und zurück, wünschte sich nichts so heftig, wie jetzt im Wald zu stehen und den Nadelgeruch zu riechen, der aus vielen Sommern und Wintern vom Boden aufstieg. Oder den Salzgeruch des Meeres unter der Terrasse von Armenistis.

Warum, fragte er sich, warum? Vielleicht, weil die Luft in seinem Zimmer lauwarm und abgestorben war, und weil hier keine Zikaden ihre Flügel wetzten? Er lachte vor sich hin: Du sollst deine Brust vorschieben und den Bauch einziehen. Hubschrauber ratterten über Berlin, die Internationale Währungskonferenz würde morgen auf der Berliner Mauerinsel stattfinden. Am nächsten Tag besorgte Richard sich eine Karte für eine Aufführung von Strindbergs „Totentanz“ im

Ostberliner Deutschen Theater. Bevor er zum Checkpoint Charlie fuhr, flanierte er den Ku'damm hinauf bis zur Gedächtniskirche. Ein ganz anderes Straßenrumoren als sonst, bald hörte er das Skandieren von wild schreienden Stimmen. Vom Café Kranzler weg war die Fahrbahn belegt von Demonstranten, die nicht gegen die Mauer protestierten, sondern gegen den Weltwährungsfond. Er schob sich bis zum Wittenbergplatz durch, hielt an der Glasecke einer Konditorei. Weiter war kein Schritt zu machen. Eine doppelte, dreifache Polizeikette versperrte ihm den Durchgang. Er fragte einen der Polizisten in der Reihe: Was tut ihr da? Immerhin bekam er eine Antwort: Wir rükken auf Kommando vor.

Er wurde zurückgedrängt, niemand hatte einen Namen, niemand wurde nach einem Namen gefragt. Hinter ihm näherte sich die Glasfront der Konditorei, und es glückte ihm, sich noch in das Lokal hineinzudrängen. Draußen brodelte die Stimmung auf, die Stimmung oder der Unmut oder einfach die Lust auf Krawall. Die Konditorei-Mädchen bedienten weiterhin lächelnd ihre Kunden. Plötzlich eine italienische Stimme: Caos per far caos, mi piace, casino per far casino. Er drehte sich nach dieser Stimme um, die von einem Mann mit kehligem Bariton gekommen sein mußte. Und da kreuzte er den jubelnden Blick eines bekannten Gesichts: Mitten in der angestauten Menge sah er Ines, die spanische Schriftstellerin, an die Theke gepreßt, und sie winkte ihm, genauer, sie streckte ihm zum Gruß ein Glas mit malzbrauner

Farbe über die Köpfe entgegen. Erst auf dem zweiten Blick erkannte er rechts von ihr das dichte Grauhaar und (er konnte es nicht fassen): Das war Leonardo, der Freigesprochene aus der Zeitung, und jetzt neben Ines? Nein, er stand nur neben ihr an der Theke, sie kannte ihn wohl nicht. Doch, sagte sie später, wir kennen uns aus Barcelona, seit Jahren, Leonardo hatte dort eine compañera, haha, lachte sie, eine noble Schöne.

Vor den Glasscheiben der Konditorei flogen Bierdosen und Gummiknüppel. Leonardo umarmte ihn, küßte ihn auf beide Wangen, als hätten sie schon irgendwo gemeinsam eine vorderste Front überstanden. Leonardo war es gewesen, der den italienischen Anarchistensatz geschrien hatte, und er wiederholte ihn noch einmal für ihn, eher halblaut: Mi piacciono quelli che fanno casino per casino – caos per far caos.

Er sah gut aus, geradezu salopp, modischer Anzug (vielleicht Armani oder Valentino), und vor allem mit dieser freudigen Milde im Gesicht, kaum vorstellbar, daß diese ruhigen, gelassenen Züge sich verzerren konnten zu einem Schrei in einer Konditorei, zu einem Sehnsuchtsruf nach Anarchie.

Ines gab Richard noch einmal ihre Telefonnummer, er war jetzt im Dienst, draußen zerbarsten großwandige Geschäftsvitrinen, er drängelte sich durch die Konditorei hinaus. Es war eine schwer vermittelbare Situation, über die er zu berichten hatte, die Polizei schützte die gefüllte Luxus-Geschäftsstraße, die Bannmeile vom Kaufhaus des Westens über die

Tauentzienstraße bis zum Kurfürstendamm, verteidigte bedrohte Kapitalismussymbole, während hinter der Mauer im Osten schon viele zu rennen begonnen hatten, um hier anzukommen bei diesen Symbolen. Und einige hunderte hatten es sogar geschafft, bei einem „paneuropäischen Picknick" von Ungarn über die grüne Grenze nach Österreich zu flüchten.

Am nächsten oder übernächsten Tag sah Richard, eine Stunde etwa vor Mitternacht, nur mehr hundert oder zweihundert Schritte von seinem Hotel entfernt, die beleuchteten Fenster im Appartement von Ines. Unwillkürlich steuerte er auf den Eingang der Pension zu, und als er niemanden in der Rezeption sah, nahm er die paar Treppen und läutete, aber die Tür war nur angelehnt. Er ging durch den kurzen, kaum drei Meter langen Korridor und hörte Stimmen, sonores und helles Lachen, und als er die Tür zu diesem Lachen öffnete, blickte er in einen ausgeleuchteten kleinen Salon, an dessen breiten Wand zur Ecke hin ein großer runder Tisch besetzt war von fünf oder sechs lebhaft redenden, gestikulierenden oder vor sich hin schmunzelnden Personen. Eine oder überhaupt die einzige stumm lachende Person war der Graukopf Leonardo, Ines, die daneben saß, war aufgesprungen und Richard entgegengetänzelt. Sie riß ihn sanft an den Ohren, warum er erst heute ..., aber Richard sah nur sie. Aber er konnte es nicht begreifen: Neben Leonardo saß Ursula und neben ihr noch ein anderer Mann, ein schlaksiger junger Glatzkopf. Ines schob Richard einen Stuhl zu, der genau gegenüber von Ursula plaziert war. Das Zimmer war so hell, eine Fröhlichkeit sprang ihn an, der Raum, schien ihm, vibrierte von Diskussionslust und Erotik; drei Männer und drei Frauen zählte er automatisch. Allen hatte er die Hand gegeben, auch Ursula, und sie hatte leicht aufgeschrien und Hallo gesagt. Der Tisch war übervoll von offenen, leeren und halbvollen Flaschen, Zigarettenstummel zu Hauf in mehreren Aschenbechern. Später hätte er niemandem Genaueres erzählen können, worüber geredet, spekuliert, diskutiert worden war, vielleicht über die IWF-Proteste oder die Mauer? Vielleicht über anderes. Er sah nur ihr Gesicht, eine ganze Tischbreite trennte sie, er trank und sie trank gleichzeitig mit ihm.

III. Meeressand

1. Por qué no?

Sie war kein Mädchen mehr, er sah auf eine selbstbewußte junge Frau, die in ihr kastaniendunkles Haar helle Streifen eingefärbt hatte. Doch wie kam sie hierher und wer war der Architekt oder Dozent neben ihr? Sie hatten sich vor den anderen nicht zu erkennen gegeben, ihr anfänglich jäh ausgestoßener Begrüßungsruf war halb erstickt aus ihr herausgebrochen, und niemand außer ihm hatte ihn gehört. Ines hatte Richard so hingesetzt, daß er mit dem Rücken zur Salonmitte saß und zur Ecke schaute, wo Ursula sich zwischen Leonardo und dem glatzköpfigen Dozenten (oder Architekten) mit verschränkten Armen auf ihrem Stuhl zurücklehnte. Was für eine Verwandlung mit ihr vorgegangen war!

Sie warf immer wieder einen Satz hin, der die anderen aufkreischen ließ oder zu jähem Lachen veranlaßte. Ihre Selbstsicherheit verblüffte ihn, ohne Frage dirigierte sie, was sie dirigieren wollte. Sie und Leonardo hielten die Tischrunde auf Trab, auch wenn er nicht herumgestikulierte wie der junge Glatzkopf, sondern immer breit lächelte, meist ebenso lässig zurückgelehnt wie sie, die niemand hier Ursula nannte, sondern Miguela. Überhaupt fiel ihm auf, daß die meisten Spanisch sprachen, sogar Ursula, nur der Dozent neben Leonardo wechselte zwischendurch auch ins Französische.

Eine aktuelle Beuys-Ausstellung im Gropius-Bau war, bekam Richard irgendwie mit, ebenso Gesprächsthema wie ein angesagter Berlin-Aufenthalt des südamerikanischen Autors Carlos Fuentes. Richard mischte sich nicht ins Gespräch. Er bemerkte aber durchaus, daß Ursula fast unentwegt zu ihm herüberblickte, sie ignorierte den Glatzkopf neben sich, der immer wieder auf Beuys und dessen Architekturphilosophie zu sprechen kam; mit Leonardo pflegte sie scheinbar ein ungezwungenes Vater-Tochter-Benehmen: Sie zupfte ihn am Ärmel oder stieß ihm, auflachend, einen Ellenbogen gegen das Hemd. Doch die meiste Zeit fühlte Richard ihre Augen auf sich gerichtet, Scheinwerferaugen, strahlengeschwärzt. Er trank ein Glas Rotwein nach dem anderen. Nach dem dritten oder vierten stand er auf, ruckte mit den Kniekehlen seinen Stuhl zurück, gerade so, als ob er zu einer Rede anheben wollte, doch er beugte sich nur knapp über den Tisch mit dem Blick zu Ursula und fragte: Gehen wir in den Grunewald? Und tatsächlich: Sie stand auf, drückte sich an dem sitzenden Architekten oder Dozenten vorbei zu Richard und küßte ihn auf den Mund. Es war schon weit nach Mitternacht.

Die dunkelbraunen Haare quollen in Ringeln über ihre Stirn und waren im Nacken mit einer Spange gebündelt. Er sah ihr Gesicht ganz nahe vor sich und küßte es mehrmals unter den Blicken der anderen. Sie liefen die Haustreppe hinunter auf den Gehsteig, Hand in Hand, und winkten in die Nacht hinein, bis ein Taxi hielt und sie zu einem gottverlassenen, mondlosen Parkplatz am Rand des Grunewalds brachte.

Dort waren der Wald und sie und die Dunkelheit. Richard kannte die ersten Bäume und das kanalisierte Bächlein rechter Hand. Sie kamen kaum Schritt für Schritt weiter. Er wollte nichts als sein, er wollte nichts denken. Sie verwechselte ihn oder er verwechselte sie, es war ein Zusammenkommen von Halbbekannten, es war, als hätten sie das Fremdsein erfunden, um sich tiefer lieben zu können. Sie tappten zwischen den geordneten Stämmen der Alleebäume, hörten in Pausen sogar das zaghafte Fließen des Kanalbächleins. Es war die Dunkelheit, die sie umfaßte, weit und breit kein Vollmond, es war das wunderbare Finstere eines fremden, geschichtsträchtigen Stadtwaldes, das sie immer wacher werden ließ. Er suchte ihre Augen, sie mit Fingerspitzen sein Gesicht.

Es war ein Totenwald, ein Wald inmitten von Kriegen, es waren die Bäume, die alles mitgehört, mitgesehen hatten.

Er führte Ursula zur Brücke des ersten Waldsees. Dort angelehnt, standen sie und warteten. Ihre Münder wärmten einander. Sobald sie sich an das schüttere Licht gewöhnt hatten, kerbte er mit seinem Schreibstift ihren Namen in die hölzerne Brückenbrüstung, ohne die Buchstaben lesen zu können.

Warum liebten sie sich? Dafür gab es keine Antwort. Sie fragten einander nichts, sie wollten, sie brauchten keine Auskunft. Sie verirrten sich, weil sie auf keine Hinweistafeln achteten, die sie in der Dunkelheit sowieso hätten suchen müssen. Vielleicht wollten sie sich verirren in dieser Nacht.

Jetzt, im Walddunkel zwischen wechselnden Alleen, sah Richard sich noch einmal, wie er sich vom Stuhl erhob und um den Tisch herum auf Ursula zuging und er sah sie aufstehen mit diesem Gesicht des jähen Einverständnisses. Er wußte, daß sie es war, und doch hätte sie eine andere sein können, eine Spanierin, eine auf Mallorca geborene Katalanin. Und wie Neuverliebte betasteten sie mit zarten Fingerkuppen das Gesicht des anderen, rochen sich gegenseitig, suchten den anderen Atem einzuatmen, sie stolperten, hielten sich immer wieder umklammert. Sie sprach meist Spanisch oder Italienisch zu ihm. Es fiel kein Mondstrahl durch das dichte Blätterdach der Buchen und Eichen. Ich bin verheiratet, hörte er sie sagen, mit einem Spanier.

Sie fanden aus dem Wald heraus, sie fanden auch ein Taxi. Und sie zögerte nicht, ihm in sein Hotelappartement zu folgen. In dieser Nacht sagten sie einander vieles, aber nicht alles. Er wollte auch nicht alles wissen, eigentlich wollte er in dieser Nacht gar nichts wissen, nichts reden außer in der Sprache ihrer Körper. Ihre Haut roch wie ein wolliges Nest, und ihre Brüste waren kraftvoll und wie Blumen in den Gärten von Semiramis. Später lag er stumm neben ihr und hörte ihr zu, in den langen Pausen horchte er auf ihren Atem und ihr stilles Weinen.

Sie hatte in München Publizistik studiert und Spanisch im Nebenfach, ihr Spanier war einer der Gastdozenten gewesen; irgendwann, während eines Proseminars oder eines Kolloquiums, hatten sie Kontakt aufgenommen, mit den Augen, sagte sie, bis er sie auf einem langen trostlosen Korridor der Universität angesprochen, ihr den Weg verstellt hatte. Und für sie war es wie der Blick des Hypnotiseurs gewesen, der sie bannte.

Richard wußte, daß die Platanenblätter sich vor seinem Schlafzimmerfenster gelb verfärbten, er hatte das Gelb im Kopf, es leuchtete hell, aber jetzt war das Fensterglas ein dunkles, langgezogenes Viereck. Als er erwachte, war dieses Fenster hell und die Bettseite, wo Ursula lag, war leer, die Platanenblätter strahlten in zitronenhellem Gelb.

Es war ein guter Tag für ein Erwachen. Er strich mit einer Hand über das Kissen und auch über das, auf dem sie gelegen hatte, er fand ein langes welliges Haar und dann noch zwei, drei auf dem Linnen.

Unter der Dusche ließ er das Wasser fast unerträglich heiß über Kopf und Rücken laufen. Und während er sich rasierte, blickte er über dem weißen Schaum auf seine Wangen und sah seine Augen wie weltverliebt. Bevor er eine Tasse Kaffee trank, lief er zur Henriette-Brücke, wo er wußte, daß eine Blumenverkäuferin am frühen Vormittag ihre Sträuße in Wasserkaraffen feilbot. Er kaufte für hundert Mark etwa vierzig oder fünfzig hochstengelige dunkelrote Rosen. Und dieses Blumenbündel trug er in Ines' Hotel am Storkwinkel, ging damit an der wie üblich leeren Rezeption vorbei und deponierte das geballte Blütenrot auf dem Abstreifer vor der Appartementtür, hinter der er Ursula als schlafenden Gast vermutete. Ursula hatte geraucht, erst jetzt wußte er es wieder, vier Zigarettenstummel vertrockneten in einem Aschenbecher vor seinem Platanenfenster. Dort sollten sie bleiben, schwor er sich. Ines dankte ihm überschwenglich für die Rosen, als wären diese für sie, sie küßte ihm das Gesicht naß. Aber Miguela war abgereist. Hat sie dir nicht gesagt, daß sie einen Morgenflug hatte nach Barcelona? Davon hatte sie ihm nichts gesagt, und es war kaum möglich, daß er es überhört hätte.

Obwohl sie nicht da war, jubilierte alles in ihm. In ihrer Abwesenheit fühlte er sie zum Greifen nahe, und hörte jedes von ihr in der Nacht gesprochene Wort immer wieder, er tastete alles von ihr Gesagte gleichsam mit Hirn und Zunge ab, verkostete den Geschmack, den Geruch, den Klang des Wortes. Er war tatsächlich froh, daß sie jetzt über den Wolken von ihm wegflog. Nur so konnte die Nacht ihm noch einmal zur Gegenwart werden, jeder Schatten war ein sichtbar werdender Glücksträger, jeder Baum, ein für immer verschworener Komplize. Er lachte stumm vor sich hin, schrie stumm, aber es dröhnte in ihm: Komm, komm zurück. Er war ein Verrückter, obwohl er nichts weiter anrichtete, als den Teppich und die Bettvorleger mit seinen Hausschuhen in Wellen zu legen, er stolperte, bückte sich, zog sie gerade.

Er sah auf seine Kaffeetasse hinunter, als ob das Porzellan ihm jetzt das Wichtigste seiner Existenz wäre. Als hätte sich Ursula zwischen Tasse und Untertasse versteckt. Er hörte ihr leises Lachen im Scheppern zwischen Tasse und Untertasse, als er die Schale abstellte.

Richard mußte zu einer dringlichen Pressekonferenz, Ungarn hatte seine Grenze zu Österreich für DDR-Flüchtlinge aufgetan. Während er in Hemd und Hose schlüpfte, ließ er den ersten Satz der „Eroica“ mit großer Lautstärke zwischen Zimmer und Bad aufbrausen. Als er die Zahnbürste weggesteckt hatte, hörte er, fast zufällig, das Telefon läuten. Es war ihre brüchige, kehlige Stimme. Ursula rief ihn vom Flughafen Nürnberg an, sie hatte keinen Direktflug Berlin – Barcelona bekommen und saß nun nach der Zwischenlandung in einer ziemlich trostlosen Glashalle. Aber für sie war es, flüsterte sie, noch immer so, als ob sie das Nachtwasser im Grunewald sähe. Sie wollte, sie wünschte sich, daß er noch in dieser Woche nach Barcelona käme: Sonst komme ich, sagte sie, nach Berlin oder wo immer du bist.

Am Abend hörte er in Gedanken das Hupen und das Rauschen der Stimmen. Er hörte die Geräusche der Stadt, in der sie lebte, und teilte sie mit ihr. Zwischendurch hörte er das Bellen eines Hundes. Vor allem aber hörte er das abendliche Gedröhne der Ramblas von Barcelona aus der Telefonmuschel, und es war der Rhythmus seiner Herzmuskeln. Und Ursula sagte ihm, daß sie mit ihm leben wolle. Ja, sagte er, das will ich auch. Und wo war da der Wald und das mit den Händen wieder aufgebaute uralte Haus? Und die im Herbst gelb werdenden, sich einrollenden Gräser?

Er sah das Aufwachen der Söhne deutlich vor seinen Augen und dann, wie sie über die steile Stiege hinuntertaumelten und für kaum zehn Minuten am Stubentisch saßen, hinter dem Fensterglas noch beinahe Nacht, und sie löffelten appetitlos ihr Müsli, das Selma ihnen jeden Morgen hinstellte, die Getreidekörner von ihr selbst gemahlen. Obwohl er wußte, wie knapp ihre Zeit war, um den Schulbus zu erreichen, rief er sie doch auch diesen Morgen an, ja, Daddy, ja, sagten sie, und er roch ihre Schlafwärme in Berlin.

Schweißgebadet träumte er von seinem Vater, von dem er früher nie geträumt hatte, und dieser Vater war jünger als er und liebte niemanden als die Meerschweinchen in einer Kiste in der Küche und die Vögel in den Drahtkäfigen an der Wand und seine Kinder, die er, der Träumende, nicht sah, aber er sah, daß der wilde Vaterblick auf ihn gerichtet war, auf ihn, der in einem Bett schlief, das weit entfernt war von dem Ort, wo der Vater zuletzt geatmet hatte. Eine Daueraufgeregtheit hatte Richard erfaßt. Er fuhr zwischen einer Konferenz und der anderen am liebsten im Obergeschoß eines Busses Richtung Grunewald durch die Stadt. Aber die Frösche quakten schon lange nicht mehr.

Irgendwann, er strich immer wieder über den Stoff des Tischtuches, bemühte sich, mit den Fingerballen unendlich langsam darüberzustreifen, irgendwann mußte er doch eindringen können in den Sinn der Dinge.

Es war der Beginn von bisher ungekannten Nächten, diese Stunden zwischen zwei und fünf Uhr morgens, in denen er auf dem Rücken lag und sein Körper ein einziges Begehren war, er hätte es auch Sehnsucht nennen können (oder Atemräuberin). Ein volleres Lebensgefühl hatte ihn nie durchpulst. Er stand an einer Straßenkreuzung und bebte, er vergaß, auf Grün und Rot zu achten, wurde aufgeschreckt von kreischenden Frauenstimmen: Mann, röter geht's mal nisch. Er hätte auch diese dicken alten Frauen umarmen mögen. Und nicht viel anders fühlte er sich, wenn er mit Ines war; wann immer er Zeit hatte, rief er sie an, einfach so, weil sie Spanisch sprach, weil sie alle Gerüche und Geräusche mit sich tragen mußte, die denen ähnelten, in denen Ursula sich jetzt bewegte. Richard traf sich meist zu einem Drink mit Ines, einmal sogar zum Frühstück in ihrem Appartement. Aber ihr Du blieb freundschaftlich, fast kumpelhaft. Er gierte danach, sie nach Ursula auszufragen. Doch sie wollte lieber über Literatur und ihr Schreiben reden, über das Magische, das Mysteriöse, ja auch Laszive des menschlichen Lebens.

Immerhin erfuhr Richard nach und nach, daß Miguela mit einem aufstrebenden Kulturjournalisten lebte, der einen skandalträchtigen Kurzroman über einen Transsexuellen veröffentlicht hatte, ein Kultbuch unter Kennern. Romero gelte als einer der schönsten Männer in Barcelonas Nächten. Doch Ines war an diesem Gesprächsstoff nicht interessiert, und Richard wollte nicht nachfragen und sich blamieren.

Er traf sich mit ihr am liebsten im Café Hegel. Sie sprachen nie wirklich über Politik, nur nebenbei über das, was hinter dem Eisernen Vorhang zusammenkrachte und das neue Phänomen der Montagsgebete auf der Ostseite der Mauer. Die Redewendungen von Ines kamen der Diplomatensprache sehr nahe, waren vieldeutig, wenn er sie auf Miguela ansprach. Vielleicht waren ihre Sätze so allgemein gehalten, damit sie nichts verrieten, Richard jedoch hörte auch aus der scheinbar neutralsten Auskunft die ganze neue Welt Ursulas heraus. In gewissen Clubs von Barcelona, vor allem in Treffs von Literaten und Künstlern, habe sie eine Art Bekanntheit als „die Deutsche" erreicht. Ausgerechnet sie, mit ihrem Kastanienhaar und den Kohleaugen?, lachte er auf. Ines schaute ihn mit Glubschaugen an. Sie sah Richard wohl als eine Art Höhlenmenschen, der vom Berg heruntergestiegen war.

Zuletzt landeten sie in der „Dicken Wirtin" nahe am Savignyplatz und setzten sich in dem überfüllten Lokal an einen Dreiertisch, an dem schon eine aufgeblondete Mittvierzigerin mit einem Eisbein beschäftigt war. Für Ines und sich bestellte Richard gebratene Blutwurst mit Sauerkraut und Röstkartoffeln. Noch bevor ihre Teller auf den Tisch gestellt wurden, waren die Blonde und Ines schon heiße Freundinnen: Zuerst saß Ines der Eisbeinfrau gegenüber, dann tauschte sie mit Richard den Stuhl, der an der schmalen Tischseite zwischen ihr und der Blonden stand. Kaum aber hatten sie die Blutwurst verzehrt, verließ Ines ihren Stuhl, um ihrer Nachbarin, die sie inzwischen Helga nannte, etwas ins Ohr zu flüstern. Und so blieb sie dann auch sitzen, Schenkel an Schenkel mit Helga, die ihr Eisbein bis zum letzten Fettrest abgelutscht hatte, sie beide, jetzt als sein Gegenüber, und um sie herum die an der Theke trinkenden und rauchenden Gäste. Richard war jetzt mehr oder weniger mit seinem Glas allein. Natürlich hätte er aufstehen und gehen können, aber wozu und wohin? Zu Fuß bis Barcelona? Nein, Ines' Nähe war wenigstens ein bißchen auch Miguelas Nähe.

Ihm war bewußt, daß er zu verblöden begann. Nur hatte er dagegen nichts einzuwenden, und so trank er weiter und wollte erst etwas unternehmen, wenn Ursula vor ihm stand und ihn an den Schultern rüttelte. Vorher wollte er keiner Vernunft die Tür auftun, er trank und sah eher uninteressiert, wie sich die zwei Frauen an den Händen faßten. Immerhin hatte er mitbekommen, daß die Blonde eine Waldkneipe mit Namen „Mauerblümchen“ an einer Schneise zum Grunewald betrieb; so ungefähr bekam er den Fortgang dieses Abends mit und war auch träge damit einverstanden, als die beiden Frauen ihn ermunterten mitzukommen zum „Mauerblümchen“ im Grunewald. Richard hielt ein Taxi an und setzte sich vorne zum Fahrer, wortlos und wie weggeträumt. Er hörte nichts davon, was die zwei Frauen auf dem Rücksitz sprachen oder ob sie überhaupt sprachen. Aber er fühlte sich vertraut mit dem Dunkel, das die Scheinwerfer des Autos durchschnitten, seit sie abgebogen waren vom Lichterbrausen der Stadt und er mehr und mehr die Annäherung am Baumbestand wahrnahm.

Eine Schwarzwaldhütte, dachte er, eine überdimensionale, in die Breite gedrückte Schwarzwälderuhr mit Männchen und Weibchen. Als das Taxi wegfuhr und keine Scheinwerfer mehr strahlten, standen sie drei eine Weile in einem jähen Dunkel, das der nahe Wald noch verstärkte und ein Sichelmond kaum zu erhellen vermochte. Die Frauen kicherten und schienen die lichtlose Lage in diesem surreal anmutenden Augenblick bewußt zu genießen.

Richard ertastete einen Baum, an den er sich lehnen konnte; aus dieser Entfernung, die nicht groß war, sah er die zwei taumelnden Umrisse der Frauen sich umarmen und in einem torkelnden Umschlingungstanz sich zeitlupenhaft bewegen. Irgendwann hatte er genug von diesem Schauspiel und wankte auf die Waldschenke zu, klopfte an eine Holzwand, dann an ein Fenster und schlußendlich, als seine Augen sich an die Dunkelheit gewöhnt hatten, versuchte er mit seinem Appartementschlüssel die Eingangstür zu öffnen. Das gefiel dem „Mauerblümchen" offensichtlich, denn sie kam ihm zu Hilfe, schubste ihn zur Seite und steckte ihren Schlüssel ins Schloß, aber bevor sie den umdrehte, wandte sie sich noch zu ihm um und umhalste ihn, küßte ihn mit Lippe und Zunge und dem Zeigefinger, den sie ihm in den Mund steckte. Schließlich schob Ines ihre Dauerwellenfrisur zwischen ihre Köpfe, sodaß die Kneipentür sich öffnete.

Mit einem Schalterdruck wurde die Imbißschenke zu einem einzigen Glühbirnengehäuse, allerdings erotisch gedämpft von rosig karierten Stoffschirmchen über den altmetallenen Lampentellern. „Heute geschlossen!" stand auf einer Tafel, die nach außen gekehrt an einem Fenster hing, aber später sah er diese Tafel über den nackten Brüsten von Ines. Die blonde Helga tanzte splitternackt mit Ines und zwischen ihnen wippte an einem Band diese Tafel: Heute geschlossen! Richard war der Barkeeper, so wollte es Helga, das ist ein Befehl, hatte sie gedroht, und er leistete keinen Widerstand, mixte Cocktails, Eierlikör mit Bier und Whisky, italienischen Stravecchio mit Campari und Pfefferminzlikör; er ließ sich von Ines ohne Gegenwehr die Hose ausziehen, die sie offenbar dringend brauchte, um sie ihrer Helga, die ohne Höschen auf dem Boden vor der Theke lag, mühsam über die Füße zu ziehen und weiter bis zu den Knien hinauf. Er war von seiner Barkeeperarbeit eigentlich überfordert, und irgendwie mußte er, eingeschläfert vom Geseufze der Frauen oder eher betäubt von seinen immer selbst vorgekosteten Mixproben, zusammengesackt sein. Jedenfalls lag er auf dem hölzernen Gitterboden hinter der Theke, als ihn Ines weckte, zwickend und an den Haaren zupfend. Es war Morgen, aber ein erst grauender oder ein bis zur nächsten Nacht grau bleibender Morgen. Heute hatte die Schenke nicht geschlossen, Helga wischte den Boden, grinste ihn schief an, schien auch von Ines nicht mehr hellauf begeistert zu sein. Was ihm stückchenweise einfiel, war zuerst, daß heute Tommys Geburtstag war, und daß er selbst zu einer Konferenz des Neuen Forums mußte.

Es dauerte eine Weile, bis ein Taxi die Waldschenke gefunden hatte. Er saß mit Ines im Fond des Autos, und sie meinte, ihn trösten zu müssen, gar erlösen von den Erinnerungen dieser Nacht. Sie zog, sie drückte seinen Kopf an ihren Busen. Und als ob ihn das vom Alptraum der Selbsterniedrigung hätte befreien können, erzählte sie ihm von ähnlichen Nächten, die sie mit Miguela durchlebt hatte. Seine Ursula sei, ohne ihre Schuld, naiv wie sie gewesen sei, sogar in einem künstlerischen Pornofilm aufgetreten. Nein, dagegen protestierte er trotz schrecklich schmerzendem Kopf, nein, da verwechselst du sie, so was interessiert sie nie und nimmer. Ines lachte rauh vor sich hin: Du bist nicht weniger naiv als sie. Sie hat einen einzigartigen ruppigen Charme, etwas Eigenes, sie ist „die Deutsche“, und mit ihren Brüsten wird sie mir einmal Konkurrenz machen, haha.

Ines wollte ihn noch auf ein Frühstück, wie sie es nannte, in ihr Appartement einladen. Aber er dankte ihr, strich ihr über das Gesicht, wortlos, nur so, dankte ihrer lebenshungrigen Haut, ihren Brüsten, die sich noch immer zum Himmel strecken wollten, ihrer dunklen Stimme, die ihm als die adäquatestete Tonlage zu schlaflosen Nächten gefiel.

Es war gerade noch früh genug, daß er von seinem Hoteltelefon Selma, vor allem aber Tom erreichen konnte. Er versuchte, eine glückliche Stimme zu haben, als er seine Geburtstagswünsche durch das Telefon flötete. Aber Tommy war nicht duldsam, du, sagte er, du lebst nicht mit uns, du bist zu weit weg. Richard wollte Selma nur grüßen, nicht mit ihr reden, er fühlte sich dreckig und schmarotzerisch, ohne eine Berechtigung, etwas zu sagen oder gar zu lügen. Friß deine Trauer, sagte er sich, oder laß dich von ihr fressen. Was anderes ist deine Zukunft?

Im Parterre lag ein Brief für ihn im Postfach – der erste von Miguela: Mein Herz ist voll und doch wieder leer, ich oder du könnten einen Plastiksack darunter halten und der würde sich schnell füllen mit allem, was aus meinem Herzen fließt. Wer bist du, wie konnte mir oder uns das geschehen, du warst doch ein anderer und was bist du jetzt? Ich bin noch unterwegs mit dir zwischen den Nachtträumen. Warum liebe ich Dich? Es ist wie eine Auferstehung oder eine Heimkehr. Ich kann es nicht begreifen. Aber es ist schrecklich echt, was ich fühle, ich möchte bei Dir sein, Du bist so weit weg, bitte, komm.

Er hätte sich gerne gedehnt, um die Arme und die Finger bis zu den nächsten gelben Blättern der Platane vor seinem Schlafzimmerfenster strecken und das leuchtende Zitronengelb betasten, anfassen zu können. Alles war unmöglich. Er erkundigte sich nach den Flugzeiten: Barcelona.

Es war wie das Gehen durch den Wald, so ging er auf ihr Gesicht zu, ohne Säge oder Schnitzmesser, es war die Stille, auf die er zuging, die dieses Gesicht ausatmete, eine lächelnde Stille, die ihn einhüllte bei Sonnenschein, aber auch wenn die Kälte schräg durch die Bäume fiel.

In einer Kneipe in Kreuzberg sah er das bleiche Gesicht wieder, Leonardos ruhiges Faltenlächeln. Ihn belebte offensichtlich das quirlige Zusammenwirken in der Szene, das linke Radikalenchaos eines Bohemienviertels in der Symbiose mit der nachwachsenden Generation türkischer Einwandererclans. Siamo giá ricchi, ma meritiamo di diventare ancora piú ricchi. Das war sein aktueller Spruch, heruntergelächelt, als wiederholte er eine Sure aus dem Koran. Aber Leonardo war kein Gläubiger, er war, wenn schon, ein Gläubiger des Widerspruchs. Essere piú ricchi – hieß für ihn leben, um zu leben und nicht sich um diese kurze Existenzzeit betrügen zu lassen durch körperliche Ausbeutung, durch ideologische Täuschung, durch Freiheitsentzug. Seine Hände lagen oft mit den Fingerspitzen auf der Tischkante. Er war kein Gewalttäter, er rauchte nicht, trank mäßig sein Glas Rotwein, aber seine Augen waren Hirten, es entging ihm, so schien es, keine Veränderung im Raum. Dabei kam kaum jemals Unruhe in seine Wangenmuskeln, er lächelte, wenn ihm ein Blick begegnete, aber er versank nie in ein finsteres, verschlossenes oder gar frustriertes Maskengesicht. Er lebte als eine friedliche Kalaschnikow und war entsprechend freundlich gepflegt von der Milde duldsamer Frauenaugen.

Für Richard war es der Beginn der immer kürzeren, weil aggressiveren Telefongespräche mit Selma, wobei er sich bewußt war, daß die Wand, vor der er mit dem Hörer auf und abmarschierte, weiß gestrichen war. Wie und warum wurde man zum Konstrukteur einer Hölle? Eigentlich war alles leicht zu erklären. Es war nicht so, daß er die Hölle wollte und Selma nicht wußte, warum sie plötzlich den Schneefall vor den Fenstern, der noch immer weißflockig war, nur mehr rotzungig sehen konnte.

Richard wachte um zwei Uhr morgens auf und erkannte in dieser Minute die Ausweglosigkeit seines Erwachens zu einem erlaubten Leben. Es schien alles so einfach, von der Straße herauf dudelte der Abgesang des Stadtverkehrs gedämpft durch die Fensterscheiben, er ging ins Bad, ließ Wasser rinnen, schlug Harn ab, trank aus dem Becher einen Schluck Wasser. Was hatte das alles damit zu tun, daß er Ursula liebte?

Vor ihm war eine kiesige, schotterige Straße, er hatte nichts anderes zu tun, als darauf Schritt für Schritt zu gehen. Er wußte, daß dies der unabsehbare Weg war zu einer Freude, die er jetzt leben wollte.

2. Chamäleon

Ein weißer Riesenmond hing am Berliner Himmel, und Richard hatte Miguelas schwankende Telefonstimme im Ohr: ein zerrinnender Mond über Barcelona. Er fühlte sich glückzermürbt, als müßte Blut aus seinem Mund sprudeln. Weiß ich, sagte er sich und schritt sein Appartement ab, der Wand entlang oder rund um das Bett bis ins Bad und zurück, weiß ich, wohin ich gehe? Wie ein Mondsüchtiger. Wie dann noch leben mit Weisheit und Kamillentee? Du bist mein Leben, hatte sie gesagt, ich werde dich nie mehr verlassen. Das Telefon schrillte um fünf Uhr früh. Nur ein paar Stunden später war Richard am Flughafen Tegel, er bekam bei British Airways noch einen Platz für den Flug um 9:45. Er hatte sich entschlossen, er mußte seine Kinder sehen, er war krank. Ein gesunder

Kranker mit athletischen Schritten und Schweißausbrüchen. Der Rand war brüchig, auf dem er hin und her wippte. Nein, er wehrte sich gegen die Selbstaufgabe. In München nahm er den Zug. Natürlich holte ihn niemand ab, niemand wußte, daß er unterwegs war zu dem Haus am Berg.

Aber Chicco, der Hund, sprang über den Zaun und kläffte das Taxi an und umtanzte ihn, kaum daß er mit der Koffertasche unter dem Haus stand. Es war Nachmittag, und Selma kam mit einem nebelgrauen Lächeln auf ihn zu, und keiner der Buben hatte es eilig, sie tauchten zögerlich auf am Ende der Steinstiege. War das noch sein Haus? Aber ja, und auch ein Fremder mußte höflich empfangen werden. Rik streckte ihm fast wie ein Erwachsener die Hand entgegen, und Tom drehte sich halb nach links und halb nach rechts, bevor er sich von ihm auf eine Backe küssen ließ. Richard hatte Selma nicht an sich gedrückt, aber seine Hände an ihre Wangen gelegt und sie flüchtig auf den Mund geküßt. Er stellte sich in Sekundeneile Fragen, die rein rhetorischer Natur waren, denn er konnte sie selbst beantworten: Warum hatte sich die Welt so jäh oder das Gefühl für diese Welt verändert? Noch vor ein paar Wochen hatten sie den Grillen und Zikaden in Armenistis auf der abendlichen Terrasse zugehört und sich im morgendlichen Meer getummelt. Jetzt nahmen sie ihn als verwilderten Fremden auf, verstießen ihn nicht, sie versöhnten sich sogar mit seinen Stadtgerüchen, ließen sich auch diese neue, ihnen ungewohnte laute Herzlichkeit gefallen. Richard ging ja wie ein Ballettänzer, quasi auf den Zehenspitzen, in diesem holz- und steinbewehrten Haus herum und stolperte, mußte jeden Schritt die Stiegen hinauf und hinunter bedenken.

Jetzt begann sein Chamäleondasein, diese Fähigkeit, fremd zu sein, gleichzeitig jedoch die Farbe des jeweiligen Daheims anzunehmen. Mit dem ersten Schritt über den Kies unter dem winterkalten Kirschbaum war er nirgendwo anders als hier, mit dem ersten Tritt auf dem von ihm noch ausgestreuten, großkörnigen Kies war er zu Hause und gleichzeitig der König von Nichtsundwiedernichts. Chicco roch nur den König und winselte ihn an, anders die Buben, die sein Fremdsein beschnupperten. Es war ein Samstag und der erste Tag der Herbstferien, fünf Tage, die er mit ihnen verbringen wollte. Schon allein das gemeinsame Hintereinandergehen die Stiegen hinauf und hinunter machte sie wieder zu Freunden und dann erst recht das gemeinsame Holzholen für das Feuern der Öfen. Sie wurden seltsame Kumpel. Er spürte, daß Rik um ihn herumschlakste und Tommy sich an ihn lehnen wollte. Aber er war einfach traurig und gleichzeitig froh, ja glücklich, wenn er die Stimmen hörte, machte Feuer am offenen Kamin, es rauchte, aber die Flammen wurden schnell hellgelb. Er wollte, daß die Buben zusammenrückten vor dem Feuer und er rief Selma, daß auch sie mit dem Schlitzen der Kastanien beginne.

Selma kam mit einem Tablett, bestückt mit italienischen und französischen Käsesorten, und murmelte, den Speck mußt schon du aufschneiden. Er schichtete ein paar Scheite senkrecht zur hinteren Kaminwand, und es war wie ein Immerdagewesensein, als er in das heiße Lodern der Flammen schaute. Einerseits fühlte er sich angekommen und ruckelte die Pfanne mit den Kastanien über dem Feuergitter, anderseits schaute er den Buben zu, als wären sie verkleinerte Grenzpolizisten in ihrer Freizeit, die im Grunde danach lechzten, ihn endlich nach seinem Paß fragen zu können und wohin die Reise gehe. Wenn er ein Scheit über die glosende Glut legte und das Aufkeimen, das Fressen der Flammen am Holz beobachtete und dann in die Gesichter seiner Söhne und das von Selma blickte, lechzte sein ganzes Innere nach einer Atempause, nach einem Aufschub. Vor dem Glas der großen und kleinen Fenster war stockdunkle Nacht. Magst du Gorgonzola aufs Brot? Chicco, mach Platz! Da, eine halbaufgeplatzte Kastanie – wer will kosten? Chicco legte ihm die Vorderpfoten auf die Brust.

In der Nacht keuchte ihn Selma an: Du bist ein ekeliger Lustreisender. Sie schlug ihm sogar die flache Hand über den Mund.

Ich weiß, sagte Selma, zwei Tage später am Bahnsteig, du – und er hörte dieses Du wie das Motorengeräusch des Autos, mit dem sie ihn zum Bahnhof gefahren hatte – du kommst nicht mehr zurück. Diese Zugstation zwischen engem Tal und weiter Welt hatte ihn immer bedrückt. Während Richard wartete, stand er vor Selma, nicht weit von ihrem Gesicht, und sagte: Es ist nichts fertig. Und er sagte es noch einmal: Nichts ist fertig. In dieser Talenge war es beklemmender und immer kälter als woanders, aber heute schnitt auch noch ein Nordwind den Atem in zwei, drei Rauchfahnen. Mehrmals wiederholte er wie ein mahnender Ochs ein italienisches Beruhigungswort, immer wieder sagte er calma, ohne die Kraft zu haben zu lügen und ihre Wangen zu streicheln, er sagte statt: Beruhig dich!, oder: Es ist ja nichts ausgemacht!, wiederkauend: calma, und redete irgend etwas von Hoffnung und Geduld. Dann, als der Zug im Anrollen war, sagte sie: Wenn mir was geschieht, bitte, die Buben nicht in ein Heim. Er bückte sich nach seiner Koffertasche, spuckte Kreide aus und sagte: Ich werde immer für sie da sein, genauso wie für dich. Selma schaute auf die grauen Pflastersteine, dann riß sie seinen Kopf an ihren Mund und küßte ihn. Verzeih mir, wenn du kannst, sagte er. Sie biß in seine Lippen. Ich möchte dir nur eines wünschen, dachte er, von irgendeiner Schicksalsmacht, zu ihr sagte er, ich möchte nicht, daß du leidest, sondern lebst. Sie küßten sich, sie ging, der Zug rollte an, dann fand er ein Fenster, das er herunterdrücken konnte, und rief mit halber Stimme: Ich liebe dich. Er streckte den Kopf hinaus, aber zweifelte, daß sie seine Worte noch gehört hatte. Als er das Fenster schloß, wußte er, daß er in einen blauen Himmel geschaut hatte.

Er hatte sie ans Kreuz genagelt, irgendwo an einem jenseitigen Ufer des Sees Genezareth, sie, die Schuldlose. Und er, der Grausame, mußte sie aus Dankbarkeit ans

Kreuz schlagen, denn sie hatte ihm geholfen, weiter zu gehen und sich nicht umzudrehen.

In einer der plastikverzierten Selbstbedienungsbars am Münchner Flughafen aß er ein Paar Weißwürste, trank ein großes Weizenbier, danach ein Gläschen Asbach Uralt, später einen Ballentine's. Er zeigte seinen Paß, ließ sich von einem Polizisten nach Waffen und Sprengstoff abklopfen. Da hörte er aus den Lautsprechern seinen Namen rufen. Ja, er war betrunken, aber die Lautsprecherstimme war unmißverständlich korrekt, was die Aussprache seines Namens betraf, er mußte zurück durch die Kontrollschleuse und zum nächsten Infostand. Ein blond lächelndes Mädchen reichte ihm den Hörer, und da weinte ihm tatsächlich Selmas Stimme ins Ohr: Mir geht's nicht gut. Ihm fiel nichts Besseres ein, als zu fragen: Wo tut's dir weh? Sie sagte: Bauch, aber eher Seele. Er bestand darauf, daß sie ihm Rik ans Telefon rief. Ihm schärfte er ein, den Hausarzt zu verständigen und kommen zu lassen. Aber Rikki sagte: Sie ist nur traurig. Richard war zu betrunken, um seine Verwandlungsfähigkeit zu bemerken, vielleicht wollte er sie gar nicht wahrnehmen, wahrscheinlich hatte er deshalb zwei, drei Gläser zu viel getrunken.

Im Flugzeug an einem Fenster vor den Flügeln sitzend schäumte er über wie eine geschüttelte Sektflasche von Schwermut und Liebe zugleich, er fühlte so heftige Zuneigung zu Selma und gleichzeitig für seine Söhne, daß ihm die Brust eng wurde, parallel dazu schnürte ihm das Verlangen nach Ursula die Kehle zu. Er hätte auch Wolkenbänke gerne zerhackt, er war ein freigelassener Raubvogel, er spannte die Flügel und stieß dabei an seinem säuerlich riechenden Flugnachbarn an, entschuldigte sich, aber der war keineswegs übersensibel, er bestellte wie Richard Prosecco und eine Dose Bier. Doch auf eine Konversation ließen sie sich trotzdem nicht ein; den Quasi-Sekt tranken sie aus dem Plastikbecher ohne Anstoßen, das Bier, na ja, sie stießen die dumpfklingenden vollen Dosen aneinander, dann spannte Richard die Süddeutsche auseinander und stellte sich lesend, ließ aber bald die Zeitung über die Knie sinken und mimte den Schlafenden. Tatsächlich schwebte er in einem Absinth von Träumerei, die sich in Halluzination steigerte. Er sah Ursulas Rücken, der sich zum untersten Stellagenrand seiner Bücherwand hinunterbeugte und auf ihr Gesäß, als sie in die Hocke ging. Aber weit mehr als Bildvorstellungen betäubten ihn die Erinnerungen an die Klangschwankungen ihrer Stimme. Ein Boot, das auf und ab schaukelte, am Meeresufer. Jetzt war er entschlossen, bei der nächsten Möglichkeit zu ihr zu fliegen nach Barcelona. Da waren keine selbsterrichteten Mauern am Berg, die ihn daran hindern hätten können, kein Hundegebell und keine Pfoten auf seiner Schulter, sogar das tränenweiche Gesicht von Selma machte ihn jetzt in acht- oder zehntausend Metern Höhe zu einem kalt Entschlossenen. Aber nein, das waren Hirngespinste, die er für die Wahrheit hielt, und er war stolz darauf, daß er endlich in der Wahrheit lebte, obwohl er wußte, daß er damit die Flügel breit machte mitten in Selmas Alleinsein.

Er döste mit den Fluggeräuschen der British Airways, sah, als er den Kopf noch einmal hob, die dünn verstreuten Lichter unten, wohl Häuser, in denen Menschen den Schalter gedrückt hatten. Er wußte, daß er zu einem Schmerzverursacher geworden war. Und doch fühlte er sich leicht, als die Maschine zur Landung in Tegel ansetzte, hinunter in die Wahrheit des täglichen Lebens. Mein Glück ist ein trauriger Zufall, sagte er sich, oder etwas, das einen froh macht und traurig zur gleichen Zeit. Kaum hatte er sein Appartement betreten und ein Fenster geöffnet, läutete das Telefon, und er hörte Miguelas Stimme: Ich lebe, weil ich an dich denke.

Das Leben war ein wühlendes Messer, und er spürte es in der Brust und bis zur Kehle, wie es sich drehte. Noch im Morgengrauen lief Richard über den Rathenauplatz zum Halensee und weiter zum Grunewald. Wasserrauch stieg aus dem Uferschilf des Königssees. Er lief nicht mehr, er trottete vor sich hin, in ihm kreisten Selmas Worte: Ich weiß, du kommst nicht mehr zurück. Er blieb stehen, nahm allmählich die Wildenten wahr, die im Morgennebel, der über dem Schilf hing, Konturen bekamen und sich langsam bewegten.

Richard stand am Schilfufer, er kam nicht weiter, er war erstarrt in dem Bewußtsein der Ausweglosigkeit. Als er Ursulas Stimme mit ihrem Auf- und Abklingen nachgelauscht hatte, war die Appartementwand so weiß, daß er sie hätte küssen mögen, Knoten hatten sich gelöst. Aber er war nicht erlöst. Eine dunkle Trauerkappe hatte sich über seinen Blick gesenkt. Er konnte den kleinen See nicht umrunden, kehrte um, versuchte im Laufen an nichts zu denken. Vielleicht, so hoffte er, konnte die Arbeit ihm helfen. In Dresden, hatte er im Flugzeug gelesen, waren über tausend Demonstranten festgenommen worden. Er mußte sich umsehen und berichten.

Bevor er sich aber darauf einließ – es war erst knapp nach sieben –, fuhr er mit dem Bus zum Ku'damm, kaufte einen Pack Zeitungen und nahm den nächsten Bus zurück zur Henriette-Brücke. Um diese Morgenzeit war das Einstein noch geschlossen, und es zog ihn nicht in irgendeine Bar. Während er das Pressematerial in seinem Appartement durchblätterte, fiel es ihm schwer, sich zu konzentrieren auf die Weltereignisse. Es ist eine Verdammnis, dachte er, daß ich mit so viel Glück nicht froh werden kann. Dann klingelte wieder das Telefon, es war nicht Ursula, sondern Selma, die ihn fragte, wie er sich fühle. Er flüchtete in keine Lüge, sagte ihr, daß er sich in eine vergitterte Situation verirrt habe, in eine Trauerfalle. Und Selma versuchte ihn mit fast mütterlichen Worten zu beruhigen, ja, sie versuchte ihn allen Ernstes zu trösten. Er stellte sich nach dem Ende des Gesprächs vor das große Fenster und bemerkte erst jetzt, daß ein wolkenlos blauer Oktobertag über Berlin heraufzog.

Er hätte diesen Himmel gerne mit dem Zeigefinger vollgezeichnet: mit Gedankenstrichen, Pausenzeichen und wellenförmigen Mäandern, die schließlich in Rundungen, in Kreisen endeten und ihre Augen, Ursulas Miguelas Augen, als Nachtsommeraugen hätten strahlen lassen und ihren Mund, dieses entwaffnende Lächeln, das sein Geheimnis nicht freigab. Er hörte mit einiger Zeitverzögerung das erneute Schrillen des Telefons. Noch einmal war Selma an seinem Ohr, diesmal in tieftrauriger Tonlage, sie hatte eine Nacht der Panik hinter sich. Warum hast du davon vorher nichts gesagt? Er war höflich, aber kalt, während sie mitten im Satz stockte, kaum das nächste Wort zwischen Schluchzern zu formulieren fähig war vor lauter Unglücklichsein. Sie unterbrach ihr Gemurmel, hängte auf. In dieser Stunde rief er sie mehrmals an, versuchte mit allen möglichen Einsichten sie zu sich selbst zu bringen: Schau doch durch das Fenster, schau auf das Oktobergras, du lebst, ich werde nie dulden, daß dir ein Leid ... Er verlor sich in seinen Worten und erschrak vor ihnen. Wer, wenn nicht er, hatte ihr das Messer ins Herz gestoßen?

Manchmal hätte er völlig fremde Menschen umarmen wollen und weinen können. Über was oder warum?

Als Richard in der Warteschlange stand, um seine Identität zu dokumentieren vor den Vopos, dachte er nur an die letzten Telefonsätze aus Barcelona: Ich fahre jetzt zum Mittagessen an den Strand von Barceloneta und denke den ganzen Tag an dich. Er wollte zum Flughafen Schönefeld, sollte nach Dresden, aber die grauen Gesichter der Volkspolizei wollten seinen Presseausweis sehen, einer verschwand damit in die Wachstube. Und dann schickten sie ihn zurück, mit einem Lächeln. War das Spott oder Bedauern über vollzogenen Befehlsgehorsam?

Jetzt konnte er nicht, wie er gewollt hätte, weg von Berlin und den nächsten Flug nehmen nach Barcelona. Die Luft füllte sich mit Nachrichten, vibrierte von Brisanz, die Friedensgebete in der Leipziger Nikolaikirche und die an jedem Montag lauter und lauter werdenden Schweigemärsche.

Er träumte sehr oft von seiner verlassenen Frau, nie oder so gut wie nie von Ursula, er träumte banale Träume, in denen er meistens mit seinen Söhnen zu einem Bahnhof hastete. Oder zu einer Straßenbahn, ohne die richtige Liniennummer zu wissen oder im Bahnhof den richtigen Zug zu erreichen.

Am frühen Nachmittag stellte Richard sich vor den Spiegel und fand keine Spuren einer Abwesenheitskrankheit in seinem Gesicht. Endlich fielen Regentropfen gegen sein Zimmerfenster. Jemand klopfte an seine Tür, es war der polnische Maler Ryszard mit seiner kleinen Tochter. Er hatte den Appartementschlüssel verloren oder nur verlegt, also waren er und sein Töchterchen in dieser Nacht seine Gäste. Ryszard schwor, daß er mit roter Bete und Gelbrüben und natürlich auch Erdäpfeln die beste Suppe Polens kochen könnte. Diese Suppe schlürften und löffelten sie zu dritt, heiß und sättigend. Danach tranken sie Ryszards Gastgeschenk aus der Wodkaflasche. Das kleine Mädchen schlief auf der Couch, während er mit Ryszard Wodka trank und auf einen Anruf wartete. Letztendlich standen sie beide am breiten Glasfenster und freuten sich wie Kinder, weil draußen Flocken fielen, man sah das dichte Schneien im blaßgelben Schein der Straßenlampen. Eine dünne Fingerschicht Schnee sah er auf den Dächern der Nachbargebäude. Er wünschte sich mehr. Als ob der Schnee alles zudecken könnte.

Sie kannten einander nicht, jeder dachte an sein gewonnenes Leben oder an seine Wunden, auch an die noch nicht geschlossenen. Seine Wunden, dachte Richard, würden nie verheilen, seine Glückswunde auch nicht. Ihm ging es ja gut, er feierte das Leben mit allen Rissen, sie aber, Selma, saß in der gleichen Minute am Stubentisch oder ging Stufe für Stufe die Holzstiege hinauf ins Wohnzimmer der Bücher und hörte, wenn nicht die Stimme eines Buben, dann das Kläffen von Chicco. Doch er wußte auch, daß die Ramblas lebten, so fern von der sumpfigen Ebene Berlins und ebenso von alpinen Bergkämmen, sie, er und Ursula, musizierten in seinem Kopf ohne Orchester, bewegten sich zwischen den Füßen der Einheimischen wie Allerweltswanderer, ganz gleich, ob Marokkaner oder Italiener, der Asphalt zwischen den Bäumen blubberte nicht, und das Gelb der Kanarienvögel leuchtete trotz elektrischer Beleuchtung stärker als der Vollmond über ihren Drahtkäfigen. Aber er wußte nicht, mit wem Ursula über die Ramblas und von dort in die Nebengassen spazierte. Mit ihrem Mann? Sie erwähnte ihn nie, in ihren Telefongesprächen kam ihr Mann nie vor, und Richard fragte nicht nach. Ich danke dir für deine Heiterkeit, dafür, daß du so bist, so ruhig, sagte sie ihm in den Hörer. Doch schon am nächsten Morgen wunderte sie sich: Warum haßt du mich nicht?

Letzte Nacht spürte er im Traum den Druck einer Münze unter dem Hosenstoff und als er die vermeintliche Münze heraufgeholt hatte, war es eine flache gelbrosa Shell-Muschel, handtellergroß.

Die hingepusteten Schneezentimeter waren längst zerronnen und von einer Spätherbstsonne aufgetrocknet. Richard ging sich auf die Nerven. Er wollte zum nächsten Grenzbahnhof, er mußte ein paar Interviews haben für den Abend. Und gleichzeitig wünschte er sich das Zähneklappern von Ratten zu hören unter der Couch oder unter dem Mondschein, der ins Zimmer schimmerte.

Warum auch immer, er verstand nicht oder wollte nichts mehr verstehen, er ließ sich mit den bereits wartenden Kauffreudigen um neun Uhr früh ins Kadewe hineintrudeln, und schlenderte durch das Parterre und schnüffelte an Parfums, an italienischer und französischer Duftprominenz, ohne an einen Kauf zu denken. Aber er fuhr auch mit dem Lift, sah sich Lederjacken, schicke Ledermäntel in Schwarz und

Dunkelbraun an, betastete das Innenfutter, nicht nur das schmiegsame Außenleder. Auch in die Beleuchtungsabteilung machte er ein paar Schritte, betrachtete jedes Lampenmodell wie ein Jäger auf der Pirsch, am liebsten hätte er die Lampenränder mit den Fingerkuppen gestreichelt. Irgendwie suchte er hier Ursula. Er hielt sich am längsten in der obersten Etage auf, es war da noch früher, öder Vormittag, jeder der Beschäftigten hatte Zeit, sich die weißen Jacken glattzustreifen und den einen oder anderen Spaß mit einer Kollegin oder einem Kollegen auszutauschen.

Während Richard das Angebot an Meeresfrüchten, Lachs, Wolfsbarsch, Brasse und Aal bewunderte, dachte er sich an den herbstlichwinterlichen Sandstrand von Barceloneta, den Ursula ihm beschrieben hatte, mit kleinen Restauranttischen und Holzfüßen im Sand.

Ursula hatte die Natürlichkeit eines Mädchens bewahrt, auch wenn nur in Momenten, denn außerhalb dieser Augenblicke war sie eine Frau, eine Verführerin. Er sah ihren schlanken Körper vor sich, das kaltträumerische Gesicht mit ihrem Muttermal, ihren tänzerischen Schritt. Sie wollte zu ihm nach Berlin kommen, telefonierte sie, aber ihr Mann ..., und sie hatte ihre Deutschlektionen zu halten an der Universität. Er bekam Angst, daß alles aus sei, seine, ihre Gefühle erloschen, abgetötet vom Alltag. Er hörte sie nicht mehr, er war mit sich allein in einer Nebenstraße zum Bahnhof Zoo. Aber er fragte sich, ob er diese Leere in der Brust selbst herbeigeführt hatte, weil er dieses Elend der Leere brauchte, um frei zu werden. Gegen ein Uhr Nacht weckten ihn das Telefon und ihre zerbrochene Stimme: Ich verstecke mich in einem Koffer, du mußt mich abholen am Schalter für verlorengegangenes Gepäck.

Er war der Unruhe der Nachmittage verfallen, dem Dösen der Natter, dem Spiel der Versprechen, dem schweren Atmen hinter Vorhängen, er rebellierte gegen jede Form von Zeit.

Nie mehr hinter die Rinden der Fichten und Föhren am Berg ankommen können, dachte er gegen halb vier Uhr, ich werde nie wieder irgendwo daheim sein. Weil ich mir selbst entfremdet bin. Auf dem Blechgesims hörte er das Aufschlagen eines unnachgiebigen Regens. Ein unbeirrtes Getrappel. Daran war der Tag zu messen. Es regnete, es schneite nicht. Richard machte sich fertig, um auf die andere Seite der Mauer zu kommen. Warum wieder zum Checkpoint Charlie …? Es konnte heute auch die Glienicker Brücke sein. Die Welt hatte ihre Schönheit, er mußte sich darauf konzentrieren.

Warum sollte es ein Entkommen geben aus dem Hinterhalt? Diesen Hinterhalt hatte er mit einer Zuflucht verwechselt. Dort lagerte – die Schnauze zwischen den Vorderpfoten – sein Hund und wartete auf den Befehl zum Aufbruch.

Es war noch früher Morgen, vor der Umzäunung des Tiergartens standen vier Polizisten um eine Promenadenbank, sie unterhielten sich mit unbeschwerten Stimmen. Als er an ihnen vorbeikam, sah er den jungen Toten auf der Bank, gleich darauf legte einer der Polizisten eine Plastikplane über die Leiche. Im Ufergras am Landwehrkanal sah Richard wenig später eine tote Elster bäuchlings liegen, mit gespreizten Flügeln. Im Ohr Miguelas Worte: Ich wollte nicht mehr lieben. Wie ein wildes Tier habe ich mich gewehrt – aber jetzt kann ich nicht mehr, ich bin glücklich, ich weine im Taxi, ich ertrage deine Abwesenheit nicht.

Während ihm diese Worte durch den Kopf gingen, versuchte er vergeblich, ihr Gesicht zu formen vor seinen Augen, es gelang ihm nicht. Er sah nur ihre hellschimmernde Haut auf dem weißen Bettlaken und ihre geöffneten Schenkel. Und er roch ihre Seele.

Stumm, nur für sich, sagte er: Ich werde mit dir verfaulen. Und auch da hörte er noch ihre Antwort: Im zweiten Leben und im dritten werde ich dich auch noch lieben.

Er berichtete in seinem Sender von Honeckers Rücktritt. An der Kasse der Freien Volksbühne bekam er problemlos eine Karte für Thomas Bernhards „Ein Fest für Boris“. Richard wunderte sich, daß kaum ein Drittel der Sitzreihen besetzt waren. Noch in der Stille, bevor das erste Wort auf der Bühne fiel, hörte Richard die Stimmen aus dem Berghaus, und während des

Spiels spielten die Stimmen seiner Buben mit, aber am lautesten war Selmas Stummsein, sie sah vor sich hin und sagte kein Wort.

Als er wieder auf die Straße hinaustrat, fielen Schneeflocken auf sein Gesicht, er bekam Lust auf Schlendern. Noch kaum Schuhabdrücke auf den angeschneiten, bestrahlten Gehwegen. Er blieb immer wieder unter einer Straßenlampe stehen und reckte eine Hand ins Licht hinauf, zog sie dann möglichst nahe unter seinen Blick. Seine Hand war lebendig, runzelfrei und nur mit Narben der Schuld bedeckt, die unsichtbar geblieben waren.

Eine halbe Stunde nach Mitternacht schreckte ihn das Telefon aus dem Schlaf: Hast du nicht auf meinen Anruf gewartet, hörte er Miguela aus irgendeiner Telefonkabine, nicht einmal ein wenig? Ich bin mit einer Freundin unterwegs, sorg dich nicht, es wird eine lange Nacht, aber ich habe nur eines im Sinn: Ich komme Samstag zu dir, ja, ich habe das Flugticket bei mir. Mein Mann ist für zwei Wochen in New York, ich weiß nicht, wie es mit uns weitergehen wird, ich weiß nur, daß du immer anwesend bist, bei jedem Handgriff, den ich tue. Hörst du den Lärm der Avenida? Meine Freundin steht vor der Kabine, ich küsse dich auf deine Augengläser.

Richard hätte mehr als genug Zeit gehabt, mit dem Bus zum Flughafen zu fahren, aber an diesem Samstagmorgen war er ungeduldig und nahm ein Taxi, vielleicht wollte er auch keine Gespräche hören von Mitfahrern. Daß er dann fast eine Stunde zu früh in der

Flughalle war, störte ihn nicht, es half ihm, zu sich zu kommen. Ohne Neugier schritt er sämtliche Korridore ab, vorbei an allen möglichen Abflugzugängen, er genoß es, die in kurzen Abständen schallenden Ankündigungen zu hören von Flügen, Verspätungen und aufgerufenen Passagieren. Irgendwie wurde sein Sitzen und Herumflanieren etwas Irreales, er lief mehr oder weniger durch Schneckenrundungen an Fensterglas und Beton vorbei. Er trank den vierten Kaffee an diesem Morgen. Als der Flug aus Barcelona über die Lautsprecher angekündet wurde, sprang Richard nicht auf, aber er war aufgeregt, und während er am Ausgang des Gates stand, wo sie herauskommen mußte, spürte er eine Beklemmung, fast wie Angst.

Dann, als endlich der erste Passagier, eine Frau mit Köfferchen, auftauchte, war sie es nicht, und als andere mehr und mehr nachdrängelten, ohne daß ihr Gesicht aufschien, verlor er jedes Gefühl der Freude und der Erwartung. Warum er da vor einer Glaswand auf und nieder schritt, während draußen ein Taxi nach dem anderen wegrollte. Ein Passagierstrudel war herausgequollen, er hatte den Kragen seines schwarzen Mantels hochgestellt, um sie verwegen zu empfangen. Aber sie kam nicht. Dann sah er sie doch, wie sie mit gesenktem Kopf, die Haare wie ein dichtes Netz über den Augen hängend, als letzte, einen Koffer hinter sich herziehend, auftauchte und ihn durch das Gewirr ihrer Haare in den Blick nahm. Spielte sie Theater? Sie zog ihren Rollkoffer ein, zwei Meter vor ihm her, dann hielt sie jäh an, drehte sich zu ihm um: Willst du mich küssen? Er spürte ihre Lippen leicht auf seinem Mund, dann auf den Augdeckeln, dann auf seiner Nase, erst jetzt ließ sie sich umarmen, und er hörte ihr kicherndes Lachen, als sie ihr Gesicht in seinen Mantel preßte. Sie mußten sich in schmerzhaft kurzer Zeit, vorbei an den Kiosken und Imbißbars dieser Flughalle, umgewöhnen und die am Telefon körperlos gesprochenen Verlangensworte verwandeln in zaghafte Berührungen. Jetzt war Ursula bei ihm in Berlin. Das Schneien war in Schneeregen übergegangen. Sie stiegen in ein Taxi, und er roch den fernen Harzgeruch an ihrer Haut, er roch die Müdigkeit des Flugs aus ihrem Mantel, aber ihre Lippen waren weich und naß von wiedergewonnener Nähe. Ihr Gesicht vergrub sich in seiner Mantelbrust, und es war, als hörte er sie Formeln murmeln oder zu einer Gottheit mühlenhaft beten. Sie war schon von der ersten Begegnung an sinnenstark gewesen, blutsaugerisch in ihrer Hingabe. Sie hatte vielleicht andere Gesten, andere Sinnensignale sich angeeignet. Sie saßen im Fond des Taxis, und Miguela zitterte, er bat sie, nicht zu sprechen.

Sie flüsterte trotzdem unentwegt Versprechen wie Beschwörungen und netzte sein Gesicht mit ihren feuchten Lippen. Sie überquerten die Spreebrücke, ohne daß er dies Miguela bewußtmachen konnte, sie lachte ihm ins Gesicht, als er Wissell-Brücke sagte, für sie schien alles eine unwirkliche Szenenabfolge zu sein, auch wenn Berlin ihr nicht unbekannt war; sie hatten sich ja kaum einen Monat zuvor im Grunewald wissentlich verirrt.

Ich will mit dir hier oder irgendwo anders das Ende durchstehen, sagte sie, und er spürte, wie verrückt sie nach dem gemeinsamen Bett war. Jetzt wollte sie in kein Restaurant, sie wollte nicht essen. Sie liebten sich in seinem Appartement und tranken zwischendurch einen Schluck französischen Sekt. Es war dieser Samstag, den er versäumte, Samstag, der 4. November, an dem eine halbe Million Menschen auf dem Alexanderplatz zur ersten genehmigten Demo der Opposition zusammengeströmt war: Wir sind das Volk! Sie waren zwei über Meeresflächen fliegende Fische und fielen, einmal sie auf ihn, einmal er auf sie nieder. Obwohl es schon lange nicht mehr Morgen war, leuchtete die Appartementdecke in einem Licht, als ob für sie alles erst beginnen würde. Sie schliefen in den Sonntagvormittag hinein. Vielleicht waren eine Stunde oder zwei vergangen, seit sie ihre Haut gegenseitig abgeschmeckt hatte, und Richard wußte auch nie, wie und wann er wieder in den Schlaf gefallen war.

Aber früher als sie fühlte er den Tag, so schien ihm, und gleichzeitig das Frohe dieses Tages. Sein Appartement war eine moderne Mansardenkombination: Die Kochnische und das Bad lagen mehr oder weniger unter dem Giebel, das Wohnschlafzimmer breitete sich mit dem großen Bett bis in die unterste Dachneigung aus. Ihm gefiel dieses Schräge, diese gebrochene Harmonie, die ihm den fremden Raum zu einem Raubvogelhorst machte.

3. Graue Jeansjacken

Ich werde stürzen, ich werde fliegen und stürzen, nichts fürchte ich so wie Abgründe, jäh abfallende Felswände, aber ich übe in mir den Sturz, das Durchbrechen von Glas und Beton.

Richard sah das Weiß der Zimmerwand, als Miguela noch tief zu schlafen schien; ihr kastanienbraunes Haar, dessen rötlicher Schimmer nur im Tageslicht zum Glänzen kam, lag in dichten Strähnen auf dem Kopfpolster, und das schlafbleiche Gesicht so nah und doch so fern. Sie aber hatte ihn wohl schon seit einer Weile vor dem Fenster stehen gesehen, Corazon, rief sie, kaum hörbar, er drehte sich vom Regengrau des Fensters weg und wandte sich zu ihr um. Vielleicht war es schon Mittag, als sie aus einem Taxi stiegen vor dem Café Einstein und Platz fanden an der Spiegelwand mit dem größtmöglichen Blick über das Lokallabyrinth. Miguela breitete die Arme aus, als ob man ihr jetzt die Flügel abnehmen müßte oder sollte. Sie hatte ihren Flug hinter sich. War es ihm erlaubt, glücklich zu sein, für eine Weile wenigstens? Sie wünschte sich Piroggen mit Wodka und Kaviar, zuvor aber wollte Richard ein Glas Champagner mit ihr trinken. Er wußte, daß er zwischendurch ein paar Minuten Sendezeit zur Voraufnahme einzuhalten hatte.

Schon als sie den Champagner, von der Restaurantelevin nervös eingeschenkt, über den Rand ihrer Gläser rinnen sahen, lachte Miguela auf. Aber beim Löffeln des Kaviars gerieten sie in ein Kichern, das sich zu einem Husten auswuchs, sie schauten sich an und lachten. Gegenüber saßen zwei Männer mit Meterrollen von Papier, vielleicht Architekten, und jedes Entrollen ihres Projektpapiers löste in Miguela und ihm einen unbegreiflichen Lachreiz aus. Später baten sie auf dem Appartementbett diese zwei Papierrollenherren auf den Knien um Vergebung – sie waren zu glücklich gewesen, um andere verletzen zu wollen.

Sie sahen sich die Beuys-Ausstellung im Martin-Gropius-Bau an, durchschritten flüsternd die Filz- und Fettkorridore und küßten sich in einer der Filzschluchten. Nicht weit davon wußte Richard den Checkpoint Charlie, also ließen sie sich dort kontrollieren und durchwinken. Aber anderes als die Museumsinsel interessierte auch Miguela nicht an diesem späten Nachmittag.

Zurück im Westen, aßen sie an einem Stand eine Currywurst und setzten sich in ein Kino, um den Film „Sex, Lügen und Video“ anzusehen. Was über die Leinwand flimmerte, regte Richard nicht sonderlich an oder auf, immerhin fühlte er sich in dieser zwiespältigen Welt zu Hause, auch wenn er in dem Kinodunkel wie nie zuvor Miguelas Schweigen empfanden. Ein dunkles Schweigen, das hell wurde, je mehr ihre Körper die Wärme des anderen spürten. Ihre Schläfen lagen aneinander bis zum Ende des Films. Als sie auf die Straße hinaustraten, war es nach elf Uhr abends, sie umarmten sich. Die Haut des anderen war der Kommentar im Gesicht des anderen.

Zuerst fielen ihnen die graujackigen Jeansträger überhaupt nicht auf, erst als sie in Richtung Café Kranzler an den Alleebäumen vorbeibummelten, bemerkten sie die sich rasch vermehrende Zahl dieser Jeansjacken.

Aber Richard zog es mit Miguela zurück in das Appartementhaus. Und je näher sie der Henriette-Brücke kamen, desto gewohnter bot sich der Anblick der nächtlichen Straße an, weniger Fußgänger und keine grauen Jackenträger mehr.

Ich weiß den Abgrund, der kommen wird, ich gewöhne den Mund an das Austrocknen im Moment der letzten Angst.

In dieser Nacht tanzten sie rund um ihr Bett Ravels „Bolero“, in dumpfer erotischer Schläfrigkeit, immer noch einmal, bis das Telefon schrillte.

Dann wußte Richard, was das Gewimmel von grauen Jeansjacken zu bedeuten hatte – die Mauer war gefallen. Auf ihrer drei Meter breiten Fläche jubelten Menschen.

Am Telefon war sein Chef vom Dienst, ziemlich aufgeregt. Auch wenn jetzt, eine Stunde nach Mitternacht, keine Sendezeit zur Verfügung stand, Richard wußte, was er zu tun hatte. Trotzdem tanzten sie den Bolero zu Ende. Schlaf du, ich geh. Aber sie wollte nicht schlafen, sie wollte in seiner Nähe bleiben. Richard rief den Taxidienst, mußte lange warten, doch dann fuhren sie über einen verrückt gewordenen Ku'damm hinauf, zwischen hin und her über die Fahrbahn hüpfenden Menschen, es war Nacht, vielleicht zwei Uhr früh. Ein paar hundert Meter vor dem Brandenburger Tor bezahlte er den Taxifahrer. Obwohl es mitten in der Nacht war, schien halb Berlin zusammengelaufen zu sein. Auch wenn es möglicherweise nur Tausende waren, für ihn schien es, als ob die Welt hier zusammengekommen wäre. Auf der Mauer schrien mit hocherhobenen Armen Menschen, auf den ersten Blick junge Männer, dazwischen aber auch Frauen. Dicht an die Mauer gedrängt, ließen sich von der westlichen Seite da und dort Menschen auf den Schultern von Fremden hinaufhieven zu den entgegengestreckten Armen oben auf der Mauer.

Sie, Miguela, drängelte sich hinter ihm durch. Er spürte, wie sie lebte, innerlich jauchzte, oft umklammerte sie seinen Unterarm oder zwickte ihn, wenn er ihre Hand abschütteln wollte, instinktiv, weil er sich in diesem Gewirre frei zu bewegen versuchte. Alle rings um ihn sprachen, ohne daß er etwas verstanden hätte, es waren Sätze, die nie fertig gesprochen wurden. Diese Nacht, wußte er, durfte nicht aufhören. Miguela wurde von Arbeitern umarmt, die in Overalls vom Osten herübergekommen waren und nur kurz „in den Westen" gucken wollten, um dann wieder zurückzugehen, um vor der nächsten Schicht auszuschlafen. Richard stand mit Miguela inmitten von Menschen, die seit 28 Jahren, seit dem Mauerbau, nicht auf die andere Seite hatten kommen können, und die Jüngeren kannten den Westen nur aus der DDR-Propaganda. Sie standen jetzt plötzlich auf der anderen Seite und sahen die Mauer vom Westen her an, zum ersten Mal von der anderen Seite.

Gegen Morgen, es dämmerte ein wolkenlos blauer Himmel auf, fuhren sie im Bus zum Ku'damm zurück. Miguela war müde, aber so heiter im Gesicht, wie er sie nie zuvor gesehen hatte. Hinter ihnen hörten sie die Stimmen von DDR-Menschen: Wir wollen nur gucken und dann wieder zurück, wir haben alles, wir haben ein kleines Geschäft, wollen nicht betteln, nur mal gucken. Als sie bei der Gedächtniskirche ausstiegen, wurden sie von fremden Frauen und Männern an den Händen gefaßt und ungewollt in einen Tanz hineingezogen. Unbekannte, die ihn und Miguela abschmatzten. Schon fuhren Trabis über die Tauentzienstraße, und ihre Lenker winkten und wurden beklatscht. Nicht nur die Nachtkneipen, auch die Restaurants waren geöffnet, es war ein freudiges Gedrängel, es wurde kaum abkassiert, schien ihm, und wenn, so war die Ostmark in diesen Stunden so viel wert wie die Westmark. Die Leute standen bis auf die Fahrbahn des Ku'damms, Busse und Taxis kamen hupend und unter Händeklatschen durch, in jeder Hand war ein Bierbecher.

Die letzten paar hundert Meter schafften Miguela und er in einem leichten Tanzschritt, ohne Übermut, eher in einem zärtlichen Ernst.

Gegen Morgen fielen sie ins Bett, als wäre nichts anderes passiert als lautloser Schneefall. Das Bett war schnell warm, sie atmeten von Mund zu Mund, die Mauer aller Mauern war überwunden.

Beim Aufwachen, eher noch im Halbschlaf, gestand ihm Miguela, daß sie ihren Mann über alles liebe, er sei unvergleichlich schön und außerdem so bizarr in seiner Klugheit, dennoch, er lebe in einer anderen, für sie fremden und unerreichbaren Welt. Da kam sie ins Lachen. Er liebt eben auch arabische Jungs, und dann bin ich sehr allein.

Während Richard für die Frühnachrichten seines Senders diese Nacht des Mauerfalls schilderte, wußte er, daß er nicht einmal die Hälfte davon sagte, was ihm in diesen Minuten zu berichten wichtig gewesen wäre, und deswegen blieb ihm das Gefühl der Leere nicht erspart. Das Wirkliche war nicht zu berichten, nur verzerrt als das angeblich Wirkliche, nicht als die Wahrheit. Und er selbst ahnte ja nur das Wirkliche zwischen allen Schicksalen und den irregeleiteten Vorstellungen einer anderen Welt.

Du Lotterjunge … Immer so getan als ob. Immer so ehrlich und wahrheitshungrig und immer aufrecht im Gegenwind gegangen. War das alles so? Und nie geschwindelt? Nie gemogelt mit dem Lächeln eines falschen Siegers? Als der Schatten fiel, warst du sein freiwilliges Opfer.

Miguela schien wieder zu schlafen, er legte sich auf den Rücken neben sie und spürte die Hand, die sie ihm auf die Brust schob. Vielleicht träumte sie, er hörte ihr Atmen wie das Zittern eines Seidenvorhangs. Ihre Hand auf seiner Haut, so blieb er liegen und sah zur Zimmerdecke hinauf. Das Weiß zeigte sich als dunkles Grau, weil die Rollos den Tag nur durch die Ritzen hereinließen. Die Welt wurde gepflügt, vieles, wenn nicht alles, konnte umgeackert werden. Er dachte wie ein Bauer, er hoffte wie ein Städter auf Veränderung. Seine Brust hob sich mit einem Blasbalg der Freude, Hoffnung und Liebe. Er hätte jetzt gerne Miguela geküßt, ohne sie zu wecken, aber er blieb in dieser Rückenlage und feierte für sie und für sich das Glück dieses Jahrhunderts. Alles konnte sich verändern.

Vielleicht war es vor oder nach zehn Uhr, als sie zwei dann auf der anderen Seite des Brandenburger Tores standen und auf die herunterbaumelnden Beine hinaufschauten, wohl die Beine von Westmenschen, die in den Osten schauten. Auf der Straße unter den Linden strömten Menschenmassen heran, während die Nebenstraßen beinahe verödet schienen. Richard wanderte mit Miguela bis zum Alexanderplatz und fand ihn geradezu entleert vor, mehr als ein Drogendealer, der ihnen Stoff anbot, und ein paar sowjetische Soldaten, Kirgisen, Kasachen, asiatisch geschnittene Gesichter, geprägt von scheinbar lächelnder Gleichmut, sah man nicht unter der Zeituhr. Dagegen drängte sich, kaum zwei Kilometer entfernt, beim Grenzübergang Friedrichstraße eine vieltausendköpfige Warteschlange.

Miguela und Richard setzten sich ins Café des Grand Hotel an der Friedrichstraße, nur ein paar hundert Meter entfernt auf der anderen Seite, wo das Glück des Jahrhunderts gefeiert wurde. Und als sie das „Neue Deutschland“ in die Hand nahmen, stand da ein zweispaltiges Artikelchen zum weltweit gefeierten Mauerfall: „DDR-Regierungssprecher zur neuen Reisegenehmigung“. Miguela trank eine Schokolade ohne Sahne. Dann warfen auch sie sich in das Menschenmeer vor der noch bestehenden Grenze.

In der S-Bahn wurden sie an fremde Körper gepreßt. Sie hatten einen regelrechten Sturm auf die Waggontüren mitmachen müssen. Miguela fühlte sich aber wohl als Sardine im Sardinenschwarm, ihre Augen lachten und sie strich ihm mit einer Fingerspitze über die Wange. Neben ihm hörte er einen Weißhaarigen sprechen zur Schläfe einer Frau, ein lautes Fragen:

Wie fühlst du dich? Eine Mutter schrie auf den Kopf ihres Kindes, eines vielleicht zehnjährigen Mädchens, hinunter: Schau, und sie zeigte durch das fliegende Fensterglas – schau, Kaufhaus Bolle! Im Bahnhof Zoo entleerte sich der Zug, Waggon für Waggon, wie der Darm eines Eisenwurms.

Der Hardenbergplatz war überschwemmt von in alle Richtungen sich wendenden Menschen, staunenden, neugierig schauenden, und als Richard die Budapester Straße überquert hatte und über die Joachimstaler Straße zum Ku'damm hin sich orientierte, mit Miguelas linker Hand in seiner Manteltasche, da kamen sie auf Schritt und Tritt an findigen mobilen Würstchenverkäufern vorbei mit über dem Bauch hängenden Tragekүchen, und jeder war umgeben von einer Traube hungriger, zahlwilliger Ostmenschen. Die Straße rund um den Bahnhof Zoo bis hinüber zum Europa-Center, von der Kantstraße zur Joachimstaler Straße, über den Ku'damm und vorbei an der Gedächtniskirche bis zum Wittgensteinplatz und weiter – das alles war zu einer Art Fußgängerzone geworden. Müde, erschöpfte Männer und Frauen hockten am Gehsteigrand, übernächtig, manchmal noch eine Hand halb erhoben zu einem laschen Winken. Müll zu Haufen. Weiße Plastikbecher rollten auf dem Asphalt, und vor jeder Bankfiliale der Deutschen oder der Dresdner Bank zog sich eine Endlosschlange geduldig Wartender über die Gehsteige: Sie alle, die auf die westliche Seite der Mauer durchgekommen waren, stellten sich in die Reihe, um die hundert D-Mark Begrüßungsgeld unter dem Schalter durchgeschoben zu erhalten. Mitten auf der Fahrbahn, vor dem Café Kranzler, hopsten und tanzten Graujacken mit anderen Jacke- und Mantelträgern, ausgelassen die einen, eher steif die anderen, beinahe an jeder Ecke spielte eine Musikgruppe – hier eine Band mit Schlagzeug und Trompete, dort ein Gitarrist mit Sängerin. Miguela hielt ihn an, ihr gefiel dieses Lied, doch dann zog sie ihn weiter zu einer Band junger Männer, einem Posaunen-Quintett, das Goldman-Swing bis in die novemberkahlen Bäume hinaufposaunte. Und da packte auch Miguela die Lust, sich zu bewegen. Sie tanzten von einer Straßenseite zur anderen, sie warfen sich durch die Jubelschreie bis zur Adler-Bar neben dem Astor-Kino und drängelten sich zwischen den Hippi-Jeh-Schreien der Neuen und Alten durch, bis sie tatsächlich auch ein Bier in den Händen hielten, ein Bier in einem Glaskelch, und niemand, der kassierte. Im Europa-Center wurde Mazurka getanzt, und Miguela reihte sich sofort in die lange gekrümmte Tanzschlange ein, winkte ihn zu sich, aber er lachte nur, sah lieber dem Spektakel zu. Außerdem mußte er zwischendurch zurück in sein Appartement, wollte dort seine Kurzberichte telefonisch durchgeben. Er schlenkerte die Arme, bis Miguela verstand, aber sie wollte jetzt nicht Taxi fahren, also beschleunigte Richard seine Schritte, doch jeder Schritt wurde abgebremst von der Menschenmenge, die sich auf den Gehsteigen und auf der Fahrbahn drängelte, auch mit einem Taxi wäre, wenn er überhaupt eines gefunden hätte, ein Vorwärtskommen schwer gewesen. An den Schaufenstern klebten die Nasen, vor allem an den Vitrinen der Autogeschäfte. Der Asphalt, übersät von Glas, zerbrochenen Sekt- und Bierflaschen, zertretenen Coladosen und Kotzlachen. Vor jedem Telefonhäuschen eine lange Reihe von Wartenden. McDonald's hatte Hochbetrieb, gegessen wurde hockend am Gehsteigrand. Dort blieben auch die Pappkartons und die Plastikbecher. Was ihm auffiel, war die fast kindliche Freude gepaart mit naiver Neugier in den Gesichtern aus dem Osten im Vergleich zu den gesättigten Mienen der gutgekleideten Westberliner, in deren Augen ein Glanz von Überlegenheit schimmerte.

Im Radio und im Fernsehen war der Mauerfall auf allen Sendern das Dauerthema. Neu geöffnete Grenzübergänge wurden angekündigt; vom Übergang Helmstadt wurde auf der Ostseite ein Rückstau von ausreisenden Trabis über vierzig, ja fünfzig Kilometer bis Magdeburg gemeldet. Und die Deutsche Oper gab am Nachmittag eine Extravorstellung mit Mozarts „Zauberflöte", Eintritt frei für DDR-Bürger. Von dem allem berichtete Richard über das Telefon aus seinem Hotelzimmer, während Miguela sich auszog und nackt auf das Bett stieg; er sprach noch mit der Redakteurin seines Senders, die den Bericht auf Band empfangen hatte und ihm die eine und andere Frage stellte. Er antwortete lakonisch und stand dann vor Miguela und sagte, es ist Vollmond, er sagte, stell dir vor, es würde regnen, jetzt auf den Müll in den Straßen. Und Miguela meinte, die Leute würden auch im Regen tanzen. Ihre Haut war leicht gebräunt, als ob sie noch am Sandstrand von Barceloneta gelegen wäre. Richard fragte sie nicht danach, er fragte sie überhaupt nichts. Er legte sich zu ihr und tastete mit seinen Fingerspitzen über ihr Gesicht.

Als wäre Krieg, raffte Richard sich wieder auf, bleib du, wie du bist, ruh dich aus, redete er ihr zu, aber Miguela hüpfte aus dem Bett und hatte ihr Make-up fertig, bevor er in seine Hose geschlüpft war. Sie wollten ein Taxi nehmen, aber es kam keines und wenn doch, dann fuhr es in langsamem Tempo vorbei. Auch die Busse waren überfüllt, ignorierten die Haltestellen, hielten nicht ordnungsgemäß an. Richard wollte Zeitungen kaufen, unmöglich, überall lange Warteschlangen. Auf Dreirad-Ladeflächen ebenso wie auf Kleinlastern wurden Berge von Bananen feilgehalten und erzielten einen schnellen Absatz. Die Mehrheit der Ostbürger gab ihr Geld für Bananen und Zeitungen aus – das Bier war für sie vorerst noch frei. Bei „Joe" an der Kreuzung Ku'damm – Joachimstaler Straße hing ein Plakat: Freibier bis 15 Uhr. Und dort donnerte auch harter Rock aus mehreren Boxen bei hellichtem Tag, und die Leute zuckten dazu mit Schultern und Hüften, ohne viel die Füße zu bewegen. Über einen Lautsprecher beklagte sich der Barbesitzer, daß ihm in der Nacht neunhundert Biergläser abhanden gekommen seien und an diesem Morgen wieder sechshundert. Niemand grölte dagegen. Es ging einfach weiter, eine Räuberparty, Freiheit wurde vorerst geklaut.

Ich will immer der sein, der ich jetzt bin. Er wollte leben. Was anderes hatte er denn gelernt?

Es war eine Orgie der Menschennähe, alles drängte sich schunkelnd an den nächsten Körper – Brandt und Genscher sprachen vor dem Rathaus Schöneberg, vielleicht weiß davon keiner unter den Biertrinkenden und Tanzenden. Einer erzählte ihm und Miguela, daß er elf Stunden durchgestanden habe, bis er von Ost nach West durchgeschleust worden sei. Jetzt trank er sein drittes oder viertes Freibier und war bereit, vor Lebensfreude in die weiße Deckfarbe einer Barsäule zu beißen. Diese Lebensgier – nichts war leichter zu verstehen, trotzdem hatte niemand sich darauf vorbereiten können, dachte er, als Miguela zu ihm sagte: Warum fällt es dir so schwer zu hüpfen und zu hopsen wie sie? Alle schienen sich berühren zu wollen. Alle waren in Feiertagsstimmung, ganz gleich, ob sie sich für Bananen oder vor einem Sexshop anstellten. Trotz der Mühsal des Wartens feierten sie die beste Party ihres Lebens.

Letztendlich wollte er ja das Chaos wie das aufgepeitschte Meer, obwohl er nichts so fürchtete wie die dunkle zornige Tiefe.

Das Volksfest ging unvermindert weiter, von der Gedächtniskirche bis zur Fasanenstraße tanzte die Welt aus Ost und West, denn inzwischen waren schon aus halb Europa, vor allem aus Italien und Spanien, Jubeltouristen angeflogen, die sich in dieses Jahrhundertereignis stürzten wie in ein Oktoberfest.

Miguela lief neben Richard her von einer Straße in die andere, sie liefen zehn, wahrscheinlich eher zwanzig Kilometer an diesem Tag und auch am nächsten. Manchmal drehte er sich um und sah, wie sich Miguela an den Stamm eines Alleebaums lehnte, eine Linde ohne Sommerblätter, ohne Frühlingsduft. Er sah in der kalten Novemberluft seinen Atem und auch ihren. Sie und er wußten, daß sie sich in einem wirklichen Welttheater bewegten, und so ernst sie auch die Inszenierung nahmen, ihnen war sie recht. Beide fühlten sich todmüde. Aber er zog sie vom Alleebaum weg, zu sich, und sie wärmten sich in der Umarmung.

Es war dann Miguelas Idee, an der Mauer entlang zu spazieren. Morgen, sagte Richard, aber sie meinte, so wie die Lage jetzt sei, könnten sie sich dort vielleicht schon morgen nicht mehr zwanglos fortbewegen. Sie hatte recht; die Mauer war immer noch getaucht in grelles Scheinwerferlicht, doch an ihr entlang krabbelte eine Ameisenspur. Mit Meißel und Hammer wurde auf die Mauer eingehauen und jedes abbröckelnde Stück mit Jubelschreien eingesammelt.

Sie kehrten ziemlich erschöpft zum Brandenburger Tor zurück, sahen jetzt keine Eroberer mehr dort auf der Mauer sitzen, mit Wasserwerfern waren die Freiheitsdeliranten nicht gerade weggespült, aber doch zum Rückzug gezwungen worden. Nun standen junge Volkspolizisten auf der Mauer und schauten sehnsüchtig oder irritiert (es war im Abenddunkel nicht auszumachen) in den Westen.

Vergeblich versuchten Richard und Miguela sich beim Reichstagsgebäude in einen Linienbus hineinzuzwängen. So wanderten sie in der einbrechenden Dunkelheit über die Straße des 17. Juni vorbei an der Siegessäule und in Waldnähe durch den Tiergarten zum Ku'damm, zurück auf die übervölkerten Gehsteige. Und statt noch einmal mitjubeln zu können, empfand Richard zum ersten Mal so etwas wie Platzangst.

Davon war Miguela allerdings nicht befallen. Ohne die unmittelbare Nähe der düsteren Mauer lebte sie auf. Bleib hier, sagte er, bleib hier an der Ecke stehen. Richard mußte die paar hundert Meter hinter sich bringen zum Telefondienst im Bahnhof Zoo, er mußte den Abendbericht durchgeben. Plötzlich spürte er die Mauer in seiner Brust, aber auch das Klopfen der Hämmer und die Spitzen der Meißel. Und lange nach Mitternacht fiel die Mauer über ihn und über Miguela, aber die Betonbrocken waren leicht wie gesponnener Zucker, er grub ihr Gesicht aus, dann die Hände, er strich ihr den zuckrigen Mörtel aus den Augenwinkeln und von den Lippen. Als er aus diesem Traum erwachte, kitzelte Miguelas Haar sein Gesicht und über seine Nase rannen ihre Tränen.

Du hast geschrien, sagte sie, du hast Kindernamen gerufen, aber immer nur zur Hälfte, als ob du daran ersticken müßtest, du hast geröchelt, ich habe Angst gehabt um dich. Es war noch lange nicht Morgen, die heruntergezogenen Rollos ließen kaum einen Schimmer der Straßenbeleuchtung herein. Trotzdem sah er Miguelas Gesicht über sich gebeugt wie eine auseinandergefallene Blüte, er roch auch das Salz ihrer Haut, er war glücklich, daß er sie aus den Trümmern der Mauer unversehrt befreit hatte. Sie aber sagte, ich habe Angst um dich und vor dir: Du bist unglücklich, du hast dein Unglück im Schlaf herausgeschrien.

Es war als liefe er durch Liebesspaliere und würde von links und rechts geohrfeigt.

Es ist Salz, murmelte er, noch halb im Traum, auch die Liebe ist Salz, ja, sagte er, das Salz ist mein Glück, obwohl ich Honig auf deine Augen streichen möchte. Du bist die, die mich auch im Dunkeln sehen macht, so wie ich jetzt dein Herz sehe, ich sehe jeden deiner pochenden Schläge, auf meiner Zunge liegt dein Herz, und deine Augen wandern durch meinen Kopf. Ihre Körper drehten sich lautlos aufeinander zu, Miguelas lachende Zähne schimmerten im Aufdämmerns des Morgens.

Am Sonntag standen bei null Grad Morgentemperatur noch immer Leute vor jeder Bankfiliale Schlange, dabei hatte die Dresdner Bank sogar die ganze Nacht über offen gehabt. Und so hatte sich auch das Sonntagsbild nicht wesentlich verändert – die Gehsteige waren übervoll, Miguela und er versuchten auf den

Fahrbahnen weiterzukommen, und die Bars und Würstelbuden waren weiterhin belagert.

Warum freuen sich die Leute?, fragte ein Kind, das mit seinen Eltern durch die zehn Meter breite Mauerlücke am Potsdamer Platz herübergewandert war, mit all dem Applaus in den Ohren und ein paar Blumen in die Händchen gesteckt. Die Eltern antworteten nicht. Und schon war es auch ein Allerweltsvergnügen geworden, sich vor der Mauer fotografieren zu lassen beim Behämmern und Bepickeln der bunt bemalten Westseite der Mauer, von allen Seiten wurde gehämmert und sogar mit Taschenmessern in den Spalten gebohrt, um ein Stück Souvenir oder Verkaufsmaterial zu gewinnen.

Eine Stunde später marschierten einige hundert, vielleicht auch tausend, zumeist Jugendliche, über den Ku'damm, durchbrachen mit ihrem Parolen-Geschrei die Flanier- und Tanzseligkeit der Angekommenen, und zwar mit Spruchbändern wie: Die Freiheit, die sie meinen, ist die Freiheit der Banken & Konzerne, und: Laßt euch nicht BeRDigen. Auch die Verrückten sind Salz der Erde, sagte Richard mitten im Getümmel, aber Miguela war an politischen Kommentaren und Analysen nicht interessiert, sie lachte schmal und stumm, nickte und nickte, dann trat sie ihm gegen das Bein und sagte: Laß mich froh sein.

Miguela feierte tatsächlich nichts als das Fest der Freiheit und dabei wollte sie nicht gestört werden. Er hingegen bewegte sich elefantenschwer, vielleicht weil er sich nie als ein Teilnehmer, schon gar nicht als Betroffener fühlte. Richard beobachtete, schaute, hörte, anderes ließ seine Arbeit nicht zu. Erst wenn er seinen letzten Bericht abgespult hatte, begannen die Minuten ihm zu gehören, und er folgte dann Miguelas Reden Wort für Wort. Sie wechselten am Abend mehrmals die Bar und einmal tanzten sie dort auch auf einer dichtbesetzten Rundfläche.

4. Das Andere

Am Morgen war er den Waldhang hinaufgehastet, er hörte das Rauschen des Bergflusses. Die Vögel wollten nicht auf den Schnabel geküßt werden.

In der Nacht sagte er mitten in das Dunkel des Zimmers hinein: Dein Gesicht war heute unvergleichlich schön, es hat mich traurig gemacht. Warum traurig? Weil das Gesicht mich ausgeschlossen hat von dir. Mach Licht, sagte Miguela, ich will deine Augen sehen. Er machte Licht, und sie sagte, du bist gemein. Ich will, daß du mich aufnimmst, daß du mich einläßt in dein Gesicht, daß ich teilhaben kann an deinem Blick. Du bist müde, sagte sie. Muß ich sterben, damit du mich spürst?

Er schaltete die Nachttischlampe wieder aus, blieb stumm. Auch Miguela schwieg, aber er wußte, daß sie nicht schlief. Jetzt, da das Lärmen und die Stimmen der Straßen und Plätze wie ausgelöscht waren, fiel ihm die buntbemalte Mauer auf die Brust, er lag auf dem Rücken, konnte sich nicht auf die Seite drehen und schlafen. Er spürte Miguela, die seine Hand nahm und auf ihr Gesicht drückte. Sie verstand nicht, was er meinte, aber wahrscheinlich hatte sie alles verstanden und tat nur so, um alle diese Direktheiten zu vermeiden, die ihr nicht gefielen. Und deshalb schwieg auch er und nahm seine Trauerleere an, als müßte er den einzigen Ring an seinem Finger ins Meer des Gyges werfen. Für sich sagte er stumm: Ich will hinter deine Augen. Er hätte auch sagen können: Du läßt mich nicht bis an das Herz deiner Seele. Und nach einem langen gemeinsamen Stummsein hörte er sie dann leise: Das stimmt gar nicht. Darauf antwortete er nicht, er wollte nichts mit Reden verletzen, auch wenn er gerne geredet hätte.

Miguela verstand nicht oder wollte nicht verstehen, und er konnte nicht diese scheinbar dünne Membran durchbrechen, die ihn von ihr trennte, auch wenn diese Membran durchsichtig war, sodaß er ihre Umrisse erkennen und in seinem Kopf lebendig machen konnte. Ihre Haut war mädchenhaft gestrafft. Aber Richard wußte nichts von ihrem Leben in Barcelona, er wußte nichts von ihrem Leben mit einem Mann, den er nicht einmal auf einem Foto zu sehen bekommen hatte. Wie und wer ist dein Mann?, fragte er und staunte über seine Frage. Und hörte darauf lange nur ihren Atem. Aber dann sagte sie: Ich will dir nicht wehtun. Warum? Alles schmerzt, was einem anderen an Liebe gehört. Ist er jünger als ich? Ich zähle keine Jahre. Die Klugheit hat ein jugendliches Alter. Ist er so klug? Er hat eine Zärtlichkeit, die alles weiß. Warum bist du dann bei mir? Sie schwiegen lange und vielleicht sahen sie beide die schmalen Lichtstreifen, die durch die Rollospalten ins Zimmer schimmerten, es war fast Vollmond. Das weißt du, sagte sie. Sie berührte ihn nicht, und er hatte seine Hand schon seit einer Weile von ihrem Gesicht weggezogen. Wie kann einer wie du solche Fragen stellen? Weil ich nicht hinter deinen Blick sehen kann, weil du mich nicht hinter deine Augen läßt. Verstehst du nicht, daß ich dich will, weil du so bist, wie du bist? Sie sprach zu ihm, sie redete mit ihm, und doch dachte er nur eines: Ich muß sie zum Reden bringen, sie redet nicht zu mir, sie redet mit den Alleebäumen hier unter dem Fenster und gleichzeitig mit denen entlang der Ramblas in Barcelona, sie ist das gefühlvollste Wesen und doch wieder so fern, sie liegt neben mir wie ein zu mir gehörender und doch fremder Teil, mir so nahe wie der eigene Atem, und trotzdem lebt sie, während sie neben mir schläft, genauso oder noch mehr in Barcelona als hier.

Richard wußte, daß er sich mit solchem Grübeln, mit solchen Gedanken verrückt machte. Aber es war ja noch anderes, was ihn aufwühlte. Irgendwo stand, und er wußte genau wo, dieses Haus am Berg, und er hörte die Stimmen durch die dicken Mauern, auch das Hundegebell.

Er wollte, aber er konnte nicht mehr dort sein. Wo war dann das Leben mit Miguela? Jeder Tag, fast jede Stunde und vor allem die Minuten dazwischen waren ein Abtasten, ein Abschmecken des möglichen Lebens mit ihr, er schmeckte dabei auch den Abschied.

Das war es. Er ging weg. Und wo ging er hin? Konnten die Ramblas seine Heimat werden?

Morgen oder übermorgen mußte sie wieder zurück nach Barcelona. An der katalanischen Universität lief der Normalbetrieb an, denn wegen der gefallenen Mauer in Berlin schlossen weder Rathäuser noch Banken und auch die Schulen nicht ihre Türen. Miguela, die jetzt schlafversunken in irgendeinem Traum unterwegs war, mußte ihre Deutschlektionen an der Uni fortsetzen. Ihre Traumversunkenheit würde ihm fehlen, diese Traumversunkenheit, durchmischt von verwegener Unverfrorenheit. Sie – nicht er, der Berufsjournalist – stürzte sich, ohne Zaudern, scheinbar ohne Hemmung, auf die nächstbeste Person und stellte Fragen, die ihm nicht über die Lippen gekommen wären. Sie hatte keine Angst vor der Angst der anderen. Die Ruhe und die Entschlossenheit eines selbstgewissen Chirurgen hatte sie, gleichzeitig aber auch die Bedenkenlosigkeit einer Handelsvertreterin. Sie hätte ihre Ware auch einem insolventen Käufer angedreht. Das war es wohl, was ihn an sie fesselte, diese Verquickung von Zärtlichkeit, warmer Aufrichtigkeit und skrupelloser Zielstrebigkeit. Wenn sie Menschen befragte, wurden diese zu Objekten und das Entsetzliche oder das unvergessene Leid, das sie erzählten, belasteten Miguela nicht, sie registrierte es, schob es in eine Gedächtnisspalte und vergaß es.

Er liebte eine Mörderin. In dieser für ihn schlaflosen Nacht wußte er, daß er eine Mörderin liebte. Nicht, daß Miguela jemals jemandem das Blut aus den Adern getrunken hätte, aber er roch an ihr den Mord, sie, diese Lebendige, diese Tanzende, heiter Schmunzelnde, die neben ihm in schallendes Lachen ausbrechen konnte, sie roch nach vertrocknetem Blut, sie war eine geborene Mörderin. Er wimmerte im Zimmerdunkel auf, doch sie hörte nichts davon, er schmiegte sich an die Wärme ihres Körpers und sie spürte es nicht. Von Zeit zu Zeit stieß sie ihren Atem aus, als ob sie pfeifen wollte, vielleicht wollte sie aber nur ihre Mordopfer verscheuchen, die sich ihr aufdrängten. Er griff an ihre Stirn und hätte so gerne die pfeifenden Lippen berührt. Doch er wollte die unschuldige Mörderin nicht wecken, ließ sie schlafen und schlief darüber selbst ein.

Am nächsten Morgen machten sie sich auf, nicht zum Brandenburger Tor, dessen Vermauerung Gerüchten zufolge demnächst durchbrochen werden sollte, sondern zum Botanischen Garten in Steglitz. Sie wollten (jetzt im November) Blüten sehen, Blattgrün, wenn nicht riechen, dann wenigstens mit den Fingerspitzen betasten können. Und so durchstreiften sie eine Ahnung von Regenwald und beugten sich über Orchideen, standen im Tropenhaus vor dem herabstürzenden künstlichen Wasserfall. Es war eine Pause, eine Stille, die sie brauchten. Es war die Flucht in die Normalität von gestern.

Wenn du wegfährst, sagte er, komme ich zu dir nach Barcelona. Und was ist mit deiner Familie im Berghaus? Und was ist mit deinem Mann? Sie schauten die Orchideen an, lasen die verschiedenen Herkunftsnamen. Manchmal sah er, wie Miguela ein Blütenblatt streicheln wollte und wie der Finger knapp davor zurückzuckte. Ja, komm, sagte sie.

Aber er wußte nicht, ob sie wirklich wollte, daß er kam. Soll ich mich um ein Appartement kümmern? Ich bitte dich darum. Miguela trug einen schokoladebraunen, hüftengen Mantel aus Ziegenleder, aber sie fröstelte. In der Fasanenstraße entdeckte sie einen Secondhandladen und darin einen schlappigen Männermantel, cappuccinofarben und gut gefüttert, diesen Mantel wollte sie haben. Sie bewegte sich darin wie ein Polizei-Kommissar, stülpte zwar die Ärmel um fünf Zentimeter zurück, verlor aber nicht an weiblichem Reiz, obwohl der Mantelsaum erst zwei Handbreit unter dem Knie das Schienbein berührte. Mit diesem Mantel fror sie nicht mehr.

Ich will mit dir leben, schrie sie ihm ins Ohr, als sie wieder zurück waren am Bahnhof Zoo und die grauen Jacken aufgereiht stehen sahen in endloser Schlange vor den über Nacht an jeder Ecke aufgestellten Lottohäuschen: Hauptgewinn tausend Mark. Und rundherum ein Papierteppich aus weggeworfenen Glückszettelchen. Es wurde noch immer gefeiert. Inzwischen, so erfuhr er, war es möglich geworden, problemlos mit dem Fahrrad oder Motorrad von Westberlin durch eine der Maueröffnungen in den Osten zu gelangen. Auch Miguela wurde angesprochen, ob sie einen Beerenwein kaufen wollte für etwas Parfümgeld. Miguela verschenkte Fünf-Mark-Münzen, als ob sie eine Abgesandte des spanischen Königs wäre. In Wirklichkeit feierte sie, so verstand er es, ihren Abschied von diesem einmaligen Berlin. Sie hielt auch immer wieder an im Gedränge der Gehsteigprozessionen und zog an einem seiner Mantelknöpfe, zog Richard näher an ihr Gesicht heran, stupste ihn mit den Lippen und sagte kein Wort. Er sah ihr Gesicht, das froh war und doch trauerte. In diesem Gesicht fand er keine Spur vertrockneten Bluts, er hatte sich in einen falschen Traum verirrt, mit diesem Gesicht war Miguela zu nichts anderem fähig, als barfuß einen Fluß an seiner seichtesten Furt zu überqueren. Dieses Gesicht war voll von Erwartung und fast kindlich gezeichnet von Neugier.

Er schreibt Gedichte, sagte sie mitten im Gelärme der Bar, er schreibt sehr schöne Gedichte und er überwacht mein Telefon, du darfst mich nie anrufen, ich aber werde es tun, so oft ich kann von der Straße aus.

Obwohl es kalt war unter den Alleebäumen, tanzten auch sie auf dem Asphalt unter diesem Novembermond, der noch im Abnehmen aufdringlich leuchtete. Richard fühlte sich herumgewirbelt, er litt und war doch glücklich. Aber er mußte sich entscheiden. Er sah die Augen seiner Buben glänzen und hörte Miguela ihn warnen: Ich nehme nicht mehr die Pille. Er sagte: Ich komme zu dir nach Barcelona, noch vor Weihnachten. Im Nachtdunkel des Zimmers glitzerten die Augen seiner Buben. Ihre Stimmen waren nicht zu hören, Richard sah sie alleine in den Wald gehen, Rik mit einer Axt in der rechten Hand, Tom schmollend neben ihm her, natürlich wollte er das Beil selbst tragen. Und in ihrem Wald standen so viele junge Fichten, am Rand einer Lichtung aber die mit den am weitesten gefächerten Zweigen. Und auf diese Lichtung steuerten die Buben zu. Wer hatte ihnen dieses Wissen beigebracht? Doch nicht er in seiner Abwesenheit. Er hörte das Gejaule seines Hundes und wußte kaum noch dessen Namen mit der Zunge zu formen, er erschrak vor dem Bewußtwerden solcher Entfernung. In dieser kurzen Zeit so viel Näheverlust, nein, rief es in ihm, ich gehe nicht, ich komme zurück, ich verlaß euch nicht!

In dieser Nacht hatte Richard, zu müde, wie sie nach ihrer Rückkehr waren, kein Rollo heruntergelassen, jetzt schimmerte ein Dreiviertelmond durch die Perlonvorhänge und auf ihre Schattenkörper, die sich anfänglich scheinbar nur wie Freunde zuwinkten, bevor sie sich jäh ineinander verkrallten. Du mußt mich töten, hörte er ihre Stimme. Ich will, daß deine Liebe so groß ist, daß sie mich tötet. Ihr Haar war weich und floß ihm über die Lippen. Auch das stillste Moos hatte nicht diesen heftigen Erdgeruch ihrer Lust. Er gab sich verloren, er wollte verloren sein. Weck mich um sieben, flüsterte sie, ich habe den Flug um neun.

Welches Verbrechen hatte er noch nicht in Gedanken begangen? Träumte er nicht den Tod seiner Liebe? Ein Wachtraum? Und sich verlieren in einem Selbstvergessen.

Eine Stunde nach ihrem Abflug saß Richard noch immer an dem selben grünen Fastfood-Tischchen, an dem er mit ihr den Frühstückskaffee getrunken hatte. Keiner, weder er noch sie, war imstande gewesen zu reden. Sie saßen nur einen halben Meter entfernt voneinander, und in seinem Hirn liefen so viele Sätze ab und verstopften den Mund, es kam kein einziger über die Zunge. Vielleicht funktionierten die Augen, er suchte ihren Blick, aber sie schien lieber das Kommen und Gehen in dieser Hallenbar zu beobachten. Vor den Wandscheiben standen die metallgrauen Vogelleiber der Weltfliegerei – Boeing und Airbus, Lufthansa neben Egypt-Air und PanAm. Dann aber sah er, daß sie weinte. Sie betrachtete weder die sitzenden oder kommenden und auch nicht die weggehenden Gäste zwischen den grünen Tischchen, sondern suchte einen Fluchtpunkt für ihre Augen. Als er ihre Lippen zum letzten Mal auf seinem Mund spürte, unmittelbar vor der Paßkontrolle, flüsterte sie ihm ins Gesicht: Seit ich lebe, habe ich noch nie so gefühlt. Ihre Maschine war vor einer halben Stunde abgeflogen, er saß immer noch an der Stelle, wo sie ihm gegenüber auf die Kommenden und Gehenden geschaut hatte. Wußte er, daß sie ihn liebte? Wußte sie, was er verlor, wenn er seine Waldbäume, das Gras rund um sein Berghaus aufgab und seine Buben ebenso wie Chicco und Selma dort oben allein ließ und wegging, zu ihr nach Barcelona?

Neben ihm saß ein Mann, der die Berliner Morgenpost aufgeschlagen hatte, und Richard las die Titelzeile Die Mauer hat ein Loch, aber weg muß sie doch. Das Brandenburger Tor, so verstand er es, war demnach noch zugemauert. Er mußte in einer Stunde zu einer Pressekonferenz in die britische Botschaft, er würde ein Taxi nehmen. Jetzt saß er aber da und sah auf das Algengrün der kleinen runden Tischplatte. Ja, er wußte, daß Miguela ihn liebte. Doch war sein Lieben nichts als ein Besitzenwollen? Er lachte sich aus, kaum daß er im Taxi saß. Aber er lachte weder laut noch stumm. Er schniefte. Der Schießbefehl sei nicht mehr in Kraft, sagte der Taxifahrer, aufgehoben, auch die Sperrzone, sagte er, und die Löcher der Mauer seien nun die Staatsgrenzen zwischen Ost und West. Der grauhaarige Mann hob die Schultern unter seiner braunen Lederjacke und hüstelte ein Lachen heraus. Noch während der Pressekonferenz wußte Richard, daß er zu Selma fliegen mußte, zu den Buben, zurück nach Hause und durch den Wald rennen, stundenlang. Er war erschöpft, aber es vergingen noch Wochen, bis er wirklich in Richtung Alpen fliegen konnte zum Ende der Welt; wenn er die Augen schloß, wollte er tatsächlich bis zum Ende fliegen und ankommen in verschneiten Wäldern und nichts mehr sagen, nicht einmal zu den vertrauten Föhren oder Fichten. Und am Ende des Ankommens wollte er nichts mehr hören als die Stimmen seiner Buben, durchmischt vom Bellen seines Hundes. Er wollte in diesem Stimmengeräusch untergehen, sich und seine Gedanken verlieren. Und nie anders mehr auftauchen, nie anders mehr erwachen als mit diesen Stimmen im Ohr.

Er saß im Fauteuil im Bücherzimmer, Rik versuchte ihm einen Handstand vorzuführen, brachte es dabei immer zu einer lustigen Rolle. Tom kletterte auf Richards Schultern herum. Selma brachte Tee und ließ sich in den Sessel neben ihn fallen. Ihm wurde der Atem schwer. Hier war das Ende.

Richard stieg die Steinstufen zum Haus hinauf und dann die Holzstufen der Treppe vom Flur zum ersten Stock und von dort die noch steilere Holzstiege zur Mansarde. Und das wiederholte er zu einem Zeitpunkt, wo es niemandem außer seinem Hund auffiel, der ihm überallhin folgte. Er bewegte sich in diesem Haus wie in einem Ei, ohne Worte auszusprechen, damit keine Wand zerbräche, obwohl die Wände fast halbmeterdick waren und außen wie innen holzverkleidet. Es donnerte in seinen Ohren, dieses Abgetrenntsein von Miguelas Atmen donnerte in der Stille dieses Hauses in seinen Ohren, besonders solange die Buben in der Schule waren. Mit der Stirn zum Fensterglas schaute er auf den verschneiten Wald, auf die kristallen schimmernde Schneewiese, die seine und Selmas Wiese war. Er blickte wie durch ein Panoptikum auf etwas Gefilmtes, das er aber, wann immer er die Terrassentür öffnete, mit seinen Händen greifen konnte. Da war Selmas Stimme, er hörte sie und hörte gleichzeitig Miguelas Stimme, die mit ihm redete von den Ramblas her durch alle Alpenwolken hindurch, fast zu laut, dachte er, denn Selma sprach leise. Selma sagte, daß sie im Dorf eigentlich nur mit dem Lebensmittelhändler redete und mit den Leuten in der Post und in der Bank. Entweder haben diese Menschen am Berg eine sonderbare Scheu vor jedem, der nicht im Dorf geboren ist, oder sie sind abweisend bis zur Verachtung. Sie habe keine Freundin hier, niemanden, mit dem es sich lohne, ein Gespräch zu führen. Er sah in Selmas schönes Gesicht, in dieses dichte, kastanienbraune Haar und in ihre mutigen Augen, und in diesen Augen sah er plötzlich etwas, das er darin noch nie gesehen hatte, ein dunkles Leuchten, das er als bedrohlich empfand. Selmas Augen drohten ihm mit Fremdheit: Du, Hund, hinaus in die Wüste, du lüsterner Verräter, du wirst ausgesperrt von unserer Nähe, verschwinde zu den Hyänen! Aber Richard saß wie einzementiert in seinem Sessel und starrte auf den Fernsehschirm; es kostete ihn Mühe, die Knöpfe der Fernbedienung zu drücken, er sah sich keine Filme an, er suchte nach Informationen.

Richard war in seinem gelederten Sessel mitten im Weltgeschehen, und doch schalteten diese wuchtigen Ereignisse Miguelas Sprechen in seinem Kopf nicht aus. Einmal rief er sie an, doch ihr Mann meldete sich und Richard hängte auf. Es war beschämend, er schaute unwillkürlich auf seine Hand, die den Hörer gehalten hatte, als ob er sie anklagen könnte.

Es waren die Tage vor Weihnachten. Im Haus knisterte die Stille, und während die Buben den letzten oder vorletzten Schultag hinter sich brachten, stiefelten Selma und er durch ihren Wald und suchten den geeigneten Baum. Sie prüften die Bäume, indem sie zuerst auf den Schneeboden und dann erst bis zum Wipfel der jeweiligen Fichte und darüber hinaus in die Wolken blickten, hinauf zu diesem veränderlichen Himmel. Richard hackte einen armdicken Stamm ab, und sie trugen den mehr als drei Meter hohen Nadelbaum nach Hause und versteckten ihn im Stadel. So wollten es auch die Buben; obwohl sie an keine Zauberei glaubten, wollten sie das Geheimnis und die Überraschung: Daß dieser Baum plötzlich als Teil des Waldes in der Bücherhalle stand, mit rosaroten und silberblauen Kugeln, hängenden Wachszwergen und bunten Vögeln. Das wollte auch Richard – dieser Kindheitstraum hatte ihn nie losgelassen. Und er wollte diesen Traum von einem Geheimnis seinen Buben weiterschenken und schmückte mit Selma den Baum, als wäre es Liebe, als gäbe es nichts anderes, was sie empfanden beim Aufhängen der zerbrechlichen Kugeln.

Am Tag zuvor hatte es fast ununterbrochen geschneit, und Richard war noch in der Dunkelheit des frühen Morgens vor das Haus getreten, um die Terrasse und die steinerne Treppe freizuschaufeln, auch den Platz unter dem schneegepolsterten Kirschbaum. Selma fuhr später die Buben ins Dorf zur Schneetante, wie sie die junge Lehrerin nannten, die den Kindern das Skifahren beibrachte.

Es war nicht das erste Mal, daß sie Mozarts „Figaros Hochzeit“ beim Baumschmücken auf dem Plattenspieler laufen ließen. Diese Musik ersparte ihnen jetzt mehr denn je die Worte, all die erklärenden und vernichtenden Worte. Sie schmückten den Nadelbaum, und der Gesang machte ihre Körper schwerelos, sie turnten abwechselnd auf einer Stehleiter um die Zweige herum, steckten Kerzen in die silbrigen Halterungen, zeigten sich mit ausgestreckter Hand eine besonders hübsche Glitzerkugel in Maringrün. Aber ihre Hände berührten sich nicht.

Er hörte „Figaros Hochzeit“ und sah immer wieder Selma auf der Malerleiter und durch das Fensterglas die Schneelandschaft mit den Gipfelzacken in der Ferne. Ich liebe dich aus traurigem Herzen, hätte er laut sagen müssen und blieb doch stumm, denn Selma verdiente keine Mitleidsliebe. Denn er wollte ja auch bei ihr sein in Barcelona, das ihm so fern war wie ein Ort zum Vergessenlernen.

Was immer er noch in diesen Tagen geschafft hatte, in den Läden und Boutiquen der nächsten Kleinstadt zu finden, türmte sich unter dem Weihnachtsbaum, den er mit Selma und den Buben besang.

Den Rest des Abends und zum Großteil auch dieser Nacht lehnte er in seinem lederschwarzen Sessel und grübelte, während Mahalia Jackson Gott und die Seele tiefkehlig beschwor. Ich gehe. Ich gehe weg von ihnen, ich verlasse das alles hier. Richard versank in seinem Fauteuil und hörte Weihnachtsmelodien, und Rik und Tommy schleppten ihre Geschenke heran, packten sie zu seinen Füßen aus. Selma schenkte ihm Tee ein.

Am nächsten Morgen rollte er sich fast geräuschlos aus Selmas Bett und wanderte mit Chicco über die frischverschneiten Waldpfade, durchquerte die menschenlosen Schneefelder, von nirgendwoher ein Geräusch. Er stieg weit hinauf, schnaufend, er mußte sich das Vorwärtskommen Schritt für Schritt freitreten. Aber er hatte keine Eile. Der Hund schaufelte in Brusthöhe wenigstens die Wegspur für ihn auf. Kann ein Mensch heiter sein bei gleichzeitiger Traurigkeit? Ja, die Landschaft war so weiß unter einem blauen Himmel, als wäre dies die ganze Welt gewesen. Und er wollte fortgehen? Er mußte. Er sah auf Chiccos wedelnden Schweif, er durfte ihn nicht ansprechen, um nicht seine Schneepfoten auf der Brust zu haben. Dieser Tag war der Tag seiner Kinder, und so stieg er noch weiter die verschneiten Bergwiesen hinauf und sah nirgendwo eine Spur von anderen Spuren.

Aber Richard kehrte zurück, rechtzeitig, um mit Selma in der Küche zu werken. Er machte das Feuer im Holzherd und nahm sich dann den Truthahn vor, salzte und pfefferte ihn, schob zwei Rosmarinzweiglein in die Bauchhöhle und bestrich ihn mit Olivenöl, bevor er ihn ins Backrohr schob. Während Selma die Kartoffeln schälte, entkorkte er eine Flasche Pinot Grigio und schenkte zwei Gläser ein. Ich werde mich immer um dich kümmern, sagte er zu Selma, und als sie ihn mit diesen wissenden Nachtaugen ansah, küßte er sie auf die geschlossenen Lippen und trank sein Glas in einem Zug aus. Dann schnitt er die geschälten Erdäpfel in dicke Scheiben, goß Öl auf ein schwarzes Backblech, streute Salz darüber, auch Rosmarinnadeln, und überließ sie der regulierten Hitze des Elektroofens, der neben dem Holzherd stand. Er sah den Mund von Rik und den Mund von Tom und die Zähne, die in das weiße Geflügelfleisch hineinbissen, er hatte drei Kerzen auf den Tisch gestellt, und das Kerzenlicht flackerte wie die Freude in den Gesichtern, auch Selma lächelte und reichte die Salatschüssel in die Runde.

Am nächsten Morgen ließ Richard sich von Selma ins Tal zum Bahnhof bringen. Selmas Wangen wie Asche an seinen Lippen. Die Buben hatten noch geschlafen, als er mit dem Koffer vor das Haus getreten war. Es war wie Mord. Und Selma, das Opfer, half ihm mit ihrem Schweigen, so sah er es, das Unglück zu vollbringen. Ihre Liebe war eine suizide Liebe. Nichts, gar nichts, sagten sie, keinen Vorwurf, keine Anklage, keine Verteidigung. Nichts. Er wollte nicht weg, aber er mußte. Er wollte sie nicht unglücklich machen, doch er konnte nicht anders. Sie hätte ihm die Faust ins Gesicht schlagen können, es hätte ihn nicht zurückgehalten. Keine Erklärung, keine Rechtfertigung. Nur, daß sie beide weinten. Ohne ein Wort stieg Richard in den Zug und wußte, daß er ein Verurteilter war. Zum Tode mit Aufschub.

5. Das Kind

So fuhr er in sein Glück. Auch wenn es ein blitzblauer Morgen gewesen wäre, Richard hätte den blauen Himmel nicht gesehen, er lag mit der Schläfe am angedunsteten Scheibenglas seines Abteils und verfluchte das Glück. Er mußte sich jeden Gedanken verbieten, er durfte nicht denken und vor allem durfte er sich nichts vorstellen, weder Selma, die jetzt zurückfuhr hinauf zum Haus, noch das Erwachen der Buben. Er preßte seine Schläfe gegen das Fensterglas, er sah keine vorbeifliegende Landschaft, weder Bäume noch Häuser.

Richard hatte kein Flugticket, wußte auch keine Abflugzeit. Am Flughafen in Mailand war alles schnell geklärt, es gab an diesem Nachmittag nur noch einen Flug nach Barcelona und nur noch Plätze der ersten Klasse. Er nahm das Ticket und versuchte Miguela von der Halle aus telefonisch zu erreichen. Zweimal hob niemand ab, beim dritten Versuch hörte er eine Männerstimme und legte auf. Erst kurz vor dem Abflug fiel ihm der ausgemachte Rufmodus ein, er wählte dreimal hintereinander die Nummer, hängte auf und wählte wieder. Fünf Minuten später hatte er Miguelas Stimme, etwas außer Atem, am Ohr, sie antwortete auf sein Hallo! mit seltsamer Stimme, als wäre Richard eine ihrer Freundinnen. Er sagte ihr, daß er in zwei Stunden in Barcelona ankomme, sie konnte weder ihre Überraschung noch irgendeine Frage in Worte fassen, er sagte die Ankunftszeit, und sie antwortete: Sí, por qué no!

Die grauen nebeligen Felder und umgepflügten Ackerflächen von Verona über Brescia bis zur Industrieperipherie von Mailand waren wie weggesaugt von der weißen Neonbeleuchtung der Flughafenhallen, weggefegt von diesem Stimmengewirr und dem Allerweltsdasein der Japaner und Afrikaner, die auf den Sitzen entlang der Korridore saßen oder schliefen. Was ihn störte, waren die an allen Ecken und Enden plazierten Weihnachtszweige, Weihnachtskugeln, jede Kugel traf ihn und wühlte sein Denken durcheinander. Er mußte sich auf sein Flugziel konzentrieren und dachte, so gut er konnte, alles andere weg. Dabei war der Name Miguela während der ganzen Zugreise in ihm wie ausgelöscht gewesen. Erst nachdem er ihre Stimme gehört hatte, kehrte er zu ihr zurück. Ihr Sprechen, ihre Art zu gehen, ihr Blick und ihr Lachen kamen in kleinen, schwappenden Wellen über ihn, nahmen ihn ein, bis er ihre Nähe so spürte, daß er danach verlangte.

Richard ließ sich nach dem ersten Sektglas noch ein zweites füllen. Sein Flug war der Flug eines Mörders ohne Plan und ohne Vorsatz. In Wirklichkeit flog er ins Nichts. Das wußte er und konnte sich trotzdem darauf freuen. Im Shuttlebus hielt er sich an einer von der Decke hängenden Schlaufe, rings um ihn deutsche Weihnachtsurlauber. Der Bus war übervoll von jungen Menschen, die lachten und sich heitere Worte zuriefen, dennoch empfand er seine Brust wie aufgepumpt von einer völlig anderen Glücksausweitung.

Selten zuvor hatte er sich so als strahlender Ankommender gefühlt, als ob er Heere besiegt hätte. Er verließ den Bus wie einer, der auf den Triumphbogen zuschritt. Es war ein verrücktes Glück, das in ihm kochte. Und alles, was er verlassen hatte, sogar den Berg mit den Föhren und Fichten, war in ein großes schwarzes Loch versunken. Seine Füße trugen ihn zwischen Palmen und Meeresgeplätscher, auch wenn seine Schuhe auf nichts als Flughafenasphalt traten und keine Palmen aus dem Beton wuchsen und das Meer unhörbar weit weg Wellen schlug.

Als Richard in die große Ankunftshalle trat, sah er unter den Wartenden nirgendwo ihr Gesicht. So zog er seinen Rollkoffer durch den Kordon von anderer Leute Verwandten und Freunden hindurch und stand schließlich in einer fast leeren Halle, als er ihr halbes Gesicht entdeckte, das hinter einer eckigen Säule hervorschaute. Sie liefen nicht aufeinander zu.

Sie, Miguela, die erst vor kurzem sich mit ihm bei Tag und Nacht durch die Menschenmassen gedrängelt hatte und mehrmals vor dem Brandenburger zugemauerten Tor gestanden war, sie versteckte sich jetzt wie ein schüchtern spielender Clown hinter einer Betonsäule. Ein breites, schweres Fallbeil fiel mit der scharfen Schneide nach unten. Und erst dann umarmten sie sich, und ihr weicher saugender Mund wischte das Geräusch des fallenden Beils aus seinem Gehirn.

Für ihn war diese Ankunft in Barcelona, als hätte sein Leben einen anderen, dunkleren Duftton bekommen. Miguelas Ohrläppchen rochen, schien ihm, nach Moschus. Sie bewegte sich neben ihm, als wanderten sie durch eine beleuchtete Nacht, erst nach mehreren hundert Metern nahm sie ihm den Koffer von der Hand, stellte sich vor ihm auf und prüfte lange sein Gesicht.

Sie prüfte sein Gesicht wie das eines Fremden, vielleicht wollte sie aber nur ablesen, was ihn das Kommen zu ihr gekostet hatte. Denn nach Sekunden, die wie ein Atemanhalten bis zum Ersticken dauerten, bedeckte sie seine Augen, seinen Mund, sein ganzes Gesicht mit kurzen hingepreßten Küssen. Trotzdem, sie umarmten sich nicht, er zog sie nicht an sich, drückte ihren Kopf nicht unter seinen aufgeknöpften Mantel. Sie schob ihn zur nächsten Bar in der Halle und bestellte zwei Ballantine's. Vielleicht hatte sie schon vorher an der gleichen Theke einen Drink gehabt, denn der weiße Jackenmann lächelte ihr zu wie einer Bekannten und füllte ihre Gläser, als hätten sie Cola verlangt. Richard trank dann auch diesen drei- oder vierfachen Whisky in weniger als einer Minute, und Miguela tat es ihm gleich. Hatten sie Angst voreinander?

Sie ließen sich noch einmal nachschenken und begannen zu lachen, sie fragte nicht und er fragte nicht. Mit einem schwarzgelben Taxi fuhren sie über die Autobahn in die Nacht hinein, sie wußte eine Adresse am Passeig de Gràcia, nicht weit von der Plaça de Catalunya, eine Appartementvermietung ohne Portierloge oder Rezeption. Ein düster verwinkelter Salon mit einem weitschweifigen Kachelbad, ein einziges großes Fenster hinaus zur Avenue. Wie konnte er sich so verirren? Statt übereinander herzufallen, saßen sie jeder in einem Sessel, zwischen ihnen ein Rauchtischchen, beide stumm und, wie ihm schien, schadenfroh grinsend. Mit dem Kopf war er noch einmal am Bahnsteig, wohin Selma ihn an diesem Morgen gebracht hatte. Ihm war kalt. Heizen sie hier nicht?, fragte er. Oh sicher, sagte Miguela, und er stand auf und betastete die Rippen der Heizung unter dem Fenstersims. Richard spürte die Wärme an seiner Handfläche und dann Miguelas Arme, die sich um seinen gebeugten Nacken legten.

Er träumte vom Verhör eines Mörders. Er verhörte und hatte die Schuldgefühle, die der Mörder leugnete.

Und dann hörte er ihr Geflüster an seinem rechten Ohr: Ich bin schwanger. Langsam drehte er sich um, er war nicht erschrocken; warum sollte er erschrecken vor dem Glück. Sie hatte das Haar mit einem Glitzerband zu einem Schweif gebunden, vom Glitzerband weg wölbte es sich in einem Bogen auf und fiel lockengewellt über ihren Nacken. Er tauchte eine Hand sanft in ihr Haar, suchte ihren Blick, sie weinte, er küßte ihr Muttermal, küßte sie am rechten Mundwinkel, ihr Gesicht zuckte von ihm weg, bis er ihre Lippen fand, er hatte das Gras seiner Wiese verlassen, den Schnee, der jetzt über den verfrorenen Halmen lag, er war hier, um sie, Miguela, nicht zu verlieren.

Spät, sehr spät nach Mitternacht sagte sie: Ich muß zurück in die Wohnung. Warum, zu wem? Zu meinem Mann. Ich bin gekommen, um zu bleiben. Ich weiß, ich werde morgen wieder hier sein.

Richard hatte die Rollos heruntergelassen, um nicht vom Verkehrslärm und der Straßenbeleuchtung gestört zu werden. Aber er schlief trotzdem nicht lange. Mit dem Heraufdämmern des neuen Tages wurde sein Bewußtsein wacher und quälender. Daß Miguela Mutter wurde von seinem Kind, quälte ihn nicht, im Gegenteil, es war wie Heimkehr zum versäumten Beginn eines dauernden Zusammenseins. Es war die Entscheidung, die das Leben, die Natur getroffen hatte, dazu stand er. Aber Miguela lag an diesem Morgen nicht neben ihm, sie erhellte nicht das Dunkel dieses fremden Zimmers. Er hungerte, er brannte nach ihrem Körper, nach jedem Wort aus ihrem Mund. Gegen neun Uhr warf er die Bettdecke zur Seite, zog die Jalousien hoch und ließ die Wanne im Kachelbad vollaufen. Ich werde untergehen, dachte er pathetisch, bevor er ins Wasser stieg, aber wenigstens bin ich in meiner eigenen Fremde.

Als Richard aus dem Lift auf die Straße trat, mußte er kaum zehn Schritte machen bis zur nächsten Bar. Obwohl es Ende Dezember war, schien eine laue Vormittagssonne, sodaß er sich auf einen Trottoirsessel niederließ. Er saß unter winterkahlen Platanen, die keinen Schatten warfen, aber ihre graublätterige Rinde gab ihm ein Südlandgefühl. Kaum hatte er seinen Kaffee im Glas an der Lippe, stellte sich auch schon ein Schuhputzer vor ihm auf und fragte mit lächelnder Selbstwürde, ob er dürfe. Irgendwie gehörte Richard jetzt zu einer anderen Welt, er ließ sich die Schuhe glänzen. Die Autokolonnen krochen vor ihm und den Platanen dahin. Er wartete. War das seine Zukunft – das Warten?

Miguela wußte, wo er die Jalousien hochziehen oder herunterlassen konnte, er hingegen kannte ihre Wohnung nicht, konnte auch nicht anrufen, er wollte nicht wieder die Stimme ihres Mannes hören. Als er an der Kasse der Bar gezahlt hatte und auf die Straße hinaustrat, stand sie vor einer Platane, als hätte sie schon seit dem frühen Morgen dort auf ihn gewartet. Hast du mir ein Stück Mauer mitgebracht?, fragte sie ihn, und er wußte im ersten Moment nicht, ob sie wirklich ein buntbemaltes Berliner Mauerstück meinte oder seinen Gemütszustand. Mit der Mauer und dem Wahnsinn auf Berlins Straßen waren sie sich so viel näher gewesen als jetzt hier, nur zwei, drei

Kilometer vom Mittelmeerstrand entfernt. Hier war nicht ihre Freiheit, und er war noch nicht im Besitz der Freiheit, die er sich mit dem Weggehen verdient zu haben glaubte. Es schien, als müßten sie sich wieder aneinander gewöhnen.

Miguela lächelte vor sich hin wie eine Fremdenführerin. Sie schlenderte, immer zwei Schritte voraus, und auf dem breiten Trottoir sich oft nach ihm umkehrend in Richtung Plaça de Catalunya, sie zeigte auf die Platanen, als ob diese nur hier wüchsen, und sie zeigte ihm jede Telefonkabine, von der aus sie ihn angerufen hatte, manchmal um vier oder fünf Uhr morgens. Im Kopf rechnete er nach, in der sechsten oder siebten Woche, es würde ein Kind der Freiheit, wenn es seines war. Als ob sie seine Gedanken erraten hätte, türmte Miguela sich vor ihm auf, drückte ihm den Zeigefinger auf die Nase und sagte: Es ist deines, unseres, ich weiß es, von meinem Zwittermann kann ich nicht Mutter werden. Gib mir deine Hand, sagte Richard, und sie überließ ihm ihre linke Hand. So umkreisten sie den halben Catalunya-Platz und bogen in die Ramblas ein. Er kaufte eine deutsche Tageszeitung beim ersten Kiosk, warf sie aber ein paar Schritte weiter in einen Papierkorb. Links und rechts wurden in Kübeln die schönsten Blumen angeboten, Rosen in allen Farben, Orchideen und sogar Feldblumen, woher die auch kommen mochten, ach was!

Das sind Margeriten aus der Gärtnerei und die Glockenblumen doch nicht aus der La Mancha? Sie schaute ihm von der Seite her geduldig zu, wenn er vor den großen und kleinen Gitterburgen voll von buntfarbigen Vögeln verharrte und sich nicht sattsehen konnte an dem Gelb und Rot der Kanarien und dem Weißblau und dem schillernden Grün der Sittiche, und erst die Papageien, die Unzertrennlichen. Ich liebe dich, hörte er Miguela, ich liebe dich so, daß ich daran ersticken könnte. Hier war die Mauer, die Stadtmauer, schon längst gefallen, hier waren sie in der scheinbar problemlosen Zone des reichen Westens. Er nahm Miguela in die Arme, er spürte, wie ihr Körper zitterte, er liebte sie und konnte mit ihr alles andere vergessen. Sie waren wie Delphine, sie tauchten unter und tauchten auf, sprangen über die Wellen. Sie standen vor einem der vielen Gaukler, die als Mozart oder Dante oder Cleopatra in eine wächserne Unbewegtheit verzaubert schienen. Miguelas Hand war in seiner Hand lebendig, er zog sie zu seinem Gesicht herauf, ließ die Wärme ihrer Finger über seine Augen streichen. Ich bin hier, siehst du, Miguela, jetzt bin ich gekommen und bleibe, wenn du willst. Sie antwortete nicht, es waren die längsten Minuten ihres schweigenden Glücks. Auch als sie am letzten Kiosk der Ramblas vorbeiflaniert waren und die Columbus-Säule vor sich aufragen sehen, redete sie nicht über das Kind, und Richard dachte, du mußt Geduld haben, sie ist überwältigt davon, vielleicht auch zugeschüttet von Angst und Entscheidungszwang.

Nachdem sie all den Verkehrslärm und Qualm durchquert hatten, zeigte sie ihm auch das Meer, das an diesem sonnigen Dezembertag schuppig glänzte, als wäre es blau. Als sie dann auf der Kaimauer des Hafens standen, schauten sie auf ein dunkles Wasser, in das sie keine Zehe tauchen wollten. Es war schon über Mittag. Nehmen wir ein Taxi, schlug Miguela vor, essen wir was in Barceloneta. Die vielen, oft barackenähnlich kleinen und größeren Fischrestaurants breiteten sich bis zum Sandstrand aus. Miguela kannte sich in diesem Eldorado der Leckerbissen aus. Er folgte ihr, die eine Hütte oder Kochschaluppe zum Begrüßen des Küchenpersonals mit winkender Hand durchquerte und landete mit ihr an einem in den Sand gesetzten kleinen Tisch, kaum zehn Meter entfernt von den weißgekräuselten Meereszungen. Es war ein windwarmer Tag, und dieser quadratische Halbmetertisch aus Holz und die Schuhe im Sand, es war alles wie für einen Fellini-Film arrangiert. Neben ihr Tischchen setzten sich bald an ein ebenso kleines Tischchen vier deutsche Mädchen. Er sah ihre Gesichter, die jung und fröhlich waren, und er wünschte ihnen viel Glück. Er hätte ihnen gerne das Einmalige gewünscht, das er fühlte, während er sich jetzt mit Miguela an Meeresfrüchten erfreute. Der Stuhl, auf dem er saß, verrutschte oder versank mit einem Bein tiefer als mit dem anderen. Die eine und andere Wolke zog an der Sonne vorbei. Miguelas Gesicht strömte beinahe eine einschläfernde Zärtlichkeit aus. Was heißt, sagte er zwischen zwei Bissen, daß du ... Aber Richard brach sein Reden sofort ab, als er sah, wie ihre Augen schmal wurden und ihre Oberlippe sich mit der Unterlippe zu einem Strich geradezog. Von diesem Augenblick an überließ er sich dem rhythmischen Genuschel, das die heranleckenden dünnen Wellen erzeugten. Sie aßen beide gebratene Zahnbrasse und tranken trockenen, aber vollmundigen Weißwein und blieben noch gute zwei Stunden an diesem Strand.

Die Holzbeine der Tische im weißgrauen Sand, Miguelas Füße und seine im Sand, die Füße der Kellner im Sand, hinter ihnen die verwitterten Holzwände und grauversalzten Fensterscheiben der Hüttenrestaurants, über ihnen ein blauer Himmel und vor ihnen das sonnige Meer. Von dem allem waren sie betrunken, nicht nur von dem Williams-Schnaps, den sie nach dem Dessert in eiskrustigen Gläsern serviert bekamen. Das Kind, sagte er, und sie fuhr ihm ins Wort, jetzt nicht – bleib still! Er aber wollte reden, fühlte sich mit Wachsflügeln durch diesen mediterranen Winterhimmel schweben. Er war bereit, Türen zu öffnen, alle, ja, alle, auch wenn dadurch Zugluft entstand.

Er war halbe Tage, dann ganze, vom Schlafzimmer ins Wohnzimmer und vom Wohnzimmer in die Küche, von der Küche über den Flur ins Bad und vom Bad ins Schlafzimmer wieder zurückgelaufen. Trotzdem bereute er nichts, wollte er jeden Schmerzenspreis zahlen.

Sie stapften über den Strand, Miguela zog die Schuhe aus und ließ ihre Zehen von den kleinen Schwappwellen überspülen. Hör auf damit, verbot sie ihm das

Reden, als er sagte, ich kann mich beruflich regeln, ich kann Barcelona als Wohnsitz leichter anfliegen als ein Bergdorf in den Alpen. Er lachte, aber sie lachte nicht. Ich will eine Hure sein, sagte sie. Sie waren aus dem Stapfen und Schlendern ins Dahingehen auf Asphalt geraten; der Sand wurde abgegrenzt von Mauern, alten und abbröckelnden Mauern und hohen Fabrikswänden, nichts an der Gegend, wohin sie sich dem Meer entlang hatten dahintreiben lassen, war lieblich. Was redest du, hatte er gesagt und war dabei fast gestolpert, wäre mit ihr beinahe in den Sand niedergestürzt. Was redest du.., schau dich an und du weißt, was du bist und was nicht. Sie unterbrach ihn heftig, halt den Mund, du bist doch nicht von der Heilsarmee, es geht mir nicht um das, was du vielleicht meinst, und ich brauche jedenfalls kein Geld. Es waren aufgelassene Fabriken mit eingeschlagenen Fenstern, verrottete Lagerhallen, von Straßenschmutz und Auspuffgasen geschwärzte Tore, an denen sie vorbeibummelten, sie mit einer Hand in seiner rechten Manteltasche. Du phantasierst, knurrte er in ihr Ohr und küßte es. In diesem verlotterten Industriegebiet gab es kaum einmal einen schmalen Fußgängersteig, die meiste Zeit schritten sie auf dem durchlöcherten Asphalt der Straße dahin. Wenige Autos, Wind wirbelte Papierfetzen und Sand auf, aber sie wußten, daß das blaue Nachmittagsmeer nicht weit von diesen verfallenden Mauern gleichmäßig über den Sand und an die Steinmolen leckte. Er glaubte ihr nicht. Du spielst mit dir, du spielst mit dem Augenblick, du spielst mit uns, auch mit deinem Kind. Kein Wort mehr, schrie sie, nicht von einem Kind. Sie stiegen auf die Dammstraße hinauf, Miguela war eine Art Macchia geworden, undurchdringlich wie Stranddickicht hinter Sandhügeln. Stumm querten sie eine Betonpromenade, weit und breit kein vorbeirollendes Taxi. Ich weiß, sagte Miguela, während sie auf einer leeren Bushaltestelle warteten, ich weiß, wie Huren verrecken. Plötzlich drehte sie sich auf ihren Schuhabsätzen und pufftte ihn in die Mantelflanke: Ich zeig dir, wo und wie die Huren hausen.

Zuerst zog sie ihn am Mantel, dann schien sie sich beruhigt zu haben, schob eine Hand wieder in seine Manteltasche. Weit war es ja nicht von dieser Gegend in die Carreras, in diese engwinkeligen Schattengäßchen, oft auch von drei- und vierstöckigen Häuserfassaden flankierten Wand- und Fensterfluchten, ohne ein Geschäft oder eine Handwerksstätte, doch nicht Hurenkasernen? Nein, normale Lebens- oder Trauereingänge zu Zimmern des Glücks. Es gibt keine unglücklicheren Frauen als Huren, sagte Miguela. Und du willst dieses Unglück? Nein, lachte sie, ich will mit dir sein, jetzt und morgen und so lange es gut ist. Richard, der immer auch einen Blick auf die Straße hatte, gelang es schließlich ein Taxi heranzuwinken. Wir fahren zu dir in die Passeig de Gràcia, aber wir können unterwegs auch einen Drink im Ritz nehmen, Miguela lächelte ihm zu, als wäre sie ihm zwischendurch abhanden gekommen.

Aber als sie in der Gran Via de les Corts Catalanes aus dem Taxi stiegen, bemerkten sie, daß ihrer beider Schuhwerk vom Strandspazieren gezeichnet war und natürlich hatten sie sich nicht für den Nachmittagstee im Ritz gekleidet. Genau das schien Miguela aber zu reizen, sie war eine Rebellin, so sah er sie, eine Barrierenüberspringerin mit Stil. Im Foyer, in der Halle und in der Lounge, überall tummelten sich für den Nachmittag mehr oder weniger schick gekleidete Gäste. Es war dennoch so, daß sie ein Teil waren von dieser maskierten Nachmittagsgesellschaft. Und vielleicht war der eine oder der andere sogar dankbar für die verschmutzten Schuhe, die sie von ihren Hokkern an der Bar baumeln ließen. Miguela trug diesen milchkaffeebraunen Flattermantel aus dem Secondhandladen in Berlin. Wenn sie nicht schön sein wollte, mußte sie ihren Körper verstecken, ihre quellenden Brüste, den Hüftansatz, ihre langen Beine. Wenn sie diesen Kommissarmantel anzog, knöpfte sie ihn nie zu, sondern ließ die Mantelschöße möglichst flattern, drehte sich offenbar deswegen bei jeder Gelegenheit.

Auch hier war ihr offenbar bewußt, daß dieser Mantel ihre Reize nicht auslöschte und die Blicke der Männer länger auf ihr ruhten als auf dem Glas in der eigenen Hand.

An dieser Theke erzählte sie ihm, wie sie zu ihrem Mann, dem katalanischen Poeten, gekommen war und mit ihm nach Barcelona. Ihr Studium der Romanistik hatte sie ihm zugetrieben, und er, der Gastdozent, eine männliche Schönheit, aber vor allem der sonore Ton seiner scharfgehackten spanischen Worte hatten sie bezaubert. Sie hatte sich in ihn verliebt und, sagte sie, ich liebe ihn immer noch, obwohl er ein Zwitterwesen ist oder vielleicht gerade deshalb. Er ist ein guter Schriftsteller, auch wenn er kaum gelesen wird, zu kompliziert, was er schreibt, um von Massen gelesen zu werden.

Richard hörte zu und wahrscheinlich hatte er sogar immer gelächelt, vielleicht in Miguelas Augen hineingelächelt oder ziellos in die Gesichter der herumstehenden Hotelgäste. Aber Miguelas Worte hatten ihn weggerückt von diesen prunkvollen Wänden, weggerückt auch von ihr, er war es berufsmäßig gewohnt, in einer immer neuen Fremde zu sein, er war Auslandskorrespondent, zuständig dafür, zu berichten von außen und über das andere. Deshalb lächelte er auch noch, als sie im Taxi saßen und er lächelte, bis sie aus dem Autofond herausgeklettert waren am Passeig de Gràcia. Aber in ihm hing diese Kühle in der Brust, diese Wäscheklammer, die Miguela an eine seiner Seelenschnüre geklemmt hatte.

Eingesperrt von sich selbst, ausgeschlossen von sich selbst, ein Stein traf ihn an der Stirn, der Hund leckte sein Knie, nirgends war ein Schatten, in dem er sich hätte verstecken können.

Es gab keine Ursula mehr, und Miguela fuhr mit ihm im Aufzug zu seinem düsteren Appartement. Sie hatte kein Gepäck bei sich, aber sie sagte, jetzt bleibe ich bei dir. Und statt die Jalousien des Fensters zur Avenue hochzuziehen, ließ sie die Rollos mit einem schnellen Klatsch herunterrasseln. Sie wünschte sich Lampenbeleuchtung und ließ jede Glühbirne wie ein Freudensignal erstrahlen.

In Berlin hatte sie sich auf der Couch eingeringelt oder sich im Schlafzimmer verkrochen, hier stolzierte sie nackt vom Bad zum Fenster, sie schritt, so schien ihm, eine öffentliche Parade ab. Sie strich ihre Haut von unten nach oben, ihr Bauch war glatt, ganz ohne Andeutung einer wachsenden Ausbuchtung. Miguela spielte Theater, schritt auf und ab, mal wie ein preußischer Offizier, dann wieder hüftenwackelig wie ein Amateurmodel.

Er liebte sie, obwohl sie eine andere war, nicht weniger zärtlich, doch irgendwie auf ein Ziel hin. Willst du, daß wir uns einen Termin ausmachen für morgen oder übermorgen?, fragte er, als er aus dem Bad kam. Nein, sagte sie, ich bleibe hier bei dir, ich schlafe und lebe mit dir. Und dein Mann? Der ist bei einem Poetentreffen in Sevilla. Vielleicht war es so, wie sie sagte, ihm konnte es im Moment gleich sein, wichtig war nur, daß Miguela bei ihm blieb. Du hast mir nicht geantwortet, als ich dir sagte, ich könnte meinen Wohnsitz nach Barcelona verlegen, ich meine es im Ernst, oder nimmst du mich nicht ernst? Ja, ich nehme dich ernst.

Am späteren Abend schlenderten sie die Gràcia-Avenue hinunter zur Plaça de Catalunya und tauchten von dort in das bunte Gewimmel der Rambla de Canaletes bis zur Rambla dels Caputxins. Mehrmals wurden sie umtanzt von Transvestiten, und aufgetakelte Huren mit zehn Zentimeter Stöckelstiften an den Füßen boten sich für einen Dreier an. Er sah im gelben Licht der Straßenbeleuchtung ein ruhiges Wissen in Miguelas Gesicht, keinen Ekel, schon gar nicht Verächtlichkeit, sie wiegte sich in ihrem Schritt wie eine Weltverstehende, eine Blumenkönigin, und er wollte ihr einen farbenfrohen Strauß kaufen, aber sie wehrte sich dagegen, ich will die Hände frei haben in dieser Nacht, sagte sie. Irgendwo in der Rambla dels Caputxins bogen sie ab in eine Nebenstraße, es war, als veränderte Miguela ihren Schritt, aber sie flanierten weiter, und es war alles anders als in Berlin, hier war keine Welt, die nach ihnen schrie, hier war die Welt scheinbar privat wie die dunklen Gassen. Er hatte sich Miguela überlassen, sie führte ihn, wohin sie wollte. Mehr als sie beide redeten die Häuserwände, an denen sie vorbeispazierten.

Richard wollte einen Zugang finden zu ihrer anderen Welt oder ihrer wahren Existenz, sie wehrte aber ein Lokal nach dem anderen ab, sie wollte nirgends eintreten. Daß sie kaum redeten, erzeugte kein bedrükkendes Schweigen, im Gegenteil, er fühlte sich Miguela nahe wie in einem komplizenhaften Einverständnis. Sie hielten sich an der Hand, und er fühlte sich im Inneren des Lebens vor diesen schmutzigen Fassaden der abbröckelnden Hausmauern; der braundunkle Lack der Tore schien ihm so vertraut wie aus einem anderen Leben. Später wußte er: Wir blieben stehen, wir umarmten uns nicht, wir gingen wie betrunkene Verurteilte freiwillig vor uns hin – zu einer Bestrafung? Er verstand nicht, daß er, statt glücklich zu sein, sich bedrückt fühlte, er war traurig und böse zugleich, er wollte etwas kaputtmachen. Warum wollte sie sein Kind nicht? Sie bogen in die Arkaden eines Platzes ein, den Miguela als einen der schönsten der Stadt bezeichnete, gewiß, es war schon Nacht, doch die Arkaden waren beleuchtet und auch der Brunnen in der Platzmitte plätscherte wie bestrahlt von hunderten Taschenlampen. Aus einem Arkadenwinkel drangen Musikrhythmen, und er sah die jungen Leute, die auf diesen Winkel zusteuerten.

Miguela sträubte sich, wollte nicht dorthin geführt werden. Er schob sie mit einem leichten Druck der Hand bis zum Kneipeneingang. Zigarettenqualm und Alkoholdunst wölkten sie ein. Sie mußten sich zur Theke hin durchdrängeln, und mitten unter den dicht an dicht Herumstehenden begann er zu frösteln. Jäh spürte er, daß Miguela hier zu Hause war, oder bildete er sich nur ein, daß ihn so viele Augen seltsam musterten, während sie spöttisch vor sich hinlächelte? Sie tranken irgend etwas, vielleicht Ballantine's oder Bier, vielleicht beides zusammen. Er schaute auf die Köpfe im Rauchnebel, sah die aufgerissenen Münder. In diesem Lokal begann das Alleinsein. Obwohl Miguela nicht von seiner Seite wich, hörte er den Lärm und die Musik ganz für sich allein, trank aus seinem Glas wunschlos und ohne Begierde, er wollte auch nicht schlafen gehen, etwas wie Schadenfreude gegen sich selbst belebte ihn. Ihm schien, als spräche sie mit allen, nicht nur mit dem Barkeeper in den weißen Hemdsärmeln, mit allen, nur nicht mit ihm, er fühlte sich betrunken und allein, in aufkommenden Wutwellen dachte er – verlassen und verraten. Er konnte oder wollte nicht mehr unterscheiden, ob sie einen Smalltalk führte mit flüchtig Bekannten, möglicherweise mit Berufskollegen oder aus den Augen verlorenen Freunden. Ihn traf dieses Reden mit anderen wie eine Ohrfeige. Wo war er? Bei ihr, die er liebte? Oder in einer fremden Stadt, aus der er berichten sollte? Und wie er es gewohnt war an Orten, wo er fremd und auf sich gestellt war, verschwand er aus der Situation, die nicht seine war. Ohne daß Miguela es bemerken konnte – denn sie war im Gespräch mit einem zopftragenden Mädchen –, schob er sich durch das im Sound sich wiegende Gedrängel hinaus zur Plaça Reial. Langsam setzte er seine ersten Schritte vor das Lokal, wie befangen von dem perversen Glück, sich von Miguela ohne Absprache entfernt zu haben. Jetzt sah er ohne erklärende Worte die beleuchtete Nacht auf diesem Platz, einen Himmel mit Sternen konnte er nicht sehen, nicht einmal den Mond, die elektrische Beleuchtung löschte die Sterne aus und die schmale Sichel des zunehmenden Mondes auch. Richard wankte oder ging in wiegendem Schritt auf den Brunnen zu, er wollte das Plätschern des aufschlagenden Wassers hören. Und er hörte es allmählich immer länger und schließlich war es ihm vertraut wie das regelmäßige Glucksen des Bergbaches nicht weit von dem Haus, wo jetzt seine Buben schliefen, getrennt durch eine dünne Wand vom Zimmer, in dem Selma allein lag.

Die Terrassencafés waren geschlossen, die Arkaden lagen im Halbdunkel, nur die Mitte der Plaça war in Licht getaucht, von unten bestrahlt, vor allem die drei Grazien des Brunnens, vor dem er lange stand und hin und wieder eine Hand in das fallende Wasser hielt. Sie wird kommen, dachte er, sie wird mich suchen, irgendwann wird sie bemerken, daß ich nicht mehr da bin.

Irgendwann mußte diese Leere wohl ein Dauerzustand werden. Eine Leere ohne ein anderes Gewicht als das der Trauer.

Doch Richard wartete nicht länger als eine Viertelstunde. Kaum jemals zuvor hatte er ein solches Gemisch von Enttäuschung, Verlorenheit und Selbsthaß bewußt in sich entdeckt. Im Kopf war er so klar, bildete er sich ein, wie ein Kamikaze sein mochte. Er lag mit dem Gesicht auf einer Messerschneide und nahm den Moment als seltenes Existenzgefühl an. Vielleicht war er doch betrunken von einer Selbstgewißheit des Seins; mit diesem Wahn wäre er jetzt jedem militärischen Trupp vorangeschritten, sei es mit gezogenem Säbel oder mit einer stangenlangen Osterkerze.

Miguela kam nicht. Also suchte er die richtige Ecke oder das Arkadentor zu finden, um von hier wegzukommen. Und auch wenn es kein Tor gab, das er hinter sich verriegeln konnte, Richard wollte etwas hinter sich bringen, er war aggressiv gestimmt; er überquerte den Platz ohne Ziel und bog in eine schmale Gasse ein. Mit jedem Meter, den er ging, meinte er wacher denn je zu werden. Er wollte nicht nach Hause kommen; wo denn sollte das sein? Wo war Miguela, warum suchte sie ihn nicht, sie, die nicht Mutter seines Kindes werden wollte?

Eine Nebengasse wechselte mit einer anderen, es waren enge Straßenfluchten ohne Läden, ohne Geschäfte, Bäcker, Schneider oder Schuster – er fand nicht zu den Ramblas zurück. Ich bin frei, murmelte er vor sich hin. Ein Mann mit langen Mantelschößen stand mitten in einer Gasse unter einer Reklametafel. Er ließ sich hineinwinken, taumelte durch einen langen Korridorschlauch auf das schummrige Licht einer leeren Tanzfläche zu. Dahinter sah er die Bartheke mit drei, vier Frauen auf hochgestelzten Hockern. Ein plattnasiges Boxergesicht hinter der Theke grinste ihn an: was er trinke. Richard wollte schon längst nicht mehr trinken, er vermutete, daß der Whisky hier nur miserabel sein konnte. Aber er sagte, okay. Er fühlte eine Selbstvernichtungslust, und gleichzeitig nahmen auch die Tiefe und das Tempo zu, womit er absank. Wo war Miguela? Er wurde fast ohnmächtig vor Gefühlskälte. Als er auf einem Thekenhocker saß, wurde er am Jackenkragen gezupft, von hinten, was nicht schmerzhaft war, nur eine unerwartete Wende im Traum der Besoffenheit. Miguela stand in ihrem

Berliner Kommissarmantel hinter ihm, und er konnte es nicht fassen, daß sie es wirklich war. Wie hatte sie ihn in dieser Spelunke finden können, im Labyrinth all dieser Quergäßchen? Sie legte eine Hand an seine Wange, und er bezahlte den Mann hinter der Theke, lieber aber hätte er den Rest seines Whiskyglases in dessen fettes Grinsen geschüttet. Miguela grüßte jedoch die Boxernase mit Vornamen.

Du kennst hier jedes Kneipenloch, aber wie konntest du wissen, daß ich gerade da bin, ich hatte mich total verirrt. Du Lieber, sagte sie, ich habe zuvor schon in mehrere Lokale hineingeschaut, und einiges spricht sich auch schnell herum, du bist jemand, den man hier noch nicht gesehen hat. Wir haben nicht mal zu Abend gegessen. Magst du?, fragte sie. Eigentlich bin ich gar nicht hungrig. Dann fahren wir in die Passeig de Gràcia, sagte sie.

6. Freust du dich nicht?

Als sie in der Avenida aus dem Taxi stiegen, sah Richard, kaum zehn Meter entfernt, einen 24-Stunden-Laden. Dort ließen sie sich Schinken und Salami in dünne Scheiben schneiden, Miguela suchte mehrere Käsesorten aus, es gab Baguettes und Wein. Er, mit zwei Flaschen unter dem Arm, ließ sie die Appartementtür aufsperren. Mitternacht war seit einer Stunde vorbei; fast noch früher Abend, lachte Miguela, und sie breiteten auf dem Tischchen zwischen Bett und Fernseherwand ihre Mahlzeit aus. Miguela tanzte lautlos einen Flamenco, während er eine Champagnerflasche knallen ließ. Sie tranken und aßen, schmatzten und küßten sich. Sie tanzten nackt über den Teppichboden, der Pelz des Teppichs kitzelte an den bloßen Sohlen. Miguelas Körper war mondhell und liebeswarm, ihre Haut legte sich an sein aufgeregtes Herz, als ob sie es für immer umhüllen wollte.

Komm, Leben, zeig mir, was du zu bieten hast. Er sah eine auf- und zuschwingende Tür. Die Tür war ihr Körper.

Er küßte ihr Muttermal, er küßte ihre Mundwinkel, er küßte ihre Brüste, sie sanken auf dem Teppich ineinander. Gegen Morgen holte er vom Bett alle Decken und breitete sie über Miguela aus, er hörte ihren Atem, als ob sie ein Schneefeld auftauen müßte. Von der Straße drangen nur mehr gedämpft Verkehrsgeräusche, wie ein Jagdhorn von irgendwo ein vereinzeltes Hupen. Das schmale Licht, das von der Straßenbeleuchtung durch die Rolloschlitze drang, ließ ihm Miguelas Gesicht wie aus Wachs modelliert erscheinen. Aber ihre Haut war warm. Er streichelte das Fell des Teppichs, er strich langsam und zärtlich über die Wollhaare, er wollte nicht, er durfte sie nicht wecken. Richard wünschte sich eine tiefe, traumlose Bewußtlosigkeit, doch er schlief kaum mehr als ein paar Stunden und er wußte, daß Miguela bis weit in den Mittag hineinschlafen würde. Barfuß tappte er ins Bad, putzte die Zähne, achtete darauf, keine Geräusche zu machen, auch kein Licht, er tastete sich durch das Halbdunkel zu ihr zurück, aber der Teppich war leer und ohne eine Decke. Auf dem Tisch, wo noch Reste des Essens auf Papier herumlagen, fand er ihren Zettel: Sei unbesorgt, ich muß mir Wäsche und Kleider holen!

Er war schon lange nicht mehr müde, er hatte auf den Tag und das Leben mit ihr an diesem neuen Tag gewartet. Doch als er auf die Uhr am Handgelenk schaute, war es noch nicht einmal sechs. Warum mußte sie so früh weg von ihm? Er versuchte sich mit lächelnder Selbstkontrolle zu beruhigen. Es war, als wenn er sich selbst zusähe, und dabei bemerkte er, daß er nicht lächelte. Seine Finger verwischten Schweißtropfen auf der Brust, zeitweilig verlor er sich in halbwacher Fremdheit und schlief dennoch immer wieder eine Stunde, vielleicht auch nur eine halbe. Manchmal hörte er Geräusche, eilige, abwärts laufende Schritte aus dem Treppenhaus und das Schließen der Türen, kaum Straßenlärm. Je wacher er aber wurde in diesem kaltdunklen Zimmer, desto größer wurde die Leere in ihm, und diese Leere füllte sich mit Zweifel.

Er war ein Verleiher seines Ichs, ja, das fiel ihm wie Schuppen von den Augen, er hatte sich immer hergeliehen, und sich vernichtet für das aufregende Gefühl, mit etwas Fremdem in Atemnähe, in Fleischnähe zu kommen.

Richard zog die Rollos hoch, öffnete ein Fenster. An den Platanen hingen noch Blätter, und der milchig blaue Himmel war ein verkehrsbedingter Himmel, er hielt eine Hand hinaus und die Hand blieb trocken, auf der Avenida rollten die Autos, ohne Hupen. Er schloß das Fenster, schaltete das Radio ein: In Berlin war die Vermauerung des Brandenburger Tors durchbrochen worden. Er schaltete es sofort wieder aus. Jetzt war er einer, der wartete. Er wußte, was in der Welt vor sich ging, was im Umbruch war, aber er war kein Weltenumsegler, er war ein von sich selbst verwundeter Glückssucher, er war ein Wartender. Auf dem Bett liegend in der fensterlosen Ecke des Appartements verging die Zeit langsamer, es dauerte, bis er die Gedanken verdrängen konnte, die Risse in der weißgekalkten Decke über sich zu sehen begann und das Netz ihrer Adern zu erkunden, auch wenn es das Linienlabyrinth blieb und ihn nicht wirklich ablenkte von seinem Warten.

Er wußte, daß er in einem Wahn lebte, aber er wußte auch, daß dieser Wahn eine Realität hatte, die zum Greifen war. Auf dem Bett liegend, mit den Augen zur dunklen Plafonddecke, überschaute er die Irrtümer seiner Jahre. Er akzeptierte das Verirren, auch wenn er den Schmerz nicht liebte.

Sein Wundenlecken war grausam, denn er leckte oder versuchte die Wunden seiner Opfer zu lecken. Im Sinn hatte er nicht Grausamkeit, aber sein Weitergehen war eine Steigerung des Schmerzes für alle, die er zurückließ.

Gegen elf Uhr – von der Straße herauf dröhnte das dumpfe Motorengebrumm des anwachsenden Mittagsverkehrs – brach er sein Warten ab, er war entschlossen, er würde zurück nach Berlin fliegen. Vom

Zimmertelefon hatte er Miguela angerufen und für Sekunden eine spanische, spänezerhackende Männerstimme am Ohr gehabt. Wortlos hatte er aufgelegt. Richard mußte sich freimachen, sein Urlaub war in fünf Tagen zu Ende. Nach einem Glas schwarzen Kaffees in der nächsten Bar spazierte er, aufgewühlt von einer Selbstverletzungslust, die er mit einem Befreiungstaumel verwechselte, diesmal nicht zum Catalunya-Platz, sondern in die Gegenrichtung zur Plaça Rei Juan Carlos. Bis dorthin kam er aber nicht, denn zuvor sah er die großen Glasfenster eines Reisebüros und trat ein. Er buchte einen Flug nach München. Hin und zurück?, fragte die geblondete Katalanin. Nur einen Hinflug, sagte er. Mit dem Ticket fühlte er sich wie ein Freiheitsmärtyrer. Miguela konnte ihn nicht mehr finden und schon gar nicht aufhalten, er durfte sich nicht zum Spielball machen lassen. Er hielt ein Taxi an und ließ sich zur Drahtseilbahn auf den Montjuïc bringen. Lange wanderte er dann in den Parkanlagen und um die Fundació Joan Miró herum, aber durch die Ausstellungssäle streifte er nur flüchtig. Miguela hatte ihm erzählt, daß ihr Mann eng befreundet sei mit einem Neffen des großen Katalanen und sie hatte ihm auch von dem Olivenbaum erzählt, den Miró angeblich gewünscht hatte im Museumsgarten, einen von der afrikanischen Seite Mallorcas, wo er gemalt hatte bis zuletzt. Zu diesem Olivenbaum setzte Richard sich hin und ließ dort die Mittagszeit vergehen. Er fühlte sich wie geschält, offenes Fleisch ohne Haut. Jetzt, an einem der letzten Tage des Jahres, war die Sonne noch warm, auch wenn er den Schatten des Olivenbaumes nicht gebraucht hätte. In ihm zitterte Scham, und in seinem Kopf schärfte sich eine Klarheit, die ihn rot werden ließ, hier auf Barcelonas Aussichtshügel. Was hatte er alles verlassen? Er wußte, wer der Narr war, nein, er gab Miguela keine Schuld. Nicht sie, er hatte nicht widerstehen können, in ihm war der Schrei ausgebrochen nach Leben, das rasend macht im Augenblick des Glücks. Er träumte von einem Feigenbaum, der über Nacht alle Blätter jäh verloren hatte, nur die ungepflückten Früchte hingen offen mit ihrem reifen Fleisch wie sein Herz über seinem Mund.

Er war von seinem Haus weggegangen, ohne weg-gehen zu wollen. Er hatte seine Frau verlassen. Er hatte seine Kinder verlassen. Er hatte alles verlassen, das Gras, den Wald, die Katze, den Hund, alles, was ihm lieb war, hatte er verlassen.

Richard lief über Parkwege abwärts, suchte keine Abzweigungen, wanderte am Rand von Asphaltstraßen, bis er wieder den Blick frei hatte auf das Meer; bei einbrechender Dunkelheit wußte er schließlich, daß er der Ronda del Litoral entlang marschierte, nicht zum Träumen gemacht, inmitten tausender vorbeirauschender Autos. Als ein Taxi endlich hielt, fühlte er sich wie aus einem Motoren-Dschungel gerettet. Er ließ sich zum Passeig de Gràcia fahren. Es war die Zeit, in der alle Lichter der Stadt zu leuchten begannen, der Abendverkehr schwoll mit Gedröhn und Gehupe zu einem Lebenskonzert der zukünftigen Toten an. In der Bar nebenan, die schon fast seine Zufluchtsbar geworden war, trank er einen spanischen Cognac. Neben ihm an der Theke hob ein schlaksiger, graumelierter Señor sein Bierglas zum Gruß. Es war der Schuhputzer vom ersten Morgen, und obwohl sie eher wie Kumpel an der Theke standen, ließ Richard sich von der noblen Demut des anderen wortlos überzeugen, hockte sich hin, und der Señor polierte seine tagesverdreckten Schuhe auf Hochglanz. Richards Befremdlichkeit schlug in Existenzgewißheit um, er umarmte seinen Schuhputzerfreund, und sie tranken noch einen Osborne.

Er hätte nicht in sein Appartement hinauf müssen, sein Flug ging um zehn Uhr vormittags, das ließ ihm den ganzen Abend offen. Aber es zog ihn hinauf in die Düsternis seiner Schlafecke, vor seinen Augen blitzten die Lichter der Autos und strahlten die Lampen der Stadtbeleuchtung und natürlich auch der Geschäftsvitrinen, sogar die weihnachtlichen Leuchtnetze über der Straße glitzerten noch immer. Davon verabschiedete er sich.

Als er den Schlüssel umdrehte, fand seine Hand nicht gleich den Lichtschalter, dann aber leuchtete nur die Lampe über dem Tisch auf, an dem sie die Nacht zuvor gelacht und geschmaust hatten. Er warf seinen Mantel über einen Sessel und wischte damit ein Verpackungspapier auf den Teppich. Brauchst du Hilfe?, hörte er eine ironisch gefärbte Stimme. Richard drehte sich, machte die paar Schritte zum dunklen Schlafwinkel. Bis zum Kinn unter einer Daunendecke – so lag Miguela auf dem Rücken und lachte stumm mit Mund und Augen, winkte ihn zu sich mit dem rechten nackten Arm. Das war sein Leben. Er sagte nichts, zog nur die Schuhe aus, er hatte die Rollos nicht heruntergelassen, abgedämpft drangen der Motorenlärm und das Straßenlicht ins Appartement, aber von der Schlafecke aus war es nur, als wäre ein großer Fernsehschirm nicht richtig ausgeschaltet worden und flimmerte weiter.

In der Nacht davor hatte er von Tom geträumt oder von einem Kind, das ihm glich, für ihn war es aber Tommy, der über einen zugefrorenen Bergsee ihm entgegenlief, und da die Eisfläche von Sekunde zu Sekunde schrumpfte, bis sie nur mehr die Fläche eines Schwimmbeckens ausmachte, erreichte sein Sohn nicht mehr den rettenden Rand.

Ich liebe die Nacht, sagte sie, ich warte, daß die Lichter angehen, ich liebe die Straßenbeleuchtung, im Winter ertrage ich den Tag bis zur Dämmerung schwer. Du warst bei deinem Mann? Ich war in der Wohnung, aber er ist noch die ganze Woche in Sevilla. Warum hast du mich alleingelassen? Sie brach in ein gutturales Lachen aus: Du bist doch kein Kind. Ich brauche auch meine Zeit, ich irre durch die Stadt und lasse alles auf mich zukommen. Wie sonst willst du dem Leben begegnen? Ich habe Freunde getroffen. Er schwieg und, obwohl von der Lampe über dem Rauchtisch nur ein Lichtschimmer ihr Bett erreichte, hielt er die Augen geschlossen. Auf dem Rücken liegend wollte er Tausendundeinenacht hören, aber Miguela verstummte. Richard sah sie neben sich über den Ku'damm flanieren im fröhlichen Gedränge, er sah sie, wie sie ihm einen Pappbecher Bier entgegenreckte, er sah sie mit ihm an der lärmigen, buntbemalten Mauer entlanggehen, mit der Wärme ihrer Hand in seiner Hand. Hier am Passeig war er fremd. Hier war er wie unter Narkose. Ihr Gesicht beugte sich über seines, er atmete ihren Atem, er erkannte in ihrem Atem ein Urteil: Die Nähe der Ferne. Ihre Zunge leckte an seiner Erinnerung und versuchte vergeblich seine Ruhe auszuloten. Er sah ihre Schenkel hell schimmern in dieser Alkovenhöhle, und ihre Brüste wärmten seine Augen und Wangen.

Ich habe morgen um zehn einen Flug, sagte er irgendwann zwischen Vergessen und Erinnern. Aber sie trieben weiter durch das Bett, als gäbe es keinen anderen Lebenstag. Sie biß in seinen Mund, ohne daß er ein Weh gespürt hätte, erst später, als das Weiße des Leinens und der Kissenpolster immer mehr rote Flecken herzeigte, fragten sie sich: Wer von uns ist am Ausbluten? Da plötzlich schoß Miguela auf, kniete über ihm: Was hast du gesagt – morgen fliegst du um zehn? Nie und nimmer! Sie schrie: nie und nimmer! Und ohrfeigte ihn. Weißt du nicht, wo du bist? Wir zwei sind hier zusammen.

Willst du nicht mit mir das neue Jahr in Cadaqués beginnen? Cadaqués, wo ist das? Gut, daß du das nicht weißt – ich hab schon ein Zimmer bestellt.

Richard ließ seinen Flug stornieren. Mit dem Zug fuhren sie bis Figueres, sahen sich dort das Dalí-Museum an, mehr als alle Ausstellungsobjekte beeindruckte ihn aber der von Bäumen behütete Platz vor dem Museum.

Er war der gewöhnlichste Tourist. Sie übernachteten in einem kleinen, schmucken Hotel und aßen eine Paella in irgendeinem Straßenlokal. Ihm schmeckte dieses Gericht aus Reis, Tintenfisch und Huhn in Curry und Safran unvergleichlich besser als ein roter Hummer oder eine dunkle Languste. Es war, als ob er tatsächlich erst an diesem Tag angekommen wäre in Katalanien. Nach dem Abendessen bummelten sie durch die Nebenstraßen oder Gassen von Figueres und kehrten in zwei oder drei Bars ein. Mitternacht war schon vorbei, als sie über steinerne Treppen auf einen Kinderspielplatz mit einer wippenden Schaukel stießen. Da fanden sie die Gesichter ihres Glücks. Unter der spärlichen Beleuchtung erblickten sie ihre Augen im Auf und Nieder der Brettschaukel wie verschwimmende Flecken. Betrunken taumelten sie über die Steinstufen abwärts, die von dem Spielplatz hinunter zu ihrem Hotel führten.

Am nächsten Morgen bestellten sie in der Rezeption ein Taxi nach Cadaqués; weder Miguela noch er wollten anderes als einen Kaffee zum Frühstück. Die

Nacht war eine Liebesnacht gewesen. Sie lagen im Fond des Taxis aneinander gelehnt, im Halbrausch noch, im Halbschlaf gewiß. Aus einem Augenwinkel sah er winzige unscharfe Ausschnitte der vorbeifliegenden Landschaft, dann wieder von Laubgrün in Wintergrau verschwimmende Farbenschleier. Miguelas Gesicht hatte noch keinen Blick für den Tag, ihn bedrückte in diesen Stunden keine Last, er war ein im Halbschlaf dahinschunkelnder Fremder, der ein liebendes Herz hatte. Ein Betrunkener, der für kurze Zeit von keiner Schuld wußte.

Dieser Schwurbrecher, dieser Wurm, dieser egozentrische Spiegelzertrümmerer. Er tanzte um die offen gehaltenen Wunden wie um ein offen gehaltenes Eisloch herum. Und er schlief am Lochrand, bis die Eiskruste wieder intakt war.

Zuletzt fuhren sie über kurvige Straßen einen Berg hinauf, und Richard wollte schon die an seiner Schulter Schlafende wecken und fragen: Hast du dem Fahrer schon den richtigen Ort genannt, denn wir wollten doch ans Meer? Aber da lag plötzlich doch die blaue Meeresfläche unter ihnen, und die Fahrt ging nun ebenso kurvenreich, aber abwärts zu einer lieblich ins felsige Ufer geschnittenen Bucht hinunter, eingekerbt in Hügelhang und Fels; die Gäßchen und Häuser eines Fischerdorfes, das längst zu einer touristischen Hochburg geworden war am nördlichen Anfang der Costa Brava, nicht weit entfernt von der französischen Grenze. Das alles oder das meiste davon erfuhr er erst nach ihrer Ankunft vor dem Hotel Colón, das am Ende des rechten Arms der Bucht auf ruppigem Fels gebaut war.

Miguela blinzelte in die wolkenfreie Vormittagssonne, und Richard wollte vom Fahrer das Gepäck aus dem Kofferraum holen lassen. Aber da war kein Koffer und auch kein Köfferchen. Der Taximann zuckte mit den Schultern, gewiß, er hatte in Figueres auf der Straße gewartet, und sie waren ohne Gepäck aus dem Hotel gekommen. Sie waren liebes- und nachtversoffen zur Hotelhalle hinaus, hinein ins Taxi, zuvor hatte Richard unkonzentriert die Übernachtung bezahlt und war am Koffer und Köfferchen vorbei schlafwandlerisch zur Straße hinausspaziert und ins Taxi hinein, wo ihn Miguela mit einem Schlafkuß aufgenommen hatte. Und so waren sie mehr als zwei Stunden durch die Ebene gefahren, dann bergauf und bergab. Er bezahlte den Fahrer und bat ihn, die Koffer von Figueres hierherzubringen.

Er spürte eine zunehmende Gewißheit, er könnte eine Art Glückshenker werden, einer, der seine und die Gefühle anderer köpfte.

Das Hotelzimmer war ein sechseckiger Raum, vielwinkelig und dem Meer zugewandt mit gläserner Terrassenwand. Sie hörten das Schlappen der Wellen, und wenn sie sich ans Scheibenglas stellten, sahen sie die Schaumkronen. In diesem Zimmer baute er die Burg seiner Liebe, indem er alle Mauern niederriß, die ihn vom Freisein getrennt hatten.

Und in diesem Zimmer sagte Miguela: Ich kann nicht die Mutter deines Kindes werden, und du kannst nicht der Mann sein, mit dem ich leben will. Weil ich dich liebe. Ich will dich nicht zugrundebringen, ich will dich lieben, und wenn es nur in der Erinnerung ist.

Das Hotel lag am Ende der Bucht, aber es waren nur ein paar hundert Schritte zur Mitte. Dort schüttete das Meer das Sandufer bei Flut auf und zum Berg dahinter breitete sich die Plaça aus. Vor dem Sandstrand war auf Bretterterrassen eine Art Promenadenzauber im Angebot, nicht nur Souvenirbuden und Imbißhütten, sondern auch zwei, drei kleine Restaurants mit Liegestühlen und Sonnenschirmen, jetzt an Silvester. Miguela trippelte neben ihm in ihrem Berliner Mantel durch zwei abschüssige Gäßchen zu dieser Mitte am Strand.

Sie setzten sich in einen der gepolsterten Strohsessel und ließen die Sonne auf ihre geschlossenen Augenlider strahlen. Er schlürfte in kleinen Schlukken Campari Soda, Miguela schwieg, rührte ihr Glas nicht an. Aber die Sonne wärmte, nicht nur Stirn und Wangen, auch das Vergessen, so dachte er, als Miguela plötzlich aufsprang von ihrem Sessel und ohne erklärendes Wort weglief. Er sah, wie sie in ein Telefonhäuschen unter den Platanen trat. Sie sprach lange und war, als sie sich neben ihm wieder niederließ ließ wie ein aufprallender Stein. Jetzt hätte er sie nie und nimmer angesprochen und schon gar nicht gefragt.

Es war Mittagszeit. Auf der Plaça zwischen den zwei Platanenreihen begann man zu tanzen nach einer eintönig traurigen Hirtenmusik, Männer und Frauen schienen rhythmisch auf der Stelle zu treten, niemand umarmte den anderen. Ein stolzer Tanz zum Tode, dachte Richard, oder: um das Sterben fernzuhalten. Aber der Tanz und die Wiederkehr der eintönigen Melodie schienen ihm letztendlich ein Schmeicheln, wenn nicht gar ein Buhlen um das Unvermeidliche, eine Selbstaufgabe mit Stolz. Auch Miguela war aufgestanden und hatte sich in die Linie des tanzenden Karees eingereiht. Er sah sie, wie sie ihre Füße hob und kaum merklich die Hüften bewegte in diesem an endlose Sonnenstunden der Macchia erinnernden Tanz gegen das Vergehen. Ja, ich habe ihn angerufen, er ist wieder zurück von Sevilla.

Mehr sagte Miguela darüber nicht, sie schüttelte ihr kastaniendunkles Haar und lächelte ihn an. Das Meer funkelte, als würden weiße Perlen auf blauem Samt millionenhaft hüpfen. Warum sollte er nicht glücklich sein? Hast du Appetit?, fragte sie, ich weiß hier ein Lokal, das vielleicht beste am Ort, wo du der einzige Tourist sein wirst, sie lachte tiefkehlig auf. Richard hatte keinen Appetit, sein Blick ließ sich tragen von der sonnigblauen Todeshaut des Meeres, seine Augen liefen über das Wasser, das heiter schien, wie aus winzigen Silberplättchen zusammengefügt, eine unendliche Verlockung, alles mußte sich an dieser Wahrheit des Meeres messen, nicht die Schönheit, aber die Sehnsucht und das Hoffen. Die Taverne, zu der Miguela ihn durch eine Gasse in ein Nebengäßchen führte, war eine Gemütlichkeitshöhle, düster beim Betreten, niedrig die Holzbalkendecke, aber die weißen Leintücher über den Tischen leuchteten und wetteiferten mit dem gelben Lampenlicht, das zwischen den Deckenbohlen verhalten strahlte. Der Raum hatte nur Platz für fünf oder sechs Tische, zwei davon waren schon besetzt. In seiner Brust hatte sich der schwarze Vogel des Abschieds eingenistet oder war dabei, das Nest dauerfest zu kleben. Hör auf, mich mit diesen Eulenaugen anzuschauen, lachte Miguela ihn aus, und er gab sich einen inneren Ruck und lachte auch: Was für ein Jahr geht zu Ende! Er wußte, er mußte sich betrinken.

Miguela schien in dieser Taverne zu Hause zu sein, er überließ es ihr zu bestellen. Und sie richtete es so ein, daß das Essen ihnen weder Zeit zum Reden noch zum Trauern ließ. Nach den ersten Appetithäppchen wurde ein Gaskocher in der Tischmitte angezündet und bald danach stellte der Kellner eine Pfanne darauf mit siedendem Öl, dahinein schüttete er vor ihren Augen zappelnde Anguillas, winzige, zwei, drei Zentimeter lange Aalbabies, fischte sie mit einem Drahtschöpfer heraus und servierte die heißen kleinen Kadaver auf ihre Teller. Und Richard aß davon, als wenn er fingerdicke gebratene Würmer gegessen hätte. Miguela folgte seinen ersten Bissen mit neugierigskeptischem Blick, sie wußte, was sie ihm zumutete, und ihre Augen wurden hell und immer heller, als sie sein komplizenhaft genußfreudiges Kauen sah. Schmeckt es dir? Ja, es schmeckt.

Ich kotze am Morgen. Ich muß es bald tun, sagte Miguela. Nein, mußt du nicht, sollst du nicht, auch wenn ich dich verstehe ... vielleicht aber nur mißverstehe. Richard trank schnell hintereinander zwei Glas Weißwein. Du willst frei sein, du willst nicht mit mir leben... das ist es wohl, warum du...Richard ertrug seine Stimme nicht, er hörte die Machtlosigkeit seiner Worte.

Miguela lachte auf, es klang hohl, vielleicht haßte sie ihn, weil er nichts von seiner Mitschuld gesagt hatte oder weil er so dumm gewesen war vor Liebe. Sie gabelte einen Babykadaver der Anguillas in seinen Mund. Sie suchte seinen Mund und gleichzeitig seine Augen, ihr Blick tat ihm weh.

Als ob er erblinden würde. Schleier legten sich über die Dinge. Aber er sah trotzdem noch ausreichend normal. Nur daß alles schattenähnlicher wurde.

Sie waren im Traum wie jeden Dienstag dem Fluß entlanggegangen, sie hatte seine rechte Hand in die linke genommen, er teilte die Wärme ihrer Finger mit der Wärme seiner Finger.

Es war der letzte Tag des Jahres. Miguela führte Richard über einen sandigen Felsweg zu einer Burgruine, die ihn nur als Ausblicksort interessierte, um über die Bucht schauen zu können und weiter hinaus auf das gedunkelte offene Meer. Kaum ein Kilometer, sagte Miguela, ich will deine Augen leuchten sehen. Er richtete sich auf kein Ziel ein, mehr als einmal zog er sie auf einen Stein, einen runden oder flachen Fels nieder, wortlos, aber sie verstand ihn, verstand alles, und doch beredeten sie nichts, als ginge es nicht um ihr Leben. Sie führte ihn diesen Felsweg hinauf, bis sie eine Kuppe erreicht hatten und eine viel kleinere Bucht unter sich erblickten mit kaum ein paar Häusern. Sie setzten ihre Schritte schneller, sie waren die einzigen Menschen, die an diesem Nachmittag am Ufer der schmalen, austerartig geschwungenen Bucht im Sand hockten. Es war Nachmittag, und es war kein sommerwarmes Silvester. Aber Miguela schlüpfte aus den Schuhen, als wäre es Frühling oder Sommer. Sie faßte seine Hände, sie spielte sich auf wie eine todeslüsterne Siegerin oder sie verhöhnte sich und ihr Unglück. Sie zwang ihn zu tanzen, sie drehte ihn zwei, dreimal um seine Achse, sie kamen beide ins Trudeln und fielen in den Sand. Sie lagen Gesicht zu Gesicht und weinten. Niemand konnte sie retten. Und er wußte nicht warum. Warum waren sie nicht zu retten? Hier am Sandstrand, beide in Stadtbekleidung, ohne Ertrinkungsgefahr, ohne Atemnot. Sie blieben im Sand liegen und wußten, daß sie das Ende nicht verhindern konnten. Sie liebten sich wie Dummköpfe, die glaubten, über die Zeit entscheiden zu können. Aber sie glaubten nicht bis zum letzten an sich. Das war es vielleicht, was aus ihrem verbissenen Lachen herausdrang, während sie sich wie Glückliche im Sand wälzten. Im Angesicht des Meeres und unter dem Blau dieses Nachmittagshimmels erkannte er sie mit rücksichtsloser Zärtlichkeit.

Sie lachte mit sandbesetzten Lippen. Aber er wußte, daß er auch jetzt nicht fragen durfte, sie leckten gegenseitig ihr Fleisch, als wären sie eine einzige Glückswunde. Das war ihre gemeinsame Sprache und nur in dieser Sprache redeten sie über das Unvermeidliche, kannten sie die Chiffren der Ausweglosigkeit, weil die Sprache der Vernunft hier unverständlich blieb. Miguela hatte ihre Entscheidung wie ein Scharfrichter vollzogen, ihr Urteil war gefällt, ihre Selbstverurteilung unaufhebbar. Trotzdem überschritten sie beide die gesetzten Grenzen, als gäbe es noch eine Zukunft für sie. Im Hotel verschliefen sie die letzten Nachmittagsstunden bei hochgezogenen Rollos. Die Sonne versank in ihrem Bett, und es dunkelte, als sie sich wieder liebten. Sie legten die Seidenfäden ihrer Zungen über die Haut des anderen.

Er hatte sich alles zugemutet. Jedes Bett. Darin lagen seine Schuld oder sein Triumph, seine Gemeinheit oder das Verbrechen seines Glücks.

Sie füllten jede Pore mit heißem Atem. Morgen flieg ich nach Berlin, sagte er in ihren offenen, hohltönenden Mund hinein. Sie schlug ihm ins Gesicht, sie warf ihn ab, biß in seinen Hals: Du bleibst bei mir, du wirst mich nicht verlassen. Ja, sagte er, ich bleibe, das bedeutet, ich warte in einem Hotel oder in einem Pensionszimmer, bis du wieder kommst – nach einer für mich leeren, schlaflosen Nacht oder nach zwei, drei quälenden Tagen des Wartens. Ich habe einen Beruf –

von anderem rede ich nicht, ich will mich nicht vernichten, so sehr ich dich und nur dich in mir habe.

Ohne Worte und ohne die Hand des anderen zu suchen spazierten sie oder wankten sie eher wie halb Totgeschlagene vom Hotel zum Meer. Es fehlte kaum eine Stunde noch bis zur Mitternacht, bis zum Anbruch des neuen Jahres. Doch die Plaça trug nur eine blaurotgelbe Lampengirlande wie eine Halskette zwischen den blattlosen Platanen, weit und breit keine Musikkapelle, nicht einmal ein Ton aus einer Lautsprecheranlage. Der Ort feierte hinter den eigenen vier Wänden. Aber in eine Taverne wollten sie sich auch nicht verkriechen. Atmen und auf das Dunkle blicken zu können weit über das Ufergeplätscher hinaus, das brauchte Richard mehr als Wände und Mauern. Es war nicht kalt, sie setzten sich in gepolsterte Strandsessel der Bretterterrasse. Ich habe an dem Tag, bevor du kamst, sagte sie, inmitten eines Dutzends Arbeiter zu Mittag gegessen, es war ein einziger Spaß, ich habe an dich gedacht und dich geliebt, weil ich wußte, daß du mit mir gelacht hättest. Warum redete sie plötzlich? Richard verzog sein Gesicht und blieb stumm. Aus diesem Schweigen wollte er sich herauslösen, es war, als wenn er Teerklötze an seinen Füßen hätte, aber die Füße steckten in seiner Kehle. Und trotz allem waren sie beide glücklich, hörte er das Blut unter seinem Mantel und seinem Hemd pumpen, denn während Miguela im Polsterstrandsessel sitzen blieb, stand er am äußersten Rand der Bretterterrasse und schaute und schloß die Augen und tat sie wieder auf, um die Weite und die Tiefe des Meeres besser zu ermessen. Im Schein der beleuchteten Bar setzten sich noch drei oder vier Paare in Terrassensessel, meist auf Distanz zu den anderen. Kaum ein hörbares Flüstern. Und als er auf der Armbanduhr die Zwölf sah, sprang niemand auf, niemand umarmte einen Unbekannten.

Dann standen Miguela und er, beide aus der Toilette kommend, an der Bartheke und stießen im grellen Neonlicht mit dem Kellner auf das neue Jahr an. Die grünlich weiße Kälte des Lichts machte ihre Worte lauter, auch wenn er sich nicht um die des Barkeepers bemühte, hörte er in dieser Strandbar aus Glaswänden Miguelas Worte, als hätte sie Trompeten zersägt. Sie sprach mit ihm und dem Thekenmann, als ob sie nach einer Schlittenfahrt in Alaska angekommen und zufrieden in ihr Iglu eingetaucht wäre. Die Nacht des Jahreswechsels war für Richard vielleicht nur der Einschnitt in ein Wissen, das er nicht mehr ändern konnte. Ineinandergeschmiegt wie böse Schafe schliefen sie diese letzte Nacht im Hotel Colón.

Richard hatte mit seinem Chef im Sender telefoniert, sie wollten von ihm Berichte aus Berlin, morgen oder übermorgen sollten Raupen die Vermauerung des Brandenburger Tors vollständig abreißen. Am frühen Morgen, kurz nach sieben, rief er vom Zimmertelefon die Rezeption an und bestellte ein Frühstück mit Ei und Speck, kaltem Fisch und für Miguela das zarteste Brot mit Honig und Marmelade. Wir leben, flüsterte er ihr immer wieder zu, wir leben. Aber du stirbst bald, sagte sie.

Als sie mit dem Taxi am Terrassencafé vorbeifuhren, dachte er an eine Hinrichtungsstätte, die im Anblick des sonnigen Morgenmeeres nicht schöner hätte sein können. Noch einmal ließen sie sich über die Serpentinen hinaufkurven, sanken ungewollt von links in die Arme nach rechts, und immer war es der Mund des einen, der die Lippen des anderen auffing. In Figueres nahmen sie den nächsten Zug nach Barcelona, und zwar zum Flughafen, so wollte er es, auch wenn Miguela dagegen protestierte: Nein, nicht zum Flughafen. Sie flatterte neben ihm her, als er die Halle durchquerte, geradewegs auf einen Lufthansa-Schalter zu. Die hatten kein Business-Ticket mehr für den Abendflug, aber die Iberia bot noch Plätze an, flog allerdings schon am frühen Nachmittag. Miguela zerrte ihn vom Schalter weg: Das darfst du mir nicht antun, krakeelte sie, das ist gegen alles, was du mir versprochen hast, gegen die Liebe, gegen die Abmachung. Sie sprach hastig, trotzdem hörte er das Wort Abmachung gerne. Denn natürlich liebten sie sich ohne Abmachung. Und tatsächlich wollte er hier in Barcelona mit ihr leben, aber nicht als Schatten ihres Mannes. Sie überredete ihn, sie zwang ihn, einen Flug erst für den nächsten Tag zu buchen. Diese letzte Nacht verbrachten sie in einem kleinen Hotel in Barrio Chino, wo ihm die Dame des Hauses übertrieben geschminkt vorkam, wie kurz vor einem Kabarettauftritt, aber sie war überfreundlich und zu Miguela herzlich wie eine Tante.

Richard wollte nichts als am Meer entlanggehen, wollte nichts als das Wasser sehen und hören. Und irgendwo fand oder wußte Miguela einen Zugang vom Alten Hafen zum Strand, und sie trugen die Schuhe in den Händen und sanken mit den Knöcheln im Sand ein, ihre Socken hatten sie in die Schuhe gestopft, aber ihre Ohren waren weit offen für jeden Laut, obwohl sie kaum einmal ein Wort sagten. Am ehesten hörten sie einander, wenn sie über vertaute Bootsseile steigen oder umgekippten Booten ausweichen mußten, einmal auch einem in den Sand gesetzten Anker. Sie stießen die Luft aus, die ihre Brust aufblähte, ihre Flüche waren keine zornigen, sie wollten alles vermeiden, womit sie sich hätten mißverstehen können. Es war ein trauriges Lieben, das sie über diesen immer finsterer werdenden Abendsand in die Wortlosigkeit trieb. Auf dem Rückweg kehrten sie im Cal Pep ein, aßen ein paar Fischhäppchen und den einen und anderen Tintenfischring. So früh waren sie noch nie in ein Hotelbett gesunken.

Wir fangen an, uns wie Eheleute zu verhalten, lachte Miguela, als sie die dünne Zimmertür zugedrückt hatte. Ich will, daß unser Kind ... Sie schob eine Hand über Richards Mund. Ich will, daß es lebt und unser Leben zusammenbringt, schrie Richard jäh auf. Miguela erstarrte zu hartem Gips, ihre Lippen wurden schmal. Er nahm aus der Snackbar zwei

Minisektfläschchen und trank sie in einem Zug aus. Miguela legte sich im schwarzen Minirock und in ihrer cremeseidigen Bluse unter die Bettdecke. Sie schaute auf ihn, der sich die Lippen mit dem Taschentuch abwischte, wie auf ein Produkt der Abwesenheit oder der Hoffnung oder der Selbsttäuschung. Und er blickte zu ihr hin wie zu einer blutwarmen Erinnerung an ein Versprechen, das ihn hätte verwandeln sollen; an ihr war nichts falsch, auch wenn sie eine Hure gewesen wäre. Richard saß mit dem leeren Minifläschchen im Sessel neben dem schwarzen Fernsehschirm, und beide waren so lange stumm, bis sie diese Stummheit als ihre innigste Stimme empfanden, die sie ohne ein Mißverständnis hören konnten.

Richard stand auf und machte die zwei Schritte zu ihr hinüber. Sie rückte zur Bettmitte, sodaß er leicht Platz fand neben ihr. In Kleidern lagen sie nebeneinander und lauschten dem Schweigen nach, das sie verband.

Die Wärme ihrer Körper erlöste sie beide, er liebte den herben Geruch ihrer Haut, halb noch in Kleidern streichelten sie einander. Sie preßte seinen Kopf, sein Gesicht in ihr Fleisch und mahnte ihn gleichzeitig, vorsichtig zu sein. Sprach Automatismus aus ihr? Er war in ihr mit einer hingegebenen Angst wie in einer Krankheit.

Der nächste Morgen war wie der Morgen zuvor sonnig, ein Donnerstag oder ein Freitag, aber die Straßen, durch die ihr Taxi fuhr, erschienen ihm sonntäglich leer und heiter, vielleicht weil er seine Augen erst allmählich öffnete, als sie schon auf der Schnellstraße zum Flughafen unterwegs waren. Kaum auf halber Wegstrecke lag das Institutsgebäude, in dem Miguela ihre Sprachlektionen hielt. Sie beschrieb ihm die täglichen Metro- und Autobusfahrten, die ihr normaler Alltag waren, schließlich ließ sie den Fahrer abzweigen von der Schnellbahn, und sie fuhren eine kurze Strecke unter Alleebäumen wie durch mediterrane Parkanlagen, Kiefern, riesige Zedern, er spürte Miguelas Wärme durch seinen Mantel, sie zeigte auf dieses und jenes Haus, schließlich wies sie mit kaum gehobener Hand auf ein neues, mehrstöckiges Gebäude, es war ein Kubus mit viel Glas, vielleicht fünf oder sechs Stockwerke, ein paar Sträucher und englisch gestutzter grüner Rasen, Betontreppen hinauf zum gläsernen Vorhaus. Sie beugte sich zu ihm, nannte mehrmals seinen Vornamen, er küßte ihre Haare, er streifte ihre Augen und noch einmal, fast zu flüchtig, ihre Wangen mit seinem Mund. Er mußte weg. Sie mußte weg. Er blieb sitzen, während sie auf die Straße hinaustrat. Er sah, wie sie die Fahrbahn überquerte, er schaute zuletzt durch das Heckfenster. Als das Taxi wieder anrollte, sah er ihren pinkfarbigen Schal, der ihr mit einem langen Ende von der rechten Schulter hing. Sie hatte einen stolzen, ruhigen Schritt, die Schalschleife fiel ihr bis über die Hüfte, über den Rand ihrer schwarzen Kostümjacke, eine Handbreit oberhalb des Knies endete auch ihr schwarzer Minirock.

Er hätte ihr ein Haus voll warmer Stimmen gewünscht. Er hätte ihr gewünscht, daß sie sich hineinverkriechen hätte können in die Haselsträucher seiner Waldränder.

Als Richard am Flughafen Tegel seinen Koffer durch die Hallen zog, waren Jahrzehnte, wenn nicht Jahrhunderte vergangen. Und gerade so versuchte er die Zeit aufzurollen, eigentlich zurückzurollen, er stieg in einen Linienbus, im Taxi an den Schrebergärten vorbeizufahren und dann noch die Spree entlang – das wollte er sich nicht zumuten. So schaute er durch die von Hauch und Spucke fast undurchsichtig gewordenen Busfenster. Seine Haut schälte sich nicht. Es schälten sich nur die Nebelhäute von seinen Augen, er sehnte sich nicht nach den Stufen der Kathedrale, auf denen er gesessen war in Barcelona, er sehnte sich auch nicht nach Gaudís zerwirbelter Kathedrale Sagrada Familia, er sehnte sich nicht einmal nach den Ramblas zwischen der Plaça Catalunya und der Columbus-Säule. Er wollte nur mit Miguela an einem kleinwackeligen Holztisch am Sandstrand von Barceloneta sitzen und das Meermauscheln hören. Er wußte, er hatte sie verloren. Er wußte nicht, ob sie verloren war. Auch wenn es eine wahre und bei aller Gewalt und Düsternis vielleicht lebensechtere Welt war, in der sie existierte, dennoch, so wollte er nicht leben.

Sein Appartement roch nach abgestandener Luft, ein wenig auch noch nach Miguela. Zum Träumen und Sinnieren blieb ihm keine Minute mehr, er mußte den Telefonhörer abheben: Ja, sagte er, ich bin schon unterwegs, und in einer Stunde habt ihr meinen Bericht.

So wie er war, noch in den Kleidern des Morgens von Barcelona, ließ er sich mit dem nächsten Taxi zum Brandenburger Tor fahren. Die Straßen waren frei oder auch, wie er bedauernd dachte, nicht mehr frei für Fußgänger.

Das Brandenburger Tor war sauber gefegt. Nicht einmal kleine Betonbrocken fand er, gezielt suchend, zwischen den imitierten Propyläensäulen, alles war von den Baggerzähnen weggeputzt worden. Und so hatte auch Richard diese ungewohnt freie Sicht zwischen den Säulen auf die einstmalige Prachtstraße Unter den Linden. Richard befragte Fußgänger, Frauen und Männer vor und hinter dem Brandenburger Tor. Davon berichtete er live für die Abendnachrichten: Das Wort, das am häufigsten gebraucht wurde, war Wahnsinn. Es war ein Wort, das auch ihn betraf, aber er lehnte es ab, er war nicht wahnsinnig, er war höchstens wahnsinnig traurig, und das war eine ausgelutschte Formulierung, die er nicht ertrug. Miguela rief ihn an, mittags oder in der Nacht, mit Sätzen wie: Es ist etwas kälter geworden, vielleicht bin ich verrückt ... küß den Schnee für mich im Grunewald.

Am Telefon hatte er auch Rik, der ihm ins Ohr keuchte: Komm nach Hause. Und Selma hatte eine fast unerträglich friedliche Stimme: Komm, sagte sie, komm, wenn du kannst, wir werden dich überraschen.

Dann, gegen zwei Uhr früh, drang Miguelas Stimme in seinen Schlaf: Noch acht Stunden und unser Kind ist weg. Sie war betrunken, er wollte reden, aber sie sagte: Adios und hängte auf. Er konnte sie nicht erreichen, auch am frühesten Morgen hob sie nicht ab, es war immer diese dunkle schläfrige Männerstimme am anderen Ende. Er rief Ines an, die wieder nach Madrid zurückgegangen war, auch sie wußte nichts von Miguela, aber sie beteuerte ihm, sich zu kümmern.

Es hatte zu schneien begonnen. Wenn er aus seinem Appartementfenster schaute, blickte Richard in einen dicht gewebten Vorhang aus Schneeflokken. Die Äste der Platane waren weiß gepolstert. Der Rathenauplatz mit seinem kunstvoll umgestürzten Auto in der Mitte des Kreisverkehrs war unenträtselbarer denn je geworden unter dem Schneeflaum. Richard rüttelte mit den Händen am gelben Postkasten neben der Bushaltestelle, als ob er eine direkte Verbindung mit Miguela hätte herstellen können: Es schneit, komm, lauf mit mir in den Grunewald. Aber sie rief ihn nicht mehr an. Richard buchte einen Flug nach München. Am letzten Vormittag saß er noch einmal im Café Einstein. Er kam sich wie eine Gipsfigur vor, sah mit seinen Gipsaugen Miguela das Sektglas an seines stoßen und das Kaviarbrötchen essen und aus tiefer Brust herauslachen.

Während er an dem Kaffee nippte, fühlte er, daß er Ines anrufen mußte. Trotzdem trank er langsam und suchte erst dann den nächsten Telefonapparat in der Halle. Diesmal war Ines sofort an seinem Ohr: Ich weiß alles, rief sie wie eine Siegesmeldung, sie ist eingeliefert worden, heute nacht, in ein Krankenhaus, da ist sie in besten Händen. Richard flog über Nebelmeere auf die Alpen zu, sie landeten wie in einem dampfbeschlagenen Aquarium in München.

Er war sehr müde, als er aus dem Zug stieg. Die Buben umkreisten ihn in einem Freudentanz, sie hatten sogar Chicco zum Bahnhof gebracht, der ihn winselnd vor Freude anhüpfte, ihm die Pfoten auf die Schultern legte. Selma lachte über die wilde Freude der Buben. Sie lenkte das Auto durch den Spätabend, auf den Rücksitzen neckten sich die Buben. Richards Zunge wollte sich nicht recht bewegen, in seinen Adern rann flüssiger Gips und erstarrte, sein Herz flatterte im Gipskäfig.

Selma stellte keine Fragen zur Öffnung des Brandenburger Tors, fragte ihn überhaupt nichts, sondern erzählte von dem ungeheuren Schneefall in der letzten Woche, mehr als einen Meter. Ja, krähte Tom, wir sind vom Stubenbalkon in den Schnee gesprungen, und Rik (hatte der schon Stimmbruch?) krächzte: Tommy wäre fast erstickt, klein wie er ist. Schon verknäulten sich die zwei im Autofond: Aufhören! rief Selma und sagte zu Richard, ohne das Gesicht ihm zuzuwenden, aber jetzt sind alle Straßen wieder frei, nur wenn du durch den Wald und über die Felder gehen willst, mußt du Schneeschuhe tragen, die holzgeflochtenen Tellersohlen, sonst kommst du nicht weiter, sinkst weit über die Knie ein.

Richard hatte das gelbe Geflatter von Kanarienvögeln vor Augen und die bunten Blumensträuße der Ramblas. Ich werde mit Chicco jeden Tag einen Kilometer den Weg freitreten, versprach er Selma und sah Miguelas lachenden Mund vor sich; auf ihrer Gabel war gelber Paellareis, sie scharrte vor Freude ein paarmal mit den Schuhen im Sand, es war der Strandsand in Barceloneta, und die Sonne brachte das blaue Meerwasser zum Glitzern. Der Gips löste sich nicht auf in seinen Adern. Aber das Herz wollte ihn sprengen.

Der Kirschbaum hatte eine dicke Schneehaube, doch der Platz darunter war für ein Auto freigeschaufelt. Sie stiegen durch einen Schneekanal zum Haus hinauf. Alles, was ihm an Gerüchen beim Öffnen der Tür anwehte, war ihm so vertraut und gleichzeitig so fremd, warf ihn zurück in eine Zeit, lange bevor sein Herz flatternde Flügel bekommen hatte.

Richard setzte sich auf den Stuhl, den er in die Mitte der Stube gezogen hatte. Der Hund leckte seine Hand, Tom hämmerte mit einer Faust auf sein Knie, Rik schleppte ein selbstgebautes Schneeflugzeug heran. Und Richard hatte noch immer schwerbewegliche Augen. Er streichelte den Hund und streichelte Rücken oder Kopf der Buben, wie es sich traf. Er war ein Blinder, der in der Blindensprache nach Miguela rief mit bewegten Fingern. Schließlich umhalste er seine Buben und auch den Hund.

In dieser Nacht war er unfähig zu lieben. Er lag in einem Sargbett, Seite an Seite mit Miguela, zeitweilig ließ er sie über die Holzterrasse der Strandbar zur

Plaça gehen und sah ihr zu, wie sie mit kleinen Schritten unter den Platanen tanzte, Arm in Arm mit alten Frauen. Vielleicht hatte sie ihn geliebt, vielleicht hatte sie Angst vor dieser Liebe gehabt.

Er hätte über Gras nachdenken können oder sich darüberbeugen bis zu den Stengeln.

Selmas Hand streifte leicht über seine Stirn, er wußte, daß er nach dieser Hand greifen sollte, aber auch in seinen Armen war diese Langsamkeit, die alles in ihm hemmte. Und auch deshalb war er Selma dankbar, daß sie nicht redete. Ihre Hand verließ seine Stirn und wanderte durch sein Haar. Er lag im Sargbett, als ihre Finger über seine Augen tasteten und von der Nase abrutschten zu seinem Mund: Du wirst wieder Vater, sagte sie, und ich Mutter. Jetzt erreichte er mit einer Hand ihr Gesicht und hoffte, daß die Schwere seiner Finger nicht ihre Haut belastete. Er versuchte ihre Wangen zu tätscheln. Aber als seine Finger sich kaum bewegten, beugte er sich über Selmas Mund und küßte ihn mit traurigen Lippen.

Ich kann nicht die Mutter deines Kindes sein..., immer lauter hörte er Miguelas Stimme, aber im Zimmer war es so still, daß Selma ihn fragte: Ist dir kalt? Willst du noch eine Decke? Ihm war kalt, aber ihn hätte auch eine fünfte Decke nicht vor dem Frieren bewahrt. Mit den Buben war er im Herbst vor dem offenen Kaminfeuer gehockt, hatte Kastanien über dem Rost geschüttelt, es war keine Ewigkeit her, daß er zwei, drei Nächte die Wärme in diesem Bett mit Selma geteilt hatte, und da war Ursula noch eine Erinnerung gewesen und Miguela hatte noch nicht die Mauer umgeworfen gehabt.

Ich kann nicht die Mutter deines Kindes sein, hörte er immer wieder die Stimme in seinem Kopf. Er wollte ihre Hand nehmen und die Schuhe ausziehen und mit bloßen Füßen über den Wintersand von Barceloneta gehen.

Aber Selma zupfte ihn an einem Ohr und sagte: Es wird ein Mädchen sein. Das weiß ich nach einer Fruchtwasseruntersuchung. Freust du dich nicht? Ja, er freute sich.

Er ließ die Hand nicht los und er zog auch die Schuhe nicht mehr an. Er ging mit bloßen Füßen weiter über den Sand, und allmählich spürte er die dünnen Finger seiner Tochter, wie sie in seine Hand hineinwuchsen.